Britt Reißmann & Silvija Hinzmann

Die Farbe des Himmels

Über dieses Buch:

Die Tatwaffe: ein gläserner Briefbeschwerer. Das Opfer: ein vermögender Textilfabrikant. Das Motiv: vermutlich klassisch – hatte die Ehefrau des Ermordeten ein Interesse daran, ihn aus dem Weg zu räumen? Thea Engel von der Mordkommission Stuttgart beginnt zu ermitteln. Doch dann nimmt der Fall eine ungeahnte Wendung, als ein weiterer Mord geschieht. Gemeinsam mit ihrem Partner Michael Messmer stößt Thea Engel auf ein Geflecht aus Lügen und Intrigen, das weit in die Vergangenheit zurückreicht – und mehr mit ihr selbst zu tun hat, als ihr bewusst ist …

Über die Autorinnen:

Britt Reißmann, geboren 1963 in Naumburg/Saale, war Intarsienschneiderin und Sängerin, bevor sie begann, für die Mordkommission Stuttgart zu arbeiten – und dadurch inspiriert wurde, ihre alte Leidenschaft für das Schreiben neu zu entdecken. Seitdem veröffentlichte Britt Reißmann zahlreiche Kriminalromane und Kurzgeschichten.

Silvija Hinzmann, geboren 1956 in Čakovec, Kroatien, lebt seit ihrer Kindheit in Deutschland und arbeitet als Übersetzerin, Dolmetscherin und Krimiautorin.

Britt Reißmann & Silvija Hinzmann

Die Farbe des Himmels

Ein Fall für Thea Engel

Genehmigte Lizenzausgabe 2018
der Buchvertrieb Blank GmbH, Vierkirchen

Titelbildgestaltung: HildenDesign, München (www.hildendesign.de)
unter Verwendung von Bildmotiven von shutterstock / tichr und
shutterstock / Quality Stock Arts.
Gesamtherstellung: GGP Media GmbH, Pößneck
Printed in the EU
ISBN 978-3-94601-282-5

Gewidmet den Mitarbeitern
vom Dezernat 1.1 des Polizeipräsidiums Stuttgart
sowie dem Personal und den Bewohnern
des Weraheims, wo Stuttgarts erste Babyklappe
eingerichtet wurde.

***

Dieses Buch ist ein Kriminalroman:
Alle Handlungen und Personen sind frei erfunden,
Ähnlichkeiten mit lebenden oder toten Personen daher rein
zufällig und nicht beabsichtigt.

Wir müssen auf unsere Seele hören,
wenn wir gesund werden wollen!
Letztlich sind wir hier, weil es kein
Entrinnen vor uns selbst gibt.
Solange der Mensch sich nicht selbst in
den Augen und im Herzen seiner
Mitmenschen begegnet, ist er auf der Flucht.
Solange er nicht zulässt, dass seine
Mitmenschen an seinem Innersten
teilhaben, gibt es keine Geborgenheit.
Solange er sich fürchtet durchschaut zu
werden, kann er weder sich selbst noch
andere erkennen – er wird allein sein.
Alles ist mit Allem verbunden.

Hildegard von Bingen

20. November 1973

Die Stunden nach Sonnenuntergang sind die schlimmsten. Wenn das Tagesprogramm vorbei ist und wir in unseren Zimmern bleiben sollen, fallen die Erinnerungen über mich her wie schwarze Vögel, die mit ihren spitzen Schnäbeln auf mich einhacken. Ich kann sie nicht abwehren.

Jetzt im November geht die Sonne früh unter. Im Zimmer ist es kalt und dunkel. Wir dürfen nach zehn Uhr kein Licht mehr anmachen. Aber ich habe eine alte Haushaltskerze von der Signora bekommen und in eine leere Flasche gesteckt. So kann ich wenigstens mein Tagebuch schreiben.

Ich sitze an dem wackeligen Holztisch am Fenster und schaue in die Nacht. Draußen rattert der Zug in Richtung Herrenberg vorbei. Er ist so einladend erleuchtet. Ich stelle mir vor, was für Menschen darin sitzen, und frage mich, wohin sie unterwegs sind. Ich würde so gern mit einem von ihnen tauschen. Keine Ahnung, warum ich immer denke, dass andere glücklicher sind als ich.

Die Signora schläft schon. Endlich ist Ruhe, abgesehen von ihrem leisen Schnarchen. Den ganzen Tag lärmte Adriano Celentanos kratzige Stimme aus ihrem alten, klapprigen Plattenspieler. Nicht auszuhalten! Ich habe schon überlegt, ob ich das Ding einfach auseinander nehmen soll. Aber das wäre zu riskant.

Der Verdacht würde sofort auf mich fallen. Außerdem mag ich die Signora. Nur dieses furchtbare Lied tötet mir den letzten Nerv.

Eigentlich heißt sie Sofia da Vito, aber Dali hat sie »Signora« genannt, weil sie immerzu von Italien redet. Sie stammt aus der Gegend um Mailand, ist aber seit vielen Jahren nicht mehr dort gewesen. Irgendwie tut sie mir Leid. Sie hört das Lied sicher aus Sehnsucht.

Ich höre Schritte im Flur. Die Nachtrunde fängt an. Eigentlich müsste ich jetzt schlafen, aber ich will nicht. Ich habe Angst, dass der Traum wiederkommt. Ich halte es nicht aus, jede Nacht von ihr zu träumen. Im Traum ist sie da, und ich kann sie berühren, streicheln und liebkosen. Doch wenn ich aufwache, muss ich weinen, weinen, weinen …

Eins

Als der Alarmapparat klingelte, war Thea Engel allein im Geschäftszimmer. Sie erwartete ein Fax mit den Personalien eines Studenten, der sich am Abend zuvor aus Liebeskummer von dem sechsundfünfzig Meter hohen Bahnhofsturm gestürzt hatte. Selbstmorde waren keine Straftat, und Thea fragte sich manchmal, warum sie eigentlich von ihrem Dezernat bearbeitet wurden. Zugegeben, Stuttgart war laut Statistik die sicherste deutsche Großstadt, und tatsächlich passierte hier nur alle paar Monate ein Mord. Körperverletzungsdelikte und jede Menge unklare Todesfälle, die sich letztlich meist doch als natürliche Tode herausstellten, waren das tägliche Brot der Stuttgarter Mordkommission.

Thea nahm ab. »Engel, Dezernat 1.1.«

»Henning, Funkleitzentrale, guten Morgen.«

»Ich bin nicht sicher, ob der Morgen gut wird, wenn ich einen von euch am Telefon habe. Was gibt's denn?« Thea angelte nach Notizblock und Stift.

»Eine Frau Baric hat eben angerufen. Wenn ich sie richtig verstanden hab, meldete sie eine ›tote Person in Wohnung‹, in Sonnenberg, Orplidstraße 15, Wolf Hauser. Möglicherweise ihr Arbeitgeber. Die Frau war völlig hysterisch, und ihr Deutsch war ungefähr so gut verständlich wie ein Brief vom Finanzamt.

Es klang nicht nach natürlichem Tod, aber das werdet ihr schon herausfinden.«

»Danke, wir sind unterwegs.« Thea griff nach dem Personalienblatt, das gerade aus dem Faxgerät kroch. »Du musst leider warten«, murmelte sie, schob es in die Ablage und lief den Flur hinunter.

Ein paar Türen weiter stürzte sie in das Zimmer des Dezernatsleiters Rudolf Joost, der eben sein Zigarillo ausdrückte und die letzte Rauchwolke in die Luft blies. Thea musste unwillkürlich an die kleine Dampflok denken, die im Höhenpark auf dem Killesberg Scharen von Besuchern durch die Anlagen fuhr.

»Ein Toter in Sonnenberg, wahrscheinlich ein nichtnatürlicher Tod«, stieß sie hervor.

Joost griff zum Telefon und wählte eine Nummer. »Micha, kannst du mit Thea zu einer Leiche fahren? Sie erzählt dir alles Weitere.«

Er legte auf. »Und ab mit euch.«

Thea hastete zu ihrem Büro, um ihren Rucksack zu holen. Aus dem Spiegel an der Innenseite der Schranktür blickte sie ihr erhitztes Gesicht an. Wie ich schon wieder aussehe, dachte sie, fuhr sich durch die dichte rote Mähne und band sie in aller Eile zu einem Pferdeschwanz.

»Es ist in der Orplidstraße«, rief sie, als sie die Tür ihres Kollegen Michael Messmer erreichte.

»Das weiß ich schon. Die Buschtrommeln funktionieren mal wieder prächtig.« Messmer steckte sein Handy ein, schloss das Büro ab und lief den Flur hinunter.

»Buschtrommeln? Ich benutze meistens das Telefon.« Thea

hatte Mühe, mit ihm Schritt zu halten. Er war schlank und durchtrainiert und überragte sie um mindestens zwanzig Zentimeter.

Messmer grinste sie wortlos von der Seite an und lief noch schneller.

»Wieso rennst du so? Dem Toten hilft diese Hetze auch nicht mehr«, keuchte sie.

»Ihm nicht, aber dir. Das hält fit.« Messmer hielt ihr galant die Tür zum Treppenhaus auf.

Thea schwieg irritiert. Woher kam plötzlich diese kleine, züngelnde Flamme in ihrem Bauch? Der Kerl war für diesen Job eindeutig zu attraktiv. Seine braunen Augen standen in reizvollem Kontrast zu dem dunkelblonden, für die derzeitige Mode etwas zu langem Haar. Michael Messmer verfehlte seine Wirkung auf Frauen nicht, und Thea argwöhnte, dass er das auch wusste.

»Weißt du, wer dieser Wolf Hauser ist, ich meine, war? Der Name kommt mir irgendwie bekannt vor«, fragte Thea, als sie auf die Pragkreuzung zurollten.

»Wenn mich nicht alles täuscht, ist es dieser Kleiderfabrikant. Merkle & Hauser, kennst du doch sicher.« Messmer bog auf die Heilbronner Straße ab und stieg aufs Gas. Er hatte kein Blaulicht aufs Autodach geklemmt, kümmerte sich aber trotzdem nicht um die Geschwindigkeitsbegrenzung. »Die machen so Schickimicki-Klamotten, ohne die chemische Reinigungen nicht überleben können«, fuhr er fort. »In meinem Schrank findest du so was nicht. Aber Ulrike fährt mächtig drauf ab.«

Ulrike war Messmers Exfrau, und der Ton, in dem er von ihr sprach, sagte mehr über seine Ehe als das umfangreiche Scheidungsurteil, das Thea mal auf seinem Schreibtisch gesehen hatte. Messmers Trennung von Ulrike lag kaum ein halbes Jahr zurück und hatte ihn Nerven und eine Stange Geld gekostet.

Sie passierten den Hauptbahnhof, jagten durch den Wagenburgtunnel und schossen die Weinsteige in Richtung Degerloch hinauf. Die schlanke Nadel des Fernsehturms kam näher und verschwand dann hinter den Baumkronen.

»Wenigstens sind in der Urlaubszeit die Straßen frei. Die meisten Leute lümmeln wahrscheinlich gerade faul am Strand oder kraxeln die Berge hoch«, sagte Thea.

»Leider auch unsere Kollegen. Hoffentlich kommt jetzt keine Soko auf uns zu. Wir sind total unterbesetzt.« Messmer setzte seine Sonnenbrille auf und konzentrierte sich auf die Straße.

Thea sah auf die Uhr. Es war kurz vor elf. Die Hitze flimmerte über dem Asphalt, und feiner Dunst hing über der Innenstadt unten im Talkessel. Das Thermometer am Armaturenbrett zeigte neunundzwanzig Grad Außentemperatur an. Es war der heißeste August, den Thea bisher erlebt hatte.

Am Albplatz bog Messmer nach rechts ab und verlangsamte die Fahrt. »Wenn ich dir einen Tipp geben darf …«, begann er und schob die Sonnenbrille nach oben.

Thea sah ihn überrascht an. Tipps brauchte sie so nötig wie unbezahlte Überstunden. Teamarbeit und Fachwissen fand sie viel angebrachter.

»Sperr deine Augen und Ohren auf und lass die Leute zuerst reden, reden, reden. Du musst nur alles aufschreiben. Sortieren können wir es später. Klaro?«

»Ein ganz toller Tipp, danke. Aber ich hab meine Ausbildung schon hinter mir, falls dir das entfallen ist.« Sie sah an ihm vorbei. Arroganter Kerl! Das hatte ihr noch gefehlt, dass er ihr bei jedem Schritt die Welt erklärte. »Du musst hier abbiegen«, erinnerte sie ihn nicht ohne Genugtuung.

Messmer bremste scharf und bog in die Orplidstraße ein.

Vor einem schmiedeeisernen Tor stand ein Streifenwagen. Messmer brachte den schwarzen Mercedes zum Stehen und stieg aus. Ohne auf Thea zu warten, ging er auf die zwei Polizisten zu, die vor der Absperrung warteten.

Thea verfluchte in Gedanken die Hose, die inzwischen an ihren Oberschenkeln klebte. Das T-Shirt war auch schon verschwitzt. Sie knallte die Wagentür zu und holte zwei weiße Schutzanzüge aus dem Kofferraum. Schon bei dem Gedanken, so ein Ding anziehen zu müssen, grauste ihr.

»Vermutlich wurde der Mann erschlagen. Er hat eine große Platzwunde am Kopf. Die Putzfrau hat ihn im Arbeitszimmer gefunden. Sie hockt da drüben, der daneben ist der Gärtner von schräg gegenüber«, hörte Thea den Schutzpolizisten sagen, als sie zum Streifenwagen kam. Resigniert starrte sie auf die Overalls in ihrer Hand. Sie kam also nicht drum herum.

Thea folgte Messmer zu der korpulenten Frau in grellbunter Kittelschürze, die unter einem Kastanienbaum saß. Der Gärtner, ein Inder oder Pakistani, nahm hektisch einen letzten Zug aus der Zigarette, die schon bis auf den Filter abgebrannt war.

Aus den Taschen seines grünen Overalls hingen Arbeitshandschuhe heraus.

»Messmer, Kripo Stuttgart. Das ist meine Kollegin Engel. Haben Sie angerufen?«

Die Frau nickte und wischte sich die Tränen aus den Augenwinkeln. »Ja, ich Sie habe gerufen. Bosiljka Baric isch meine Name. Das alles isch schrecklich, so schrecklich. Wer macht so was?«

»Das kriegen wir schon raus. Kommen Sie, zeigen Sie uns, wo Sie den Toten gefunden haben.«

»Oben, in seine Zimmer.« Frau Baric schniefte und setzte ihre Körpermassen in Bewegung. Sie gingen auf die moderne Villa zu, deren weiße Fassade durch die Äste der Obstbäume schimmerte.

Messmer winkte dem Streifenpolizisten, der gestenreich versuchte, mit dem jungen Gärtner ins Gespräch zu kommen. »Habt ihr schon die Spurensicherung angerufen?«

Er nickte.

»Befragt auch mal die Gaffer da drüben und schickt sie dann nach Hause.« Er wies auf eine Menschentraube, die sich vor dem Grundstück drängte.

Bosiljka Baric zog einen Schlüssel aus der Schürzentasche und drückte die Glastür der Villa auf. Messmer warf einen prüfenden Blick auf das Schloss.

»Ist Ihnen an der Tür etwas Ungewöhnliches aufgefallen, als Sie kamen? War irgendetwas anders als sonst?«

»Nein, alles normal. Die Tür war zugezoge. Herr Hauser schließen nie ab, wenn er isch zu Hause. Und Alarmanlage war ausgeschaltet. Ich hab eine Schlüssel für diese komische Ding, nur einmal ich hab vergesse ausmachen und … oh Gott, oh Gott …«

Nicht übel, dachte Thea, als sie den mit hellem Marmor ausgelegten Flur betraten. Die Orientteppiche sahen teuer aus und waren es sicher auch. Sie gingen an einem antiken Tischchen vorbei, auf dem eine angebissene Butterbrezel lag. Auf dem Milchkaffee in der Tasse daneben schwamm eine dünne Haut.

»Meine Frühstück«, sagte Bosiljka verlegen, als sie Theas Blick auffing.

»Sie arbeiten schon lange hier?«, fragte Thea.

»Ja, schon fünf Jahre.« Sie rang nach Luft. »Ich hab geputzt, wie immer, zuerst hier und in der Küche, dann in Wintergarten. Und ganze Zeit liegt der arme Herr Hauser oben in seine Zimmer. Oh meine Gott, meine Gott!.

»Wie oft kommen Sie ins Haus?« Thea holte ihr Notizbuch hervor.

»Montag und Donnerstag, vier Stunde. Ich immer zuerst putze hier unten, und wenn ich fertig, dann ich gehe hoch …«

»Die Details können Sie uns später bei der Vernehmung erzählen, Frau Baric«, fuhr Messmer dazwischen. »Wissen Sie zufällig, um wie viel Uhr Sie Herrn Hauser gefunden haben?«

»Oje, ich hab nix gesehen auf Uhr. Vielleicht war kurz vor halb elf.«

»War im Haus etwas anders als sonst? Waren Schränke oder Schubladen offen, fehlt irgendetwas?«

»Weiß nix. Aber oben war eine Fenster offen. Ich hab das gemerkt, weil es hat so gezoge, dass die Haustür hat geknallt, als ich reinkam. Wissen Sie, ich vertrag keine Durchzug. Bekomme gleich Kopfschmerzen … Genau wie meine Mutter, Gott hab sie selig. Ich bin hoch und wollte zumache Fenster, und dann ich ihn hab gefunden. Hab bekomme eine Schock und bin schnell gerannt raus.«

»Klaro«, murmelte Messmer, der am oberen Treppenabsatz angekommen war. Thea ging hinter Bosiljka Baric, die bei jeder Stufe keuchte und dabei ohne Unterlass weiterredete. »Wissen Sie, zuerst hab ich gedacht, ihm isch schlecht geworde oder so was, und hab ihn geschüttelt an Schulter. Und da hab ich gesehen das Blut.«

»Haben Sie sonst etwas angefasst?«, wollte Messmer wissen.

»Nein! Ich bin so erschrocke, dass ich bin fast die Treppe runtergefalle. Deswegen ich hab auch vergesse meine Handy in Handtasche. Der Gärtner mir hat geliehen seine Telefon und ich gerufen Polizei.«

»Bitte nehmen Sie doch hier Platz.« Thea zeigte auf einen Ledersessel in der Ecke des Flurs, während sie ihren Overall auseinander rollte und den zweiten Messmer zuwarf. »Wir reden nachher weiter.«

»Ich lieber draußen warte. Das regt mich viel auf.«

»Gut, aber bleiben Sie bitte im Garten.« Thea sah der Frau nach, die wieder die Treppen hinunterschlurfte, als laste alles Übel der Welt auf ihren Schultern.

Sie stieg in den Anzug, zog den Reißverschluss zu und betrat das Arbeitszimmer.

Die Vorhänge waren zugezogen und blähten sich leicht im Wind. Messmer stand am Schreibtisch und beugte sich über die Leiche.

»So wie ich es sehe, hat er einen kräftigen Schlag auf den Kopf bekommen, aber es gibt keine Kampfspuren.«

»Sieht aus, als wollte er gerade telefonieren.« Thea wies auf den herunterhängenden Hörer.

Messmer richtete sich auf. »Das Schloss unten war unbeschädigt. Er muss seinem Mörder die Tür geöffnet haben.«

»Und die Alarmanlage war abgeschaltet. Vielleicht hat er den Täter gekannt«, ergänzte Thea. »Er kam nicht mal mehr dazu, aufzustehen. Es muss schnell gegangen sein.«

»Gut beobachtet. Den Rest überlassen wir der Spurensicherung.«

Thea lehnte sich an das Bücherregal aus poliertem Kirschholz. Sie betrachtete den Toten, dessen Oberkörper auf der Tischplatte lag. Sein rechter Arm war ausgestreckt und berührte den Telefonapparat, während der linke schlaff nach unten hing. Am Kragen des dunkelgrünen Frotteebademantels klebte Blut. Die linke Gesichtshälfte verschwand fast in der Blutlache, die sich inzwischen gebildet hatte. Weit aufgerissene stahlblaue Augen starrten sie mit leerem Blick an. Der Mund war leicht geöffnet, und am Mundwinkel war eine angetrocknete Speichelspur zu erkennen. Trotz des grauenhaften Anblicks konnte man sehen, dass Wolf Hauser ein attraktiver Mann gewesen war. Thea beschlich das eigenartige Gefühl, etwas in seinen Zügen zu erkennen, eine winzige Spur, die nur sie sehen konnte. Darüber zu reden hatte wohl kaum Sinn, denn dieses Gefühl ließ sich nicht in Worte fassen, und sie fürchtete, von Messmer nicht ernst genommen zu werden. Thea bemühte sich, den Blick nicht von dem Toten abzuwenden. Bei jeder Leiche übte sie, ein wenig länger hinzuschauen. Sie hoffte, es würde ihr helfen, irgendwann genauso routiniert wie Messmer und die anderen Kollegen mit dem Tod umgehen zu können.

Als sie den Anblick nicht mehr ertrug, ging sie auf den Flur hinaus. Im selben Moment flog unten die Tür auf.

»Micha!«, rief jemand.

Zwei Männer in weißen Papieroveralls und Überschuhen kamen eilig die Treppe hinauf.

Messmer ging ihnen entgegen. »Darf ich vorstellen: Alfred Geiger, besser bekannt als Spuren-Freddy, und Ulrich Moll, unser Starfotograf.«

»Hallo, ich bin Thea Engel.«

»Mit so einem Engel würde ich auch gerne zusammenarbeiten.« Geiger stellte grinsend den silbergrauen Koffer an der Türschwelle des Arbeitszimmers ab.

»Nur nicht neidisch werden«, sagte Messmer und ging hinein.

Thea ignorierte die Bemerkungen und beobachtete Moll, der das Zimmer und die Leiche von allen Seiten fotografierte. Geiger bestrich inzwischen den Schreibtisch mit Rußpulver, bis mehrere deutliche Fingerabdrücke sichtbar wurden.

»Ich schätze, die meisten Spuren sind vom Opfer selbst«, murmelte er und klebte einen breiten Plastikstreifen auf die Tischplatte.

Messmer kniete auf dem Boden und schaute unter das hochbeinige Regal, das hinter Hausers Schreibtisch stand. »Hier liegt was!«, rief er.

»Was immer es ist, lass es liegen!« Geiger kam eilig um den Schreibtisch herum und legte sich auf den Boden. »Uli, komm und mach deine Fotos. Und du, Micha, zieh lieber Handschuhe an oder noch besser, lass mich ran.«

Thea bückte sich ebenfalls. »Eine Glaskugel. Sieht aus wie ein Briefbeschwerer. Ich hab so was zu Hause.«

Messmer lächelte sie an. »Ich auch. Mundgeblasenes Glas?«

»Nein, Plexiglas, selbst gebastelt.« Thea stand abrupt auf. Sein Schwanken zwischen Arroganz und plötzlicher Freundlichkeit irritierte sie. Sie konzentrierte sich auf Ulrich Moll, der auf dem Boden robbte und die Kugel von allen Seiten fotografierte. Als er fertig war, holte Geiger sie hervor.

»Die Tatwaffe«, murmelte Messmer.

»Sieht ganz so aus.« Geiger richtete sich auf und legte den Briefbeschwerer vorsichtig auf eine Plastikfolie. »Aber ob verwertbare Fingerabdrücke darauf sind, wage ich stark zu bezweifeln. Alles ist verwischt und mit Blut beschmiert.«

Thea sah sich die faustgroße Kugel aus massivem Glas genauer an. Im Inneren verlief ein wirres Geflecht aus bunten ineinander verschlungenen Bahnen und unzähligen Luftbläschen, soweit man das unter dem Blut, das daran klebte, erkennen konnte. An der flachen Seite ging ein auffälliger, etwa fünf Zentimeter langer Riss durch das Glas.

»Dieser Sprung ist die einzige raue Stelle auf der Oberfläche«, sagte Geiger. »Vielleicht finden wir hier verwertbare DNA-Spuren, Hautabrieb vom Täter beispielsweise.«

»Das setzt voraus, dass der Sprung bereits vor der Tat da war«, überlegte Messmer. »Aber vermutlich ging das Ding erst kaputt, als es runterfiel und unter das Regal rollte.«

»Bei dem dicken Teppich?«, fragte Thea und sah nach unten.

»Alles ist möglich.« Geiger richtete sich auf. »Wenn dieser Briefbeschwerer dem Opfer gehörte und der Täter keine Waffe mitgebracht hat, dann sieht es ganz nach einer Affekttat aus. Aber schwätzen bringt uns jetzt nicht weiter. Ihr müsst schon die Laboruntersuchungen abwarten. Helft ihr uns beim Abkleben?«

Als sie fertig waren, ging Thea zum Fenster und sah auf die Straße, wo sich die Menschenmenge noch vergrößert hatte. Ein derartiges Polizeiaufgebot in der ruhigen Gegend war ja auch eine Sensation.

»Da kommt jemand«, sagte sie. »Ein roter BMW hält hinter dem Notarztwagen.«

Messmer zog die Gardine zur Seite. »Das wird die Dame des Hauses sein«, murmelte er. »Na, dann wollen wir sie begrüßen gehen.«

Die große, hagere Frau stand hinter dem Absperrband und redete auf den jungen Polizeibeamten ein. Von weitem schien sie dem Titelblatt der »Vogue« entsprungen zu sein, doch als Thea näher kam, sah sie die Falten um die stark geschminkten Augen. Das Haar war eine Spur zu platinblond.

»Was soll das? Ich wohne hier, also lassen Sie mich durch«, ereiferte sich die Frau mit schriller Stimme.

»Immer mit der Ruhe, der Kommissar kommt ja schon«, sagte der Polizist und versperrte ihr weiter den Weg.

Thea schätzte die Frau auf Mitte fünfzig. Das altrosa Kostüm saß wie maßgeschneidert und hatte sicherlich ein Vermögen gekostet. Diese halsbrecherischen Schuhe und die Louis-Vuitton-

Handtasche würde sich Thea im Leben nicht leisten können – und auch nicht wollen.

»Guten Tag, Messmer, Kriminalpolizei.« Messmer drehte sich zu Thea um. »Meine Kollegin Engel.« Er zog seinen Dienstausweis aus der Jackentasche. »Und Sie sind Frau Hauser, nicht wahr?«

»Die bin ich allerdings«, herrschte sie ihn an, ohne den Gruß zu erwidern. »Würden Sie mir bitte sagen, was das hier soll?« Thea versuchte inzwischen, die Schaulustigen hinter der Absperrung ein Stück zurückzudrängen. Völlig erfolglos, wie sie bald feststellte. Es kamen immer noch mehr Leute hinzu. Eine Streifenpolizistin würde sich bestimmt mehr Respekt verschaffen als ich, dachte sie zerknirscht. Vielleicht war es doch nicht immer vorteilhaft, dass Kripobeamte keine Uniform trugen.

»Jesses, Jesses, was isch denn hier passiert? Ein Einbruch? Bei uns, am helllichte Tag?«, fragte eine dickliche Frau und quetschte sich nach vorne.

»Ein Einbruch? Was ist denn weggekommen?« Ein gepflegter älterer Herr nahm seine Brille ab und schielte zur Villa. Thea sah ein Hörgerät hinter seinem Ohrläppchen blitzen.

»Bitte, Sie müssen den Weg für die Fahrzeuge frei halten«, sagte Thea mit aller Autorität, die sie aufbringen konnte, und versuchte, die Leute vom Zaun wegzuschieben. Ebenso hätte sie versuchen können, einen Strang Zahnpasta in die Tube zurückzudrücken.

»Mir isch aber gar nix uffg'falla. Dabei bin i scho seit achte in der Küch' und mach' Maultasche. Meine Tochter und de Enkele kommet morge vom Urlaub hoim.« Die kleine Dicke strich mit ihren Händen über die Schürze, an der noch Teigreste klebten.

»Ich glaube, der Hauser ist tot«, spekulierte eine andere.

»Noi!«

»Hauser? Tot?« Der alte Herr drehte am Rädchen seines Gerätes, um besser hören zu können.

»Ach was! Des gibt's doch net. Des glaub i oifach net. Der war doch noch so jung.« Ein gebeugtes Mütterchen, das sicher auf die achtzig zuging, schüttelte nachdrücklich den Kopf.

»A Herzanfall wird er g'hett han. Isch ja jede Morge zom Jogga ganga«, vermutete ein anderer.

»I sag's ja, Sport isch Mord.« Die rundliche Frau stellte sich auf die Zehenspitzen.

»Mord!« Der alte Herr drehte sein Hörgerät bis zum Anschlag. »Des muss Mord gwä sein. Deshalb isch auch d' Polizei da!«

»Wenn Sie heute Morgen etwas beobachtet haben, erzählen Sie es den Kollegen von der Schutzpolizei«, sagte Thea und wies auf den Streifenwagen, doch die Leute ignorierten sie einfach.

»Wissen Sie schon, wer es war?«, fragte ein anderer Mann.

»Ein Ausländer wahrscheinlich«, spekulierte jemand. »Man hört so viel von rumreisenden Einbruchsbanden.«

»I sag's ja immer, am beschte isch, älles abschließa«, räsonierte die Dicke.

»Und was macht der Notarztwagen da, wenn dr Hauser doch tot isch?.

»Wer isch tot?«

»Dr. Hauser!«

»Und die Frau Hauser war wieder mal fort, was?«, argwöhnte eine Stimme aus dem Gewühl.

»Bitte, meine Herrschaften …« Thea breitete die Arme aus, als wollte sie einen Schwarm Vögel verscheuchen, doch die Dicke drückte sich an ihr vorbei. Eine Frau in einem tief ausgeschnittenen Kleid stand jetzt so dicht vor ihr, dass sie einen unfreiwilligen Blick in ihr Dekolletee werfen konnte. Thea hob den Kopf und sah für einige Sekunden ihr eigenes Gesicht, das sich in den Gläsern der Sonnenbrille spiegelte. Mit dem Pferdeschwanz sah sie wie ein Schulmädchen aus. Kein Wunder, dass die Leute sie nicht ernst nahmen und Messmer so herablassend zu ihr war.

»Machen Sie sofort den Weg frei, der Leichenwagen fährt vor«, befahl der Streifenpolizist und drängte die Leute auf die andere Straßenseite. Thea sah sich nach Helene Hauser um, doch die war bereits mit Messmer im Haus verschwunden. Sie überließ die Gaffer den Kollegen vom Revier und ging hinein.

Durch eine spaltbreit geöffnete Tür im Erdgeschoss hörte sie Frau Hausers gebieterische Stimme, die nach Auskunft verlangte. Messmer hatte es ihr also noch nicht gesagt. Thea trat ein und stand in einem Wintergarten. Messmer saß mit Helene Hauser zwischen Kübeln mit Palmen und blühenden Orchideen an einem runden Holztisch, auf dem sich Kakteen aller Art und Größe drängten. In einer Ecke stand eine Nachbildung der Venus von Milo aus weißem Marmor. Thea setzte sich in einen der Korbstühle, schob einige Pflanzen auf dem Tisch beiseite und legte ihr Diktaphon daneben.

»Mein Mann will sie schon seit Tagen umtopfen.« Helene Hauser wies auf die Kakteen. »Vielleicht können Sie mir erklären, was hier los ist, junge Frau. Ihr Kollege macht es für meinen Geschmack etwas zu spannend. Wurde hier eingebrochen, oder was?« Ihr gefiel es offensichtlich nicht besonders, im eigenen Haus wie ein Gast behandelt zu werden.

»Wir sind gerade dabei, es herauszufinden«, sagte Thea.

Helene Hauser sah ihr misstrauisch zu, wie sie das Diktiergerät einschaltete.

»Unsere Alarmanlage ist brandneu, und wir sind gut versichert. Was wollen Sie hier? Und überhaupt, wo ist mein Mann?«

Messmer räusperte sich. »Ich muss Ihnen bedauerlicherweise mitteilen, dass wir wegen Ihres Mannes hier sind.«

Gleich sagt er es ihr, dachte Thea und war insgeheim froh, es nicht selbst tun zu müssen.

»So reden Sie schon!« Helene Hauser rieb die Füße aneinander, als hätte sie das dringende Bedürfnis, die Schuhe abzustreifen.

»Ihre Putzfrau hat Ihren Mann in seinem Arbeitszimmer gefunden«, sagte Messmer. »Er ist tot.«

Helene Hauser schüttelte ungläubig den Kopf. »Das kann nicht sein. Wolf ist kerngesund. Er ernährt sich vernünftig und joggt jeden Morgen …« Sie brach ab.

Thea beobachtete sie aufmerksam. Frau Hausers Nasenflügel bebten und ihre Hände flatterten wie kleine Vögel in ihrem Schoß. »Frau Hauser, Ihr Mann ist keines natürlichen Todes gestorben«, sagte sie eindringlich.

»Er wurde ermordet, vermutlich in den frühen Morgenstunden«, ergänzte Messmer.

Die Stille, die nun entstand, lastete schwer im Raum. Helene Hausers Gesicht war so bleich wie die Marmorstatue hinter ihr.

»Das Türschloss ist unbeschädigt. Der Täter wurde entweder von Ihrem Mann ins Haus eingelassen, oder er hatte selbst einen Schlüssel.« Messmer beugte sich nach vorn. »Wer außer Ihnen und Ihrem Mann hat noch einen Hausschlüssel?«

»Niemand außer unserer Zugehfrau«, sagte Helene Hauser abwesend.

»Haben Sie Kinder, Frau Hauser?«, fragte Messmer.

Helene Hauser schüttelte den Kopf. »Nein, Wolf wollte nie welche haben. Er sagte, sie machen nur Arbeit und kosten zu viel Geld. Manchmal habe ich ihn deswegen gehasst. Aber den Tod hat er nicht verdient.« Sie hob den Kopf und sah Thea mit glasigen Augen an. »Ich verstehe das nicht. Wo ist er?«

»Oben. Aber Sie können jetzt nicht rauf. Die Spurensicherung muss noch abgeschlossen werden.«

Helene Hauser nickte.

»Wenn Sie möchten, rufe ich Ihnen einen Arzt«, sagte Thea.

»Danke, das ist nicht nötig.«

»Ich muss Ihnen noch ein paar Fragen stellen«, sagte Messmer.

»Bitte.« Helene Hauser wirkte wieder gefasst.

»Wo kommen Sie gerade her?«

»Vom Flughafen.«

»Und wo waren Sie vorher?«

»Ich war geschäftlich in der Schweiz.« Helene Hauser setzte sich kerzengerade hin. In ihrem Gesicht war nun keine Regung mehr auszumachen.

»Was für Geschäfte?«, fragte Messmer.

Thea bemerkte, dass er sich zu ärgern begann. Diese Frau

erinnerte sie an eine Auster, die sich partout nicht öffnen ließ.

»Ich bin Exportchefin unserer Firma und kümmere mich um die Geschäfte in Europa und den USA. Zu unseren Kunden gehören große Modehäuser. Diese Woche war ich in Paris, danach einen Tag in Rom und zwei Tage in Genf. Zuletzt habe ich unsere Geschäftsfreunde im Tessin besucht.«

Messmer kratzte sich am Kinn. »Wie heißen diese Freunde?«

»Es ist eine Familie namens Maschio. Mein Vater ist mit Paolo Maschio seit der Schulzeit eng befreundet. Wenn ich in der Nähe bin, besuche ich die Familie in Lugano.«

»Und Sie kommen jetzt direkt von dort?«

»Das sagte ich doch.«

»Haben Sie bei diesen Freunden übernachtet?«

»Nein, ich war im Hotel ›Bellevue au Lac‹.«

»Mit welcher Fluggesellschaft sind Sie geflogen, Frau Hauser? Und wann sind Sie in Stuttgart gelandet?«

»Ich bin heute Morgen um sieben Uhr zehn mit einer Maschine der Swiss angekommen.«

»Sieben Uhr zehn«, sagte Messmer gedehnt und sah auf die Uhr. »Jetzt ist es fast elf. Sie wollen mir sicher nicht erzählen, dass Sie für die paar Kilometer vom Flughafen bis hierher fast drei Stunden gebraucht haben?«

»Natürlich nicht.« Helene Hausers Blick stellte unmissverständlich klar, was sie von Messmer hielt. »Mein Koffer war in Zürich liegen geblieben, und ich musste auf die nächste Maschine warten.«

Messmer wechselte einen kurzen Blick mit Thea, die sich eine Notiz machte.

»Können Sie sich vorstellen, wer ein Interesse am Tod Ihres Mannes haben könnte?«

»Nein.«

»Hatte er irgendwelche Feinde?«

Frau Hausers Blick wurde so kalt, dass Thea beinahe erwartete, Eisblumen an den Fenstern wachsen zu sehen. »Als Geschäftsmann konnte Wolf sich keine Feinde leisten. Er war immer bestrebt, Geschäftsfreunde zu gewinnen.«

»Und privat?«

»Als Geschäftsführer unserer Firma ging Wolf voll in seinem Beruf auf. Er hatte kein Privatleben.«

Wer's glaubt, wird selig, dachte Thea. Für so ein tristes Dasein, wie seine Frau es ihnen gerade weismachen wollte, war dieser Mann einfach zu attraktiv gewesen. Ihr Blick hing an einem großen, runden Kaktus in der Ecke neben der Tür. Sie erinnerte sich, diese Gattung schon im Gewächshaus der Wilhelma gesehen zu haben. Sie wurde im Volksmund »Schwiegermutterschemel« genannt. Wenn die Schwiegermutter vom Schlag Helene Hausers war, machte diese Bezeichnung tatsächlich einen Sinn.

»Danke, Frau Hauser. Wir werden in den nächsten Tagen sicher noch einmal auf Sie zukommen. Und von Ihren Mitarbeitern brauchen wir natürlich weitere Auskünfte.« Messmer stand auf.

»Wenden Sie sich an unseren Prokuristen, Herrn Klenk. Er ist seit mehr als dreißig Jahren bei uns.« Helene Hauser klang erschöpft. »Wenn Sie erlauben, ziehe ich mich jetzt zurück.«

***

»Schönen guten Tag, alle miteinander!« In der Tür des Arbeitszimmers stand der Gerichtsmediziner Professor Dr. Herbert Krach von der Universität Tübingen. »Die B 27 war doch wirklich mal frei heute.« Er stellte seinen Instrumentenkoffer auf einem chintzbezogenen Stuhl ab und gab Thea die Hand. »Sie sind also die Neue?«

Thea lächelte und wollte gerade sagen, dass sie sich bereits vor einigen Wochen im Dezernat kennen gelernt hatten, doch der Professor wandte sich seinem Koffer zu und streifte ein paar Plastikhandschuhe über. »Ja, ja, der Genosse Tod macht auch vor Geld und Macht nicht Halt«, murmelte er vor sich hin.

Krach stammte aus dem Osten der Republik, was sich deutlich in seinem Sprachgebrauch manifestiert hatte. Er war ein hochgewachsener Mittfünfziger, dessen eng stehende graue Augen prüfend durch die randlose Brille blickten. Seine etwas zu lang geratene Nase war schmal, und die Nasenlöcher wirkten, als hätten sie sich schützend zusammenzogen, um die Gerüche abzuwehren, denen sie täglich ausgesetzt waren.

»So hat also der Kapitalismus wieder mal ein neues Opfer gefordert«, sinnierte er.

»Wir sind noch weit davon entfernt, Näheres über das Tatmotiv sagen zu können. Geld, Macht, Eifersucht – es ist alles möglich«, sagte Messmer.

Wie kann man nur so einen Beruf ausüben, fragte sich Thea. Wer nimmt die Mühen eines Medizinstudiums auf sich, um dann freiwillig für den Rest seines Lebens Leichen zu sezieren? Während ihrer Zeit bei der Schutzpolizei war sie einmal einem Pathologen begegnet, der meinte, die Arbeit eines Arztes sei viel riskanter, solange die Patienten noch am Leben sind. Er sei jedenfalls noch nie wegen eines Kunstfehlers verklagt worden.

»Die Leichenstarre in den kleinen Gelenken ist schon eingetreten«, murmelte Krach, während er Wolf Hausers Kiefermuskulatur und die Handgelenke befühlte. »Ich würde sagen, er ist seit etwa drei Stunden tot, vielleicht etwas länger.« Er schlug Hausers Bademantel vorsichtig zurück. »Die Leichenflecken sind zu erkennen, aber noch nicht voll ausgeprägt und leicht wegdrückbar.« Er richtete sich auf. »Drei Stunden minimum. Genaueres gibt es nach der Sektion.«

***

28. November 1973

Wir sollten heute ein Bild zum Thema Geborgenheit malen. Ich saß vor dem leeren Blatt und habe nachgedacht. Schließlich habe ich eine nächtliche Straße gemalt, schwach beleuchtet vom Schein der Laternen, ein großes, dunkles Haus mit hellen Fenstern, und auf der Straße eine Frau, die den Mantelkragen hochgeschlagen hat und sehnsüchtig nach den erleuchteten Fenstern schaut.

Dali hat sich mein Bild lange angesehen und dann gesagt, ich sollte doch Geborgenheit malen und nicht das Gegenteil davon. Da wurde mir klar, wie ausgeschlossen ich mich fühle, und dass ich mir Geborgenheit nur außerhalb von mir selbst vorstellen kann.

Das Bild der Signora war ganz anders als meins. Sie hat ein blühendes Mohnfeld mit einem azurblauen Himmel gemalt, in den Zypressen wie dunkle Lanzen stechen. Im Geiste hat sie bestimmt wieder Celentano singen gehört.

Seltsamerweise hat mich das Bild sehr berührt. Plötzlich ist eine Sehnsucht in mir aufgestiegen, die ich kaum erklären kann. Für einen Augenblick habe ich mich dorthin gewünscht, einfach weg von hier und den Dingen, die ich lieber vergessen möchte. Ich glaube, dies ist eine Landschaft, in der meine Seele gesund werden könnte, wenn das überhaupt jemals möglich ist.

Wahrscheinlich habe ich heute zum ersten Mal verstanden, was in der Signora vorgeht, wenn sie stundenlang ihr »Azzurro« hört. Sie sagt, so würde der Himmel über Italien aussehen. Nirgendwo anders auf der Welt sei er so blau. Und das Lied erinnere sie an eine unglückliche Liebe und die schönste Zeit ihres Lebens. Ich kapiere nicht, wie sich eine unglückliche Liebe und diese schreckliche Schnulze mit der schönsten Zeit ihres Lebens vereinbaren lassen, aber sie lächelt nur ein wenig herablassend und meint, ich sei eben noch zu jung, um das zu verstehen. Wie dem auch sei, ich hasse das Lied. Mir wird übel, wenn ich bloß die ersten Takte höre.

Aber irgendwie beneide ich sie auch um diese Erinnerungen. Eine unglückliche Liebe ist sicher besser als gar keine. Ich weiß nicht, ob ich für einen Mann jemals so empfinden kann wie die Signora, aber ich wünsche es mir.

Dali behauptet natürlich, es sei pure Illusion, die Geborgenheit außerhalb von sich selbst zu suchen. Aber tun das nicht alle? Die meisten suchen sie in einem anderen Menschen. Die Signora sucht sie in ihrer Heimat. Und ich? Wenn doch damals dieser schreckliche Flugzeugabsturz nicht gewesen wäre. Dann wären Mama und Papa noch am Leben. Und ich wäre gar nicht hier und müsste mich nicht mit der idiotischen Aufgabe herumschlagen, die innere Geborgenheit zu malen.

***

Das Polizeipräsidium Stuttgart liegt oberhalb der zu jeder Tageszeit dicht befahrenen Kreuzung am Pragsattel, wo der höchste Wolkenkratzer Deutschlands, der »Trump-Tower«, hätte gebaut werden sollen. Doch nach monatelangen Diskussionen im Rathaus und in der Öffentlichkeit hatte die Stadt ihr Vorhaben zurückgezogen. Vor allem nach den Anschlägen auf das World Trade Center in New York war die Stimmung umgeschlagen, von den hohen Baukosten ganz abgesehen. Prompt war die Stadt von der Baugesellschaft verklagt worden, doch letztendlich war Stuttgart ein umstrittenes Bauwerk erspart geblieben.

Im verzweifelten Kampf gegen die endlosen Blechlawinen und Abgase hatten die Stadtväter beschlossen, den Pragsattel zu untertunneln. So war das Gelände innerhalb weniger Wochen zu einer riesigen Baustelle mutiert, was das Verkehrsproblem nur noch verschlimmerte.

Hinter dem langen Polizeigebäude, das bis in die siebziger Jahre das Robert-Bosch-Krankenhaus beherbergt hatte, erstreckten sich Weinberge. Hier rangen die berühmten Trollinger- und Rieslingreben unverdrossen ums Überleben, getreu dem Motto: Was uns nicht umbringt, macht uns stark.

Nach derselben Devise verrichteten die Beamten der Mordkommission täglich ihren Dienst. Als Thea das schmale Schreibbüro betrat, in dem außer dem Schreibtisch der Angestellten kaum mehr als drei Stühle Platz fanden, überlegte sie, wie viele Straftäter hier schon ihr Gewissen erleichtert und wie viele Zeugen ihre Beobachtungen zu Protokoll gegeben hatten.

Bosiljka Baric hatte auf einem der Stühle Platz genommen. Die schwarze Handtasche hielt sie fest am Griff umklammert und sah die beiden Beamten halb misstrauisch, halb erwartungsvoll an.

»Frau Baric, wir brauchen noch ein schriftliches Protokoll Ihrer Aussage!« Messmer leierte die übliche Zeugenbelehrung herunter, nur diesmal etwas langsamer als sonst.

Thea beobachtete die Zeugin, die nervös auf ihrem Sitz hin und her rutschte. Sie war sich nicht ganz sicher, ob die Frau alles verstanden hatte.

»Wir können gerne einen Dolmetscher für Ihre Muttersprache hinzuziehen«, sagte Messmer.

»Danke. Ich brauch keine Dolmetscher. Ich fast dreißig Jahre wohne in Stuttgart.« Eine leichte Röte breitete sich auf ihrem rundlichen Gesicht aus.

»Gut. Dann brauchen wir zunächst Angaben zur Person.«

»Welche Person?« Frau Baric sah ihn entsetzt an. »Ich weiß doch gar nix! Ich doch nix gesehen die Person! Ich bin gekommen später, da war Herr Hauser tot, und das hab ich Ihne schon gesagt.«

Thea sah Messmer an und unterdrückte ein Lächeln.

»Nein, nein, ich meine nicht die Person, die Ihren Chef umgebracht hat, sondern Ihre Person, verstehen Sie?«

»Ich doch nix wisse«, ereiferte sich Bosiljka und drückte den Griff ihrer Handtasche noch fester gegen die Brust.

»Frau Baric«, sagte Thea freundlich, »mein Kollege möchte etwas über Sie persönlich wissen.« Sie zeigte mit dem Zeigefinger auf die Zeugin.

»Ach so! Sie wolle wisse was von mir?« Bosiljka nickte freudestrahlend und so heftig, dass ihre Frisur fast aus der mit viel Haarlack gehärteten Form geraten wäre. »Aber ich trotzdem nix v'rstehen, warum Sie das wolle wisse. Ich hab nix Schlechtes gemacht. Oder?«

»Wir brauchen nur Ihre Personendaten. Wann und wo sind Sie geboren?«, begann Messmer aufs Neue und blickte von der Zeugin zu Thea und zu Frau Gerstenmeier, eine der wenigen Schreibkräfte, die noch nicht im Urlaub waren. Sie lächelte in sich hinein und trommelte mit den Fingerspitzen auf die Tastatur.

»Also, ich bin gebore am erschte Juli neunzehnhundertachtundvierzigste«, begann Bosiljka, »in ein Dorf bei Split. Das ist eine sehr schene Stadt. Sie vielleicht schon da gewese in Urlaub? Split hat große Palast von Kaiser Diokletian, und der war Kaiser vorn alte Rom.«

Lass die Leute nur reden, reden, reden. Sortieren tun wir es später, dachte Thea belustigt und zupfte die welken Blätter von der mickrigen Zimmerpflanze auf dem Fensterbrett. Es sah ganz so aus, als sei Messmer diesmal in seine eigene Falle getappt.

Bosiljka redete indessen ohne Punkt und Komma weiter.

Durch das gekippte Fenster drückte die Hitze herein. Die Innenstadt flimmerte im Sommerdunst. Von der Pragkreuzung drang der Verkehrslärm, übertönt vom Geheule eines Krankenwagens, der in halsbrecherischem Tempo die Heilbronner Straße in Richtung Innenstadt fuhr.

»Frau Baric«, unterbrach Thea. »Sie arbeiten doch schon lange für die Hausers.«

»Ja.«

»Dann wissen Sie sicher mehr über ihr Familienleben als sonst jemand.«

»Ich wirklich nix weiß. Ich putze nur und bin oft alleine da. Frau Hauser isch viel weg. Dann sie schreibt mir nur eine Zettel, damit ich weiß, was ich muss mache. Private Sache mich nix interessiere.« Bosiljka war es sichtlich unangenehm, über das Privatleben ihres Arbeitgebers reden zu müssen. »Jeder soll leben nach seine Fassone.«

»So denke ich auch«, versicherte Thea. »Hier handelt es sich aber um einen Mordfall, und deshalb ist alles wichtig, jede Kleinigkeit, auch Privates.«

»Ich weiß, ich hab viele Krimis in Fernsehen gesehe. Tatort und Derrick und so …«

»Hatten die Hausers in den letzten Tagen Streit, ich meine so richtig?«, fragte Messmer.

»Nein. Nix, wenn ich da war. Wissen Sie, Frau Hauser isch schon a bissle streng, Sie v'rstehen. Sie will alles picobello haben. Sie habe sie doch g'sehen. Sie ist eine Dame, immer elegant, groß und schlank.« Sie sah verlegen an sich herunter. »Ich bin a bissle zu dick, wissen Sie, aber das isch bei uns familiär.«

»Frau Baric, würden Sie bitte beim Thema bleiben!« Messmers Stimme hatte einen leicht drohenden Unterton.

Thea schmunzelte. »Wie wäre es mit einer Tasse Kaffee? Ich hole Ihnen gerne eine.«

»O ja. Wissen Sie, ich hab a bissle niedrigen Blutdruck, das isch auch familiär, und auch meine Mutter, Gott hab sie selig …«

Doch Thea war bereits draußen, und so hörte sie Bosiljkas Klagen über familiäre Veranlagungen nicht bis zum Ende an.

Auf dem Flur stieß sie beinahe mit Verena Sander zusammen, die eine Holzschüssel voller Süßigkeiten trug.

»Willst du ein bisschen Nervennahrung?« Verena hielt ihr die Schüssel hin.

»Die kommt wie gerufen.« Thea schob sich ein Toffee in den Mund. »Du glaubst nicht, was die Zeugin da drin für Nerven kostet. Vor allem Michas.«

Die Schüssel mit den Leckereien war im Laufe der Jahre Brauch geworden. Wann immer eine Sonderkommission eingerichtet wurde, kam sie im Besprechungszimmer auf den Tisch und wurde zur Hebung der allgemeinen Stimmungslage täglich aufgefüllt. Dauerten die Ermittlungen länger, wurde hin und wieder ein Obsttag eingelegt, damit die Arbeit nicht allzu sehr auf die Hüften schlug.

Thea mochte Verena Sander. Sie war die gute Seele des Dezernats, besänftigte die erhitzten Gemüter, wenn die Kollegen mal aneinander gerieten. Sie kümmerte sich mit selbst gebackenen Kuchen und Keksen um das leibliche Wohl aller. Als allein stehende Frau geht man entweder ins Kloster oder zur Kripo, war ihre Devise.

Als sie den Besprechungsraum betraten, schrieb Rudolf Joost gerade die Personalien des Opfers an ein Flip-Chart. Seine Mitarbeiter saßen rund um den langen Tisch. Joost wirkte abgespannt. Obwohl er erst knapp über vierzig war, hatten sich bereits tiefe Furchen in seiner Stirn eingegraben. Zahlreiche Sonderkommissionen und nächtliche Bereitschaftsdienste hatten ihre Spuren hinterlassen. Aber seine grauen Augen blickten noch immer freundlich und geduldig aus dem ein wenig müden Gesicht.

»Dass wir hoffnungslos unterbelegt sind, ist klar«, sagte er mit einem Blick in die Runde. »Die Privattermine müssen also warten.«

»Wo isch aigendlich dr Micha?«, fragte Kurt Kübler, der es selbst unter Strafandrohung kaum fertig brachte, hochdeutsch zu sprechen. Er stammte aus einem Dorf in der Nähe von Hechingen und wohnte in einem ehemaligen Bauernhof auf der Schwäbischen Alb. Als begeisterter Pferdenarr unternahm er mit seiner Frau und den beiden Kindern lange Reittouren. Er war sehr stolz auf seine Herkunft, auch wenn ihn die Kolleginnen und Kollegen wegen seines Dialekts belächelten und behaupteten, kein normaler Mensch könne ihn verstehen.

»Der vernimmt gerade Hausers Putzfrau.« Thea schloss die Tür hinter sich.

»Gut, dass du kommst.« Joost wandte sich zu ihr um. »Ich schlage vor, dass Micha der Hauptsachbearbeiter wird. Da du mit ihm am Tatort warst, könnt ihr beide ein Team bilden.«

»Okay.« Thea nahm eine frische Tasse aus dem Schrank und machte sich an der Kaffeemaschine zu schaffen.

»Willst du ihr das wirklich antun?« Walter Ströbele warf Joost einen zweifelnden Blick zu. »Ich weiß nicht, ob Thea bei unserem Macho in guten Händen ist.«

Thea wusste, dass Ströbele sie mochte. So wie ein Vater sich um seine halbwüchsige Tochter sorgt, machte sich Walter Ströbele mitunter Gedanken, die über einen kollegialen Umgang hinausgingen. Vom ersten Tag an hatte er sie »Engelchen« genannt. Das hätte sie von keinem anderen geduldet, doch aus seinem Mund tat ihr das manchmal sogar gut. Ströbele war um die sechzig, und als sie vor einem knappen halben Jahr zum Dezernat kam, war er in ihren ersten Wochen ihr Bärenführer gewesen, wie er scherzhaft sagte. Es war zu einem großen Teil sein Verdienst, dass Thea sich hier sehr bald heimisch gefühlt hatte.

»Thea ist alt genug, sie braucht dich nicht als Beschützer.« Joost lächelte Thea zu. »Für diese Arbeit musst du dir über kurz oder lang ein dickeres Fell zulegen. Und von Micha kannst du eine Menge lernen.«

»Nicht nur in beruflicher Hinsicht«, frotzelte Harald Koch, der sich zu Thea an die blubbernde Kaffeemaschine gesellt hatte. Böse Zungen behaupteten, Koch verbringe den Großteil seiner Arbeitszeit mit Kaffeetrinken, und sehr übertrieben war das sicher nicht.

Joost ignorierte Kochs Bemerkung und fuhr fort, die Aufgaben zu verteilen.

»Verena, du übernimmst die Spureneingabe in die Datenbank. Harry wird dich am PC unterstützen, wenn er gerade mal keinen Kaffee trinkt.«

»Und er könnte meinen Springer vom Bahnhofsturm übernehmen«, sagte Thea. »Wenn ich mich jetzt in diese Ermittlungen stürze, werd ich kaum Zeit für die Leichenmeldung finden. Und die sollte heute noch an die Staatsanwaltschaft gehen.«

»Mach ich mit links«, sagte Koch großspurig. »Leg sie mir ins Fach.«

»Da liegt sie schon.« Thea reichte ihm grinsend seinen Kaffeebecher.

»Otti, darf ich dich bitten, die Aktenführung zu übernehmen?«, fuhr Joost fort.

Ottfried Kümmerle, der eingehend die Schüssel mit den Süßigkeiten untersuchte, zuckte zusammen. Seine heute mehr denn je nach unten gezogenen Mundwinkel machten deutlich, wie gelegen ihm diese Soko und die damit verbundene Flut von Überstunden kam. »Bleibt mir ja nichts anderes übrig. Macht ihr euch draußen nur die Finger dreckig. Ich bleib lieber in meinem Kabuff und schreib auf, was ihr vermasselt habt.« Ein Optimist war Kümmerle nicht gerade, doch alle hatten sich an sein Gebruddel gewöhnt.

»Hast wieder mal keine Weinbrandbohnen mitgebracht«, stellte er enttäuscht fest.

»Keinen Alkohol im Dienst, Otti«, sagte Verena lächelnd. »Ich war lange genug beim Drogendezernat.«

Joost schrieb den Namen und das Geburtsdatum Helene Hausers an das Flipchart und zog eine Linie zum Namen ihres Ehemannes. »Wir müssen die Obduktion abwarten, aber wie es aussieht, ist Hauser erschlagen worden. Die Ehefrau sagte, sie sei geschäftlich in der Schweiz gewesen.« Er malte einen Kreis um Helene Hausers Namen und einen weiteren ein Stück daneben und schrieb »Maschio« hinein. »Diese Geschäftsfreunde müssen wir überprüfen.« Er verband beide Kreise mit einem roten Strich und kritzelte ein dickes Fragezeichen darüber. »Verena, könntest du die restlichen Nachbarschaftsbefragungen auswerten? Vielleicht hat noch jemand etwas beobachtet. Ihr wisst, übernächste Woche gehe ich in Urlaub.« Joost warf den Edding auf die Ablage, nahm sich ein Snickers aus der Schüssel und biss energisch hinein. »Bis dahin will ich den Täter haben.«

Als Thea mit dem Kaffeetablett ins Vernehmungszimmer kam, war Messmer gerade dabei, Frau Gerstenmaier eine straffe Zusammenfassung von Bosiljka Barics Aussage zu diktieren. Danach wandte er sich wieder an die Zeugin.

»Sie kennen doch sicher diesen gläsernen Briefbeschwerer von Herrn Hauser. Wissen Sie noch, wann Sie den das letzte Mal berührt haben?«

»Ach, die schene Kugel? Herr Hauser hat nie benutzt, weil sie isch kaputt. Isch bestimmt mal runtergefalle.«

»Sie haben diesen Sprung also schon vor längerer Zeit bemerkt?«

»Solange ich da arbeite, isch Kugel kaputt. Das ich ganz sicher weiß, weil ich immer sie abstaube, wenn ich putze in Arbeitszimmer.« Sie sah Messmer fest an. »Weiß auch nicht, warum Herr Hauser sie auf dem Schreibtisch hat. Vielleicht es isch eine Souvernier.«

»Und wann haben Sie also diesen Briefbeschwerer das letzte Mal geputzt?«

»Isch erst vorgestern gewese!« Sie schaute fragend von Messmer zu Thea.

»Sie sagten vorhin, Frau Hauser fährt oft weg«, wechselte Messmer das Thema. Wissen Sie denn, wo sie in den vergangenen Tagen war?«

»Sie wisse, reiche Leute reisen viel. Ich nix. Aber einmal ich war in Baden-Baden und am Bodensee bei Bekannten von meine Sohn. Und bei uns an Adria war ich oft gewese. Kennen Sie Adria? Da isch sehr schen.«

Messmer schlürfte von seinem Kaffee und hustete.

»Mit meine Mann ich war auch in Ungarn und Esterreich, aber wir da fahre nur durch, wenn …« Sie verstummte, denn Messmers blitzeschleudernder Blick traf sie erneut.

Thea schob ihr den Kaffee hin.

Bosiljka nahm einen kleinen Schluck. »Also, sie hat gesagt am Telefon, dass sie wieder kommt nach Lugano. Ich hab gedacht, Lugano isch in Italia, aber meine Sohn Ivo, der jetzt in Zagreb wohnt mit Familie … ja also, er hat neulich zu mir gesagt am Telefon: ›Mama, du hast nicht Ahnung von Geographie‹, und a bissle isch das wahr. Ja, und er hat g'sagt, Lugano isch nicht in Italia, sondern in Schweiz. Sie wisse nicht zufällig, wo Lugano …«

»Frau Baric!«, zischte Messmer, der sich nur noch mühsam

beherrschen konnte. »Fährt denn Frau Hauser oft nach Lugano, und wissen Sie – natürlich rein zufällig –, warum?«

»Ja, das ich Ihnen will schon sage die ganze Zeit«, schmollte Bosiljka.

»Dann tun Sie es, um Himmels willen!«

»Sie da besucht eine Mann.«

Es entstand eine Pause, die Bosiljka sichtlich genoss.

»Wissen Sie vielleicht auch, wie er heißt?« Messmer war nun wieder ganz freundlich.

»Natürlich.« Bosiljka sah von einem zum anderen, plötzlich schweigsam wie ein Grab.

Thea lächelte sie aufmunternd an.

»Enrico.«

»Und weiter?«, fragte Thea honigsüß.

»Nachname weiß ich nix genau. Isch eine italienische Name, fängt glaub ich mit ›Ma …‹ an. Frau Hauser habe mit ihm telefonieren von ihre Zimmer aus, und wenn ich wische Staub, isch ja nicht so laut im Haus, und manchmal die Türe steht offen …«

»… und Sie hören ganz zufällig, was Sie gar nicht hören wollen?« Messmer stand auf, zwängte sich an Thea vorbei und ließ das Rollo nach unten sausen. Die Hitze in dem kleinen Raum wurde allmählich unerträglich.

»Genau! Ja also, ich glaub, diese Enrico isch Sohn von Freunden von Herr Hauser … Oh Gott, oh Gott … und dann er isch viel jünger als Frau Hauser, aber mich das geht nix an, Sie v'rstehen?«

Thea, Messmer und Frau Gerstenmaier sahen sich an. Sie hatten verstanden.

Thea kam gerade mit einem Käsesandwich aus der Kantine, als Messmer sie zu sich winkte. »Guten Appetit«, sagte er.

»Das muss auch sein«, murmelte sie mit vollem Mund und ärgerte sich sofort, dass sie sich rechtfertigte.

»Ich überlege gerade, ob ich den Pizza-Service anrufen soll. Aber wahrscheinlich wird es nur für ein paar Spiegeleier reichen, falls die Kochplatte im Besprechungszimmer nicht schon wieder kaputt ist.«

Thea wusste, dass Messmers Ernährung seit seiner Scheidung ziemlich einseitig war, was ihn aber nicht sonderlich zu stören schien. »Du solltest es zur Abwechslung mal mit Rührei versuchen«, schlug sie vor.

Messmer lachte, legte die langen Beine auf den Schreibtisch und streckte sich. Jetzt fehlen nur noch ein Stetson und Cowboystiefel mit Silbersporen, dann könnte er direkt nach Laramie reiten, dachte Thea.

Messmer schwang die Beine wieder vom Tisch, als hätte er ihre Gedanken gelesen. »Das waren doch eben nette Neuigkeiten, die uns die Putzfrau erzählt hat, oder?«

»Ja, jetzt haben wir wenigstens einen Anhaltspunkt, warum Frau Hauser so gefasst war.«

»Ein klassischer Fall. Sie hat einen Liebhaber und will endlich frei sein. Weiber eben!« Messmer schaute Thea einige Augenblicke zu lange an und grinste.

»Ja, ja, es sind wieder mal die Frauen.« Thea sprang prompt darauf an. »Und was, meinst du, hat Hauser inzwischen getan? Warum können die Männer eigentlich immer mit Zustimmung, wenn nicht sogar Bewunderung rechnen, wenn sie sich eine

Geliebte halten? Wenn Frauen dasselbe tun, sind alle furchtbar entsetzt und tun ach so moralisch.«

»Du nimmst das zu persönlich!« Messmer lachte. »Es ist doch völlig egal, wer hier wen betrügt. Dieser Fall ist einfach und klassisch strukturiert, da bin ich mir ziemlich sicher.«

Thea ärgerte sich über sich selbst. Sie versuchte, kühl und sachlich zu bleiben, doch in Messmers Gegenwart fiel ihr das oft schwer. Vor allem, wenn er sie so anschaute wie George Clooney und sie das Gefühl bekam, nicht bis drei zählen zu können. Was hatte sich Joost eigentlich dabei gedacht, sie diesem eingebildeten Kerl zur Seite zu stellen?

»Wenn Frau Hauser sich einen Geliebten hielt, dann hat sie sicher einen Vorteil davon, dass ihr Mann tot ist. Aber sie muss ihn deswegen noch lange nicht umgebracht haben. Es gibt schließlich auch Scheidungen«, sagte sie.

»Ja, und es gibt auch Gütertrennungen. Aber manchen Leuten reicht eben die Hälfte des Vermögens nicht.« Messmer nahm eines der Fotos vom Tisch. »Sieh dir das an. Es muss ein sehr kräftiger Schlag mit der Glaskugel gewesen sein. Ich schätze, sie stammt aus Schottland oder Cornwall. Ich habe mal im Urlaub zugeschaut, wie die gemacht werden.«

Thea griff nach dem Foto, auf dem die blutverschmierte Glaskugel zu sehen war. »Es könnte auch venezianisches Glas sein, aus Murano«, erwiderte sie lässig. Messmer kehrte derart den Klugscheißer heraus, dass es sie reizte, ihm Kontra zugeben.

»Jedenfalls wiegt die Kugel fast ein Kilo«, sagte Messmer. »Genug, um jemanden damit ins Jenseits zu befördern.«

Thea stand dicht neben ihm und betrachtete die Fotos. Im Laufe ihrer Ausbildung hatte sie viele Leichen gesehen, und trotzdem fühlte sie sich jedes Mal unwohl, wenn sie mit dem Tod konfrontiert wurde. Andererseits hatte sie sich für diesen Beruf bewusst entschieden und bereute es nicht. Das leichte Schaudern, das sie immer befiel, wenn sie sich vergegenwärtigte, dass der Tod überall war und unvorbereitet zuschlug, würde hoffentlich im Laufe der Jahre nachlassen.

Der würzige Duft nach Sandelholz und Moschus von Messmers Rasierwasser stieg ihr in die Nase. Hatte er doch mehr Geschmack, als sie ihm zugetraut hätte? Ihr wurde schwindelig, diesmal nicht wegen der Fotos. Sie hielt sich an der Tischkante fest.

»Ist dir nicht gut?«, fragte Messmer.

»Nein, alles in Ordnung.« Thea spürte seinen Atem an ihrer Schulter. War sie etwa rot geworden?

Er räusperte sich. »Ach übrigens, was ich dich noch fragen wollte …«

»Ja?« Thea stand wieder auf festem Boden.

»Hättest du Lust, nachher mit mir, aber natürlich nur, wenn du Zeit hast und wenn es dir gut geht, immerhin ist draußen sehr heiß …«

»Es ist nur der Kreislauf.« Hielt er sie für so wenig belastbar? Sie versuchte, seinem prüfenden Blick standzuhalten.

»Ich muss noch weg. Und da dachte ich, ob du vielleicht mitfahren willst. Ich muss …«

»Ja?«

»Würdest du vielleicht mit zur Obduktion kommen? Ins

Robert-Bosch-Krankenhaus. Professor Krach will um fünf anfangen.«

Thea sah ihn entgeistert an. Sie hatte sich also nicht verhört. Zur Obduktion! Einen kurzen Moment hatte sie doch tatsächlich geglaubt, Messmer wollte sie zum Essen einladen, und wenn es nur in eine Imbissstube am Hauptbahnhof gewesen wäre. War sie wirklich so naiv? Mit Entsetzen stellte sie fest, dass sie enttäuscht war. Dabei war er ihr doch vollkommen gleichgültig. Und außerdem überhaupt nicht ihr Typ. Sie war an einfühlsamen, gebildeten und musischen Männern interessiert. Sie musste dringend den Rückwärtsgang einlegen, sonst würde die Situation völlig aus dem Ruder laufen.

»Klar, wenn's sein muss«, sagte sie betont lässig. »Wir treffen uns am Auto. Zehn vor fünf, okay?« Sie drehte sich hastig um, knallte dabei beinahe gegen die Tür und verließ das Zimmer.

Sie sah nicht mehr, wie Messmer lausbübisch grinste, die Fotos in den braunen Umschlag steckte und eine Melodie zu pfeifen begann.

***

Tropische Hitze schlug Thea entgegen. Als sie in den aufgeheizten Wagen stiegen, der ein paar neue Stoßdämpfer so nötig hatte wie eine gut funktionierende Klimaanlage, brach ihr augenblicklich der Schweiß aus. Sie warf einen verstohlenen Blick auf ihren Kollegen. Wie schaffte der es nur, selbst bei dieser Hitze immer frisch und wie aus dem Ei gepellt auszusehen?

Messmer startete das Auto, noch bevor Thea den Sicherheitsgurt geschlossen hatte, und fuhr die gewundene Straße zwischen den Weinbergen zum Robert-Bosch-Krankenhaus hinauf. Warum schmunzelte er jetzt eigentlich? Hatte er etwa mitbekommen, dass sie ihn beobachtete?

»Die Hundert-Grad-Sauna ist ein Kühlschrank gegen dieses Auto«, sagte sie, um das peinliche Schweigen zu brechen.

»Wir sind ja gleich da«, entgegnete Messmer. »Und im Obduktionssaal ist es garantiert angenehm kühl.«

Thea schluckte. »Angenehm? Du machst wohl Witze.«

»Wenn's dir da immer noch zu warm ist, haben sie ja vielleicht noch ein Kühlfach frei«, sagte Messmer mit charmantem Lächeln.

»Ich werde darüber nachdenken«, entgegnete Thea, der schon bei der bloßen Vorstellung eine Gänsehaut über den Rücken lief.

»Ich verstehe sowieso nicht, warum du bei diesem Wetter so viel anziehst«, redete er weiter. »Andere Mädels laufen in Tops und Minirock rum. Warum versteckst du deine tolle Figur in diesen Schlabberhosen und weiten Sweats?«

»Was geht dich eigentlich meine Kleidung an? Überhaupt scheinst du meine Figur ja sehr gut zu kennen.« Thea schielte verstohlen in den Seitenspiegel. Verdammt, ihr Gesicht wetteiferte im Farbton bereits mit ihrem Haar.

»Ich habe beim Dienstsport schließlich keine Scheuklappen auf«, kam es trocken zurück.

Mit dieser Sonnenbrille war er ihr wirklich haushoch überlegen. Thea beschloss, morgen auch eine aufzusetzen.

Wenige Minuten später erreichten sie das Robert-Bosch-Krankenhaus, parkten hinter der Krankenwageneinfahrt und gingen schweigend die langen Flure bis zur Pathologie entlang, wo sie Prof. Dr. Krach bereits erwartete. Ein Diktiergerät baumelte an einer Schnur um seinen Hals. Der Präparator Marcel Olunga, ein in Hamburg geborener Ghanaer, stellte gerade die Gläser für die Gewebeproben bereit.

Der blasse, glatzköpfige zweite Obduzent Heribert Finkbeiner, dessen dicke Brillengläser seinen stets traurigen Blick nicht verbergen konnten, stand seinem Chef mit Skalpell und Handsäge zur Seite.

Im Gegensatz zu Messmer, der die Pathologie seit vielen Jahren kannte, war Thea mit diesen Räumlichkeiten noch nicht vertraut. Entsprechend unwohl fühlte sie sich, als sie den weiß gefliesten Sektionssaal betrat. Der kleine, drahtige Staatsanwalt Jens Triberg stand mit verschränkten Armen in der äußersten Ecke des großen Raums, so weit wie nur möglich vom Geschehen entfernt. Er deutete ein Nicken an, als er Thea und Messmer sah. Wolf Hausers Leichnam lag auf dem Tisch in der Mitte des Saales.

Wie würdelos man aussieht, wenn man so nackt auf einem Stahltisch liegt, ging es Thea durch den Kopf. Was nützt dem Mann jetzt all sein Geld?

Professor Krach begann routiniert mit seiner Arbeit. Thea stellte sich etwas abseits und bemühte sich, keine Schwäche zu zeigen. Als sie vor zwei Jahren beim Dezernat 1.1 im Umlauf gewesen war, hatte sie pflichtgemäß an zwei Obduktionen teilgenommen, war aber jedes Mal froh gewesen, wenn sie wieder draußen an der frischen Luft stand. Sie beobachtete, wie Finkbeiner mit der Digitalkamera konzentriert den inzwischen kahl rasierten Kopf Wolf Hausers fotografierte. Die Eindellung von dem Gegenstand, der das Schädeldach zerschmettert hatte, war deutlich sichtbar.

»Bei dieser Verletzung hatte der Mann keine Chance«, erklärte Krach. »Wahrscheinlich war er sofort bewusstlos. Die starke Gehirnblutung hat dann schnell zum Tod geführt.«

Thea bemühte sich, nicht durch die Nase zu atmen, während sie zusah, wie Olunga den Schädel aufsägte und Finkbeiner vorsichtig das Gehirn herauslöste. Als er es wog, musste sie daran denken, dass das Gehirn eines Mannes angeblich siebzig Gramm schwerer als das einer Frau war, und überlegte, wer ihr das gesagt hatte. Sie kam zu dem Schluss, dass es Messmer gewesen sein musste.

»Ein größerer Bereich des Gehirns ist mit geronnenem Blut verkrustet«, murmelte Krach mit monotoner Stimme in sein Diktiergerät. »Das korrespondiert mit der zertrümmerten Schädeldecke.«

Finkbeiner machte nun den Ypsilon-Schnitt und hob die Organe nacheinander aus der Bauchhöhle. Er nahm die Leber von der Waage und begann, sie in dünne Scheiben zu schneiden. Thea wandte sich ab und fragte sich, ob die Obduzenten es wohl noch über sich brachten, Leber zu essen.

»Der Obduktionsbericht wird noch eine Weile auf sich warten lassen; zwei meiner Schreibdamen sind im Urlaub«, erklärte Krach eine Stunde später, während Olunga den Leichnam sorgfältig zunähte. »Die Sektion bestätigt, was wir bereits vermuteten: Der Mann wurde heute Morgen zwischen sieben und acht Uhr mit einem harten, runden Gegenstand erschlagen.«

»Vermutlich mit der Glaskugel, die dann unter den Tisch gerollt ist«, sagte Messmer, mehr zu sich selbst.

»Das herauszufinden ist eure Sache, nicht meine«, lächelte Krach. »Ich konnte in der Wunde keine Materialspuren finden. Weder Holzspäne noch Glassplitter, und auch nichts anderes.« Er streifte die Plastikhandschuhe ab, warf sie in den Mülleimer und schrubbte sich ausgiebig die Hände.

Thea stellte sich neben Messmer und beobachtete ihn. Befriedigt stellte sie fest, dass er auch etwas blass aussah, und das lag ganz bestimmt nicht nur am Neonlicht. Wenn er vorhin noch Spiegeleier gegessen hatte, dann bereute er das wahrscheinlich inzwischen.

Bevor sie gingen, nahm Messmer die Leichenmeldung aus seinem Aktenkoffer und reichte sie dem Staatsanwalt. »Es wäre toll, wenn ich morgen früh die Freigabe hätte, damit die Witwe zum Bestatter gehen kann.«

»Mal sehen, was sich machen lässt«, entgegnete Triberg knapp.

Als Thea und Messmer zurück zur Dienststelle fuhren, war es kurz vor halb sieben.

Messmer gähnte. »Zwischen sieben und acht Uhr«, seufzte er. »Wer zum Teufel hat Hauser so früh am Morgen besucht? Was meinst du?«

Fragt der wirklich mich?, wunderte sich Thea. Und erwartet er womöglich eine Antwort?

»Sein Mörder?«, schlug sie vor.

***

28. März 1974

Die Signora ist gestern fortgegangen. Es war ein herber Schlag für mich. Wir sind uns in den letzten Monaten sehr nahe gekommen. Endlich hatte ich jemanden gefunden, mit dem ich reden konnte, und jetzt ist alles noch schlimmer als vorher. Das Zimmer ist schrecklich leer ohne sie und den unaufhörlich singenden Celentano. Es ging alles so schnell. Sie sagte nur, sie würde nach Italien zurückgehen. Für immer. Den alten Plattenspieler mit der »Azzurro«-Platte hat sie mir dagelassen, als Andenken. Sie sagte, sie sei jetzt endlich mit dem Typen fertig, an den das Lied sie erinnert, und will es nicht mehr hören. Ich kann es nicht glauben, aber jetzt sitze ich tatsächlich da und höre diese Schnulze, während ich das hier schreibe. Gleich fange ich noch an zu heulen. Die Signora sagte, ich solle sie Sofia nennen und als Freundin betrachten, auch wenn sie zehn Jahre älter ist als ich. Und ich kann jederzeit zu ihr kommen, wenn ich will. Vielleicht tue ich das wirklich irgendwann. Wahrscheinlich ist es sowieso das Beste, von hier wegzugehen und irgendwo, möglichst weit fort, ein neues Leben anzufangen.

Zu meiner Schwester will ich nie mehr zurück. Sie kehrt so sehr die Ersatzmutter heraus, dass es unerträglich ist. Gestern war sie da. Sie hat mir die neue »Bravo« und diese billigen Schokoladenkekse mitge-

bracht. Sie tut so, als sei nie etwas vorgefallen. Sie versteht nichts. Gar nichts.

Ich beneide Sofia. Ihr Bruder hat ihr eine Stelle als Schneiderin in Mailand besorgt. Sie träumt davon, eines Tages für die ganz großen Modeschöpfer zu nähen. Und ich soll auch nach Mailand kommen und dort Karriere machen – als Mannequin. Ich habe darüber gelacht, aber sie meinte, das sei eine Kleinigkeit für mich, so hübsch, wie ich sei. Die liebe, gute Sofia. Wenn ich doch auch den Mut hätte, solche Träume zu haben.

***

Es war bereits nach zehn Uhr abends, als Thea die Tür ihrer kleinen Wohnung in Zuffenhausen aufschloss. Sie war hundemüde und durchgeschwitzt und freute sich auf ihre Dusche.

Die ruhige Straße, in der sie seit dem letzten Winter wohnte, grenzte an eine Parkanlage mit einem Kinderspielplatz. Im Sommer saßen hier unter den Kastanienbäumen Rentner und Gastarbeiter aus Südosteuropa und spielten Boccia oder Schach. Thea war froh, diese Wohnung bekommen zu haben, weil sie nicht weit von ihrer Arbeitsstelle entfernt lag und außerdem erschwinglich war, was in Stuttgart einem Lottogewinn gleichkam.

Sie warf die Post auf den Schreibtisch mit dem festen Vorsatz, sie noch heute oder spätestens morgen durchzusehen. Seit Tagen hatte sie nicht aufgeräumt. Auf dem Schreibtisch stapelten sich Zeitungen und Prospekte, in der Spüle stand noch das Geschirr vom Vorabend, und im Wäschekorb wartete ein Berg schmutziger Klamotten darauf, endlich in die Waschmaschine gestopft zu werden. Lustlos begann sie aufzuräumen. Obwohl sie müde war, tat ihr die eintönige Arbeit gut. Im Vorbeigehen schaltete sie den Fernseher ein. Sie zappte sich bis zum Regionalprogramm durch, wo gerade Spätnachrichten liefen. Die Villa auf dem Bildschirm kam ihr bekannt vor.

»Die Stuttgarter Kriminalpolizei ermittelt in einem Mordfall. Der Textilunternehmer Wolf Hauser wurde in seinem Haus in Stuttgart-Sonnenberg tot aufgefunden. Die Polizei hat bisher noch keine Hinweise auf ein Motiv oder einen möglichen Täter genannt.« Auf dem Bildschirm erschien ein Foto von Wolf Hauser, das schon vor mehreren Jahren aufgenommen worden sein musste. Seine stechend blauen Augen blickten selbstbewusst, und der energische Zug um seinen Mund verriet Führungsqualitäten. Er sah attraktiv aus. Und trotzdem, irgendetwas an ihm stieß Thea ab. Das Bild seines Leichnams schob sich wieder vor ihr inneres Auge. Sie machte den Fernseher aus und ging ins Bad, in der Hoffnung, mit einer ausgiebigen Dusche auch die Bilder vom Tatort von sich abspülen zu können.

Zehn Minuten später rubbelte sie ihre Haare trocken, holte eine angebrochene Flasche Trollinger aus dem Küchenschrank und schenkte sich ein Glas ein. An den Türrahmen gelehnt sah sie sich in ihrem Schlafzimmer um. Die Tür des Kleiderschranks war wie immer einen Spalt offen. Eine willkommene Einladung, mal wieder darin aufzuräumen. Als sie sich auf den Boden kniete und die Socken in die unterste Schublade legte, sah sie ganz hinten im Schrank die alte Pappschachtel, in der sie allerlei Krimskrams aus der Kindheit aufbewahrte. Sie zog sie heraus und nahm den Deckel ab, der an den Ecken schon eingerissen war. Ein paar Fotoalben und vergilbte Schulhefte kamen zum Vorschein. Sie nahm ein Heft heraus, blätterte darin und war gerührt, als sie ihre krakelige Kinderschrift sah.

Am Boden der Schachtel lag ein in Seidenpapier eingewickeltes Wolltuch, das ihr Ordensschwester Maria Margarethe an ihrem letzten Tag im Kinderheim Santa Klara in die Hand gedrückt hatte. An Theas vierzehnten Geburtstag hatte ihr Meggi, wie die Kinder die Schwester heimlich nannten, eröffnet, dass sie als Baby in diesem Tuch eingewickelt an der Pforte des Stuttgarter Olgahospitals gefunden worden war. Man hatte Thea ins Allgäu nach Santa Klara gebracht, wo sie achtzehn Jahre lang geblieben war.

Schon während der Schulzeit hatte Thea beschlossen, später Polizistin zu werden. Meggi war davon gar nicht begeistert gewesen und es hatte viele Diskussionen gegeben. Sie fand, dass Thea für diesen Beruf viel zu sensibel war und sich in der Männerwelt womöglich nicht durchsetzen könnte. Doch Thea blieb stur. Als sie kurz nach ihrem achtzehnten Geburtstag St. Klara für immer verließ und in die Nähe von Böblingen zog, wo sie die Ausbildung bei der Bereitschaftspolizei begann, war die Pappschachtel mit dem Wolltuch in ihrem Gepäck.

Besonders an Tagen wie diesem fühlte sie, dass sie ihre unbekannte Herkunft nie verwunden hatte. Sie hatte zwar gelernt, mit ihrer Traurigkeit umzugehen, und hoffte, dass auch der unterschwellige Hass auf ihre Eltern, der ihr manchmal unangenehm bewusst wurde, mit der Zeit verschwinden würde. Aber sie war nicht sicher, ob sie sich jemals mit der Tatsache aussöhnen könnte, ein Findelkind zu sein. Dieser Makel würde für immer an ihr haften bleiben.

Sie faltete das knisternde Papier auseinander und nahm das Tuch heraus. Die Farben waren etwas verblasst, aber es fühlte sich immer noch sehr weich an. Thea drückte es an ihr Gesicht und sog den würzigen Duft der Schafwolle ein. Sie strich zärtlich darüber und breitete es auf dem Boden aus. Es war ein großes Dreieck, dessen kurze Seiten mit bunten Fransen verziert waren. Die Längsseite war leicht ausgefasert. Thea fragte sich immer wieder, wem es wohl gehört hatte, obwohl sie ahnte, dass sie keine Antwort auf diese Frage bekommen würde.

Als sie den Stoff wieder zusammenrollte, sah sie auf dem Teppich darunter das Stück Papier, das beim Auspacken herausgefallen sein musste. Sie hob es auf und las, wohl zum tausendsten Mal, die mit roter Tinte geschriebenen Worte. Wenigstens einen Namen hatte ihre Mutter ihr mit auf den Weg gegeben, bevor sie sie ihrem Schicksal überließ.

Gedankenverloren legte sie das Tuch und den Zettel in die Schachtel und schob sie in die hinterste Ecke des Kleiderschranks zurück.

Zwei

»Scheiße!«, murmelte Thea nach einem Blick auf die Uhr, die bereits zehn nach acht zeigte. Sie fühlte sich völlig zerschlagen. Verschwommen erinnerte sie sich, so etwas wie einen Wecker gehört zu haben. Dann hatte sie es wohl vorgezogen, sich die berühmten fünf Minuten zu gönnen, und sich noch einmal auf die andere Seite gedreht. Aus den fünf Minuten war eine volle Stunde geworden. Thea sprang aus dem Bett, rannte ins Bad, warf dabei die Stehlampe um, rief noch einmal »Scheiße«, und gerade, als sie durch die Badezimmertür stürmte, klingelte im Schlafzimmer das Telefon. Mit einem Stoßseufzer rannte sie zurück und riss den Hörer ans Ohr, während sie mit dem Knie schmerzhaft an die Nachttischkante stieß.

»Ja doch! Ich hab verschlafen. Bin in einer halben Stunde da«, keuchte sie in den Hörer.

»Wo? Bei mir?«, fragte ihre wie immer gut gelaunte Freundin Karolin. »Ich hab gestern in den Spätnachrichten von dem Mord an diesem Hauser gehört. Habt ihr schon eine Spur?«

Karolin war Theas beste Freundin und hatte viele gute Eigenschaften, die Thea sehr schätzte. Ihre Neugier gehörte allerdings nicht dazu.

»Wir wissen auch noch nicht viel mehr, als das, was in den Medien kam«, blockte Thea ab. »Karo, ich bin total im Stress.

Wenn ich's irgendwie schaffe, komme ich heute Abend bei dir vorbei.«

»Okay, okay, ich leg schon auf. Tschüüüss und schönen Tag noch«, flötete Karolin.

»Der kann jetzt nur noch besser werden«, sagte Thea ins Leere, denn Karolin hatte bereits aufgelegt.

Sie knallte den Hörer auf die Gabel und humpelte ins Bad. Während sie sich auszog, murmelte sie: »Und wenn jetzt das warme Wasser wieder streikt, kriege ich einen Anfall!«

Das Duschen hatte nicht lange vorgehalten. Als Thea um Viertel vor neun in die Besprechung platzte, war sie völlig verschwitzt. Alle Köpfe drehten sich zu ihr um.

»Tut mir Leid«, murmelte sie und sank auf einen freien Stuhl, der praktischerweise direkt neben der Kaffeemaschine stand. Sie beschloss, diesen Umstand als ein gutes Omen für den restlichen Tag zu werten, und goss sich eine Tasse ein.

»Bist du mit deinem Corsa in ein Schlagloch gestürzt?« Das kam natürlich von Messmer, diesem Ausbund an Taktgefühl und Liebenswürdigkeit. Thea entschied, die Bemerkung zu überhören.

»Hab ich was verpasst?«, fragte sie Rudolf Joost, der am Kopfende des langen Tisches saß und in seinen Unterlagen blätterte.

»Wie man's nimmt. Wir hatten heute früh auf dem Hinweisapparat einen Anruf, der recht vielversprechend klang. Der pakistanische Gärtner des Zahnarztes von schräg gegenüber rief an und sagte, er habe gestern, kurz bevor die Putzfrau kam, einen Mann am Gartentor der Villa beobachtet.«

»Das fällt ihm aber zeitig ein«, seufzte Thea. »Warum hat er uns das nicht schon gestern gesagt?«

»Deutsche Sprache, schwere Sprache. Offenbar hat er nicht verstanden, was der Kollege von ihm wollte. Er hatte das Pech, von Dangelmaier befragt zu werden, vom Degerlocher Revier. Sein Älbler Schwäbisch ist noch unverständlicher als das von Kurt.«

»Hat er gesehen, ob der Mann im Haus war?« Thea war jetzt hellwach.

»Wissen wir noch nicht. Wie gesagt, er konnte sich nur mit Mühe verständlich machen. Er sagte, er sei kurz vor halb acht zum Haus des Zahnarztes gekommen, um den Rasen zu mähen. Dabei habe er gesehen, wie ein Mann aus der Gartentür kam und mit einem weißen Auto wegfuhr.«

»Hat er sich das Kennzeichen gemerkt?«, fragte Thea.

»Nein. Der Garten ist von einer niedrigen Mauer umgeben, deshalb konnte er es nicht sehen.«

»Hat er wenigstens den Autotyp erkannt?«

»Der Mann ist Pakistani, Thea-Schatz!«, frotzelte Messmer. »Die reiten dort auf Kamelen.«

»Ach nee! Da kannst du dich aber glücklich schätzen, dass du nicht in Pakistan lebst. Sonst würdest du jetzt womöglich als Reittier dein Dasein fristen.«

Wieherndes Gelächter machte sich im Besprechungsraum breit. Ströbele klatschte Beifall.

»Weiß du, manchmal ist es gar nicht so schlecht, ein Reittier zu sein«, konterte Messmer.

Thea biss sich auf die Lippen. Musste er eigentlich immer das letzte Wort haben? Hoffentlich wurde sie jetzt nicht rot. Sie wandte sich ihrem Chef zu, der betont unbeteiligt in seinen Unterlagen blätterte. Doch Thea sah ein belustigtes Zucken um seine Mundwinkel.

»Und wie geht's jetzt weiter?«, fragte sie, als sich alle wieder beruhigt hatten.

»Der Gärtner kommt nachher vorbei. Wir lassen ein Phantombild erstellen. Kurt wird ihn dann befragen. Er muss nur noch einen Dolmetscher besorgen.«

»Für sich oder für den Pakistani?«, erkundigte sich Koch.

»Am besten für beide.« Joost schmunzelte. »Ihr geht inzwischen den restlichen Spuren nach. Micha, ruf in Hausers Firma an und mach einen Termin mit dem Prokuristen. Thea, du fährst noch einmal nach Sonnenberg raus und befragst die Nachbarn, die ihr gestern nicht angetroffen habt. Insbesondere dazu, ob ihnen ein weißer Pkw aufgefallen ist. Verena, du klärst bitte mit der Kriminaltechnik die Dringlichkeit der verschiedenen Spurenträger ab. Die Glaskugel sollen sie vorrangig behandeln. Walter, ich wäre dir dankbar, wenn du bei der Telekom Hausers Verbindungsdaten für die letzten Tage erheben könntest. Schließlich hat er gerade telefoniert oder zumindest den Hörer abgenommen, bevor er erschlagen wurde. Dann hätten wir mit dem letzten Anwählversuch den Todeszeitpunkt.« Joost nahm seine Unterlagen und erhob sich. »Noch Fragen?«

Alle schüttelten einträchtig die Köpfe.

»Also dann, frohes Schaffen!«

Als Thea den Flur hinunterging, um ihre Sachen zu holen,

legte Walter Ströbele ihr die Hand auf die Schulter. »Nimm's dir nicht so zu Herzen, Engelchen. Den Messmer änderst du nicht. Das haben wir in zehn Jahren nicht geschafft.«

»Habe gar nicht die Absicht«, entgegnete Thea und zwinkerte Ströbele zu, bevor sie in ihrem Büro verschwand. Ihre Tür fiel dann allerdings doch etwas heftiger ins Schloss als gewollt.

»Ich habe mich schon gefragt, wann Sie bei mir klingeln werden.« Dr. Wagner, dem das Grundstück gehörte, das Hausers Anwesen schräg gegenüber lag, streckte Thea strahlend die Hand entgegen.

Dieses Lächeln hatte er sich vermutlich antrainiert, um seinen Patienten zu demonstrieren, was für schöne Zähne man haben kann, wenn man nur regelmäßig zum Zahnarzt geht.

»Die Kollegen waren gestern schon da, haben aber niemanden angetroffen«, entgegnete Thea, während sie Wagner in die geräumige Wohnküche folgte, wo noch die Reste eines ausgiebigen Frühstücks auf dem Tisch standen.

»Donnerstags bin ich bis abends in der Praxis unten in der Stadt. Die Kinder sind im Waldheim und meine Frau im Büro. Eine Tasse Kaffee?« Mit einem Schritt war er am Küchenschrank und hatte einen Keramikbecher in der Hand.

»Danke, gern. Ich möchte Sie zu Ihrem Nachbarn, Herrn Hauser, befragen. Können Sie mir vielleicht etwas zu dem Vorfall von gestern Morgen sagen?«

»Das kann ich tatsächlich«, strahlte der Zahnarzt und goss Thea Kaffee ein. »Wenn Sie nicht zu mir gekommen wären, hätte ich heute bei Ihnen angerufen.«

Thea spürte, wie ihr Mund trocken wurde. Ihre Muskeln spannten sich wie bei einer Katze, die eine Maus wittert. Sie setzte sich und schaltete ihr Diktaphon ein. »Haben Sie denn etwas beobachtet?«

»Ich nicht, aber meine Überwachungskamera.« Auf Theas erstaunten Blick fügte er hinzu: »Irgendwelche Grünschnäbel beschmieren mit Vorliebe meine Garagenwand und die Mauer mit Graffiti, und ich bin es Leid, sie alle zwei Wochen reinigen zu lassen. Deshalb habe ich eine Videokamera installiert, die rund um die Uhr alles aufzeichnet, was auf der Straße vor meinem Haus passiert.«

»Wie konnten wir die nur übersehen«, ärgerte sich Thea.

»Sie ist natürlich gut getarnt. Ich will die Künstler ja schließlich erwischen. Diese Früchtchen hätte ich gern mal auf meinem Behandlungsstuhl sitzen«, sagte Wagner mit diabolischem Grinsen.

Ob wohl in jedem Zahnarzt ein verkappter Sadist steckt?, überlegte Thea, hütete sich jedoch, die Frage laut zu stellen. »Reicht denn der Aufnahmewinkel bis zur Villa der Familie Hauser?«, fragte sie stattdessen.

»Nicht ganz. Aber ich habe trotzdem eine sehr interessante Aufzeichnung gemacht.« Er machte eine kleine Kunstpause und strahlte Thea an, die gespannt wie eine Feder auf ihrer Stuhlkante saß.

»Als ich vorhin beim Frühstück saß, wollte ich das Band zurückspulen, um es gleich wieder einzulegen«, fuhr der Zahnarzt fort. »Ich sehe mir die Aufnahmen normalerweise gar nicht an, wenn ich nicht gerade wieder einen Picasso an der Wand habe, das kostet viel zu viel Zeit. Das Frühstücksfernsehen finde ich interessanter.« Er lachte und entblößte erneut sein Blend-a-med-Gebiss. »Aber – nennen Sie es Zufall oder auch Schicksal – als das Band vorgelaufen war, habe ich anstatt auf den Kassettenauswurf versehentlich auf den Bildsuchlauf gedrückt. Ich sah ein weißes Auto direkt vor meinem Garten halten und einen Mann aussteigen. Er schlug die Autotür zu und lief in Richtung Villa Hauser die Straße hinunter. Die Zeitanzeige stand exakt auf sieben Uhr sechsundzwanzig.

Thea hatte unwillkürlich die Luft angehalten. »Verstehe ich Sie richtig? Sie haben einen Mann gesehen, der am Morgen des Mordes hier in der Straße parkte und zu Hausers Villa ging?«

»Zumindest in diese Richtung«, berichtigte Dr. Wagner geduldig. »Ich hatte natürlich inzwischen von dem Mord gehört und war sofort alarmiert.«

»Aber Sie vermuten, dass der Mann zu Herrn Hauser wollte?« Als Thea dem Zeugen das Diktaphon vor dem Mund hielt, sah sie, dass ihre Hand vor Anspannung zitterte.

»Ja. Ich hatte ihn früher schon öfter mal zu Hausers gehen sehen. Ich nehme an, sie kannten sich.«

»Wie lange hat es gedauert, bis der Mann wieder zurückkam?«, fragte Thea.

»Nur ein paar Minuten. Das kann man an der Zeitanzeige auf dem Band leicht nachprüfen«, erwiderte Wagner. »Aber um einen Menschen umzubringen, braucht man ja nicht besonders lange, nicht wahr?«

Thea nickte nachdenklich. »Das Interessante ist, dass Ihr Gärtner diesen Mann offenbar auch beobachtet hat.«

»Kann gut sein. Er arbeitet von halb acht bis halb zehn. Mehr darf er als Asylbewerber nicht.«

»Wissen Sie zufällig, wie der Mann heißt?«

»Mein Gärtner?«

»Nein, der andere.«

»Nein, woher denn. Aber Frau Hauser kennt ihn bestimmt.«

»Dann werden wir sie fragen«, sagte Thea. Das wäre zu schön, um wahr zu sein. Den Mörder auf Video, identifiziert von der Ehefrau des Opfers.

»Noch mal zu dem Auto, mit dem er kam. Ist auf dem Band der Autotyp zu erkennen oder, noch besser, das Kennzeichen?«

»Ein Audi A4, da bin ich mir ziemlich sicher. Aber der Wagen ist nur von der Seite drauf. Selbst als er wegfuhr, war kein Nummernschild zu sehen.«

»Schade.« Thea stand auf. »Herr Wagner, können Sie uns das Videoband für ein paar Tage überlassen?«

»Kein Problem. Ich freue mich, wenn ich Ihnen helfen kann.«

Die Videokassette wie einen kostbaren Schatz an sich gepresst, trat Thea hinaus auf die Orplidstraße. Einen Versuch ist es alle Mal wert, dacht sie, lief zur Villa Hauser hinüber und klingelte energisch an der Tür.

Drinnen rührte sich nichts. Im Briefkasten steckte noch die aktuelle Ausgabe der *Stuttgarter Nachrichten*. Helene Hauser war also vermutlich schon weggegangen, bevor der Zeitungsausträger kam. Gut, dann musste das noch warten.

Messmer wird Augen machen, dachte sie zufrieden, als sie ins Auto stieg.

Im Soko-Raum war es totenstill, als Thea die Kassette in das Videogerät legte. »Das Band ist nicht ganz am Anfang«, erklärte sie, während sie die Rücklauftaste drückte und das Gerät leise lossummte.

Alle außer Kühler und Ströbele, die noch den pakistanischen Gärtner vernahmen, hatten es sich wie bei einer Kinovorstellung bequem gemacht und starrten gebannt auf den Fernsehapparat.

Auf dem Bildschirm erschien zunächst grauer Asphalt und der Bordstein des Gehwegs vor Wagners Grundstück. Einige Sekunden lang bewegte sich nur die Zeitanzeige in der linken Ecke. Dann lief ein dunkelhaariger Mann in einem Arbeitsanzug durchs Bild.

»Der Gärtner«, kommentierte Messmer. »Wir sind jetzt bei 07:20 Uhr. Spul noch ein Stück nach vorn.«

Thea drückte den Bildsuchlauf. Exakt um 07:26 Uhr kam im Zeitraffer von rechts ein weißer Pkw angesaust, hielt unmittelbar vor der Kamera, und ein kleiner, korpulenter Mann mit Halbglatze stieg aus. Im Tempo einer Stummfilmfigur flitzte er nach links aus dem Bild.

Thea drückte die Stopp-Taste, spulte das Band ein Stück zurück und drückte auf Play. Erneut sah man den Mann aus dem Auto steigen und diesmal im Normaltempo die Straße überqueren. Sein Gesicht war nicht zu erkennen. Er verschwand aus dem Aufnahmewinkel der Kamera, und die Straße lag wieder verlassen da. Eine Zeit lang geschah nichts.

Dann kam der Mann plötzlich im Eilschritt über die Straße, zog im Laufen den Autoschlüssel aus der Hosentasche, riss die

Autotür auf, sprang hinter das Steuer und schoss aus der Parklücke. Thea stoppte erneut.

»Geh auf Zeitlupe«, hörte sie Joosts Stimme hinter sich.

Thea wählte den Einzelbildmodus. Jetzt schwebte der Dicke anmutig wie ein Schattenboxer beim Taijiquan auf das Auto zu. Die ganze Zeit über hielt er den Kopf gesenkt.

»So kriegen wir sein Gesicht nicht«, fluchte Messmer, als der Mann sich an der Autotür zu schaffen machte. »Spul doch mal zurück bis dahin, wo er angelaufen kommt.«

Thea nahm den Bildsuchlauf. Als die Zeitanzeige bei 07:34 Uhr stand, kam der Verdächtige von der anderen Straßenseite auf sein Auto zugerannt und machte sich am Schloss zu schaffen. Bevor er einstieg, hob er den Kopf und schaute einen Augenblick lang direkt in die Kamera.

»Stopp!«, rief Joost. »Das ist das beste Bild, das wir kriegen können. Bring die Kassette gleich zum Fotolabor und lass von dieser Einstellung einen Abzug machen. Dann haben wir etwas, das wir Frau Hauser vorlegen können.«

»Wenn sie den Kerl kennt, ist das eine richtig heiße Spur.« Koch strahlte über sein sommersprossiges Gesicht.

»Ich glaub schon, dass sie ihn kennt«, sagte Thea und nahm die Kassette heraus. »Der Nachbar hat gesagt, dass er den Mann schon öfters bei Hausers gesehen hat.«

»Hoffentlich ist er nicht ihr Liebhaber, und sie will ihn decken«, brummte Kümmerle.

»Liebhaber? Hast du dir den Typen angesehen?«, feixte Messmer. »Eine Frau von ihrem Format hat es bestimmt nicht nötig, sich so einen kleinen Dicken an Land zu ziehen.«

»Na und? Auch kleine Männer müssen ihre Chancen haben«, protestierte Kümmerte, der selbst nicht zu den Größten im Dezernat zählte.

»Dieser Schweizer müsste laut Putzfrau aber jünger sein«, sagte Thea. »Wenn der Mann auf dem Video der Sohn eines Geschäftsfreundes sein soll, müsste dieser Geschäftsfreund stramm auf die neunzig zugehen.«

»Vermutlich handelt es sich bei dem Sohn um Maschio Junior«, sagte Messmer. »Dass diese Familie in Lugano wohnt, wissen wir von Frau Hauser persönlich. Wer hat denn die Personalien überprüft?«

Koch hob die Hand, die noch mit den Resten eines geschmolzenen Schokoriegels beschmiert war. Mit der anderen wühlte er in einem Haufen Notizzettel.

»Paolo, Genoveva und Enrico Maschio«, las er mit dem verkniffenen Gesicht von jemandem, dem es Mühe bereitet, seine eigene Schrift zu entziffern. »Der Senior ist Jahrgang 1942, der Junior ist 1968 geboren.«

»Somit wäre das auch geklärt. Unser morgendlicher Besucher hat die fünfunddreißig jedenfalls schon weit hinter sich gelassen. Wer immer das ist, Enrico Maschio ist es auf keinen Fall.«

»Trotzdem brauchen wir die Passagierliste der Maschine, mit der Helene Hauser angekommen ist«, meinte Joost. »Wenn wir definitiv ausschließen können, dass der Schweizer zur Tatzeit in Stuttgart war, sind wir einen Schritt weiter.«

»Was läuft denn hier? Der neueste ›Tatort‹?« Ströbele war mit Kübler im Schlepptau hereingekommen und blickte erstaunt auf seine Kollegen, die noch immer den Fernsehbildschirm anstarrten.

»Wir haben den Typen, den der Pakistani gesehen hat, auf Video«, erklärte Messmer. »Wir wissen nur noch nicht, ob er auch wirklich im Haus war. Was sagt denn der Gärtner dazu?«

»Der Mörder ist immer der Gärtner«, schmetterte Kümmerle nicht ganz tonrein die musikalische Prognose von Reinhard Mey.

»Solang mr singt, isch d'Kirch net aus.« Kübler legte ein paar dicht beschriebene Blätter auf den Tisch und setzte sich in Positur. »Soll i schwäbisch schwätza odr noch dr Schrift reda?«

»Letzteres«, bat Joost. »Der Fremdsprachendienst hat schon Feierabend, und ich weiß nicht, ob wir so schnell noch einen Dolmetscher finden.«

»Also gut. Der Gärtner hat die Hausers, unabsichtlich, wie er meint, gut beobachten können. Ich frag mich eh, wann der überhaupt was g'schafft hat, so viel, wie der in der Gegend rumglotzt. Auch den Mann mit dem weißen Auto hat er angeblich schon a paar Mal vorher gesehen. – Hauser ist jeden Tag zwischen siebene und halb achte in den Wald zum Jogge ganga. Jedenfalls ist er im Jogginganzug aus dem Haus. Wenn er zurückkam, ist er mit einem Mercedes *500 SL* oder mit einem roten Porsche weggefahren. In die Firma, nimmt der Gärtner an.«

»Wenn ich noch mal auf die Welt komme, werde ich auch Industrieller.« Kümmerle verzog verdrießlich das Gesicht. »In unserem Job bringt man es doch zu nichts. Unsereins muss sich schon mit einem Mittelklassewagen, einem Reihenhäuschen und einer griesgrämigen Ehefrau zufrieden geben.«

»Du wirsch au im nächsta Leaba gnuog zom Bruddle han«, tröstete ihn Kübler.

»Hochdeutsch, Kurt.« Joost drohte ihm schmunzelnd mit dem Zeigefinger.

»Hobbla, i han's grad vrgessa. Die Putzfrau kam montags und donnerstags, die kennt er aber nur vom Sehen, den Namen weiß er nicht.«

»Das ist doch hoffentlich nicht alles, was du herausgefunden hast«, stichelte Messmer.

»Himmel Herrgoddsakrament, do kenndsch grad brilla! Etzt ward doch gschwind.«

»Ich glaub, ich mach jetzt weiter, bevor Kurt noch einen Kollaps kriegt.« Ströbele griff nach dem Vernehmungsprotokoll. »Was den Kerl auf eurem Video betrifft, hat der Gärtner nur beobachtet, wie der Mann zur Gartentür reinging. Er hat dann mit seiner Arbeit begonnen. Nach einer Weile hat er rübergeschaut und niemanden mehr gesehen. Das Nächste, was ihm auffiel, war, dass der Mann ganz offensichtlich in Panik über die Straße rannte, in das weiße Auto stieg und wegfuhr.«

»Der Dicke war also im Haus«, stellte Messmer fest.

»Sieht ganz so aus. Oder er hat sich in die Büsche gehockt, um die Rosen zu düngen, und es hat ihn eine Wespe in den Allerwertesten gestochen«, sagte Ströbele. »Oder fällt euch noch eine andere Erklärung für sein panisches Verhalten ein? – Noch etwas Interessantes: Frau Hauser verreist mindestens einmal im Monat. Der Gärtner sagt – ich zitiere«, Ströbele streckte den Arm aus, seine Brille hatte er offensichtlich wieder mal im Schreibzimmer vergessen, »›Wenn sie wiederkam, sah sie irgendwie jünger aus als sonst. Sie machte einen sehr glücklichen Eindruck. Nach ein paar Tagen wirkte sie aber wieder missmutig. Bis sie von der nächsten Reise zurückkam.‹ Ende des Zitats.« Ströbele legte das Protokoll auf den Tisch und trank einen Schluck Kaffee.

»Das hätte ich auch gern«, seufzte Kümmerle. »Einmal pro Monat für ein paar Tage auf Geschäftsreise zu gehen und mit einem seligen Lächeln wiederzukommen.«

»Tu es doch«, meinte Messmer. »Vergiss aber nicht, deiner Frau vorher Bescheid zu geben. Könnte sein, dass sie auch geschäftlich verreisen will.«

»Kann ich weitermachen?«, erkundigte sich Ströbele vorsichtig. »Klaro.« Messmer machte eine einladende Geste und lehnte sich so weit zurück, dass er fast auf dem Stuhl lag.

Ströbele hob den Zeigefinger und sah triumphierend von einem zum anderen. »Das Beste kommt noch!«

»Jetzt sind wir aber arg neugierig«, rief Messmer.

Thea schüttelte den Kopf. Manchmal waren ihre Kollegen schon rechte Kindsköpfe. Nietzsches Spruch vom Kind im Manne traf bei ihnen eindeutig zu.

Ströbele räusperte sich und klopfte mit dem Kaffeelöffel an seine Tasse.

»Also, immer wenn die Hauser verreist war, kam eine Frau, so Mitte fünfzig, in einem dunkelblauen Passat zu unserem Opfer und blieb ein bis zwei Stunden da.«

Messmer pfiff durch die Zähne.

»Mohammed meinte, er habe ihr Auto schon so oft gesehen, dass er das Kennzeichen auswendig weiß: S-WW 5225. An einem Morgen hat er beobachtet, wie Wolf Hauser die Frau zum Auto brachte und zum Abschied küsste. Mohammed sagte, ich zitiere: ›Ich habe angenommen, sie ist seine Schwester. Bei uns küsst man außer den eigenen Verwandten nie eine Frau in der Öffentlichkeit.‹«

»Natürlich nicht. Bei uns doch auch nicht.« Messmer schielte zu Thea hinüber, deren Gesicht sofort eine Nuance ins Rötliche wechselte.

»Wir müssen schnellstens ermitteln, wem das Fahrzeug gehört«, sagte Joost. »Harry, kannst du das übernehmen?«

»Ist schon im Gange«, sagte Koch. »Das Fax müsste jeden Moment kommen.«

»Gut, wir machen eine kurze Pause.« Joost stand auf. Er ging in sein Zimmer, wo er, wie alle wussten, in Ruhe ein Zigarillo rauchen wollte. Die anderen folgten ihm nach draußen.

»Ich bleib so lange hier und warte auf das Fax.« Thea wollte unbedingt vermeiden, mit Messmer den Gang hinunterzugehen und sich seine Sprüche anzuhören. Sie machte das Fenster auf und nahm einen tiefen Zug Abgase von der Pragkreuzung. Die Hitze hatte kaum nachgelassen.

»Antonia Linder, Eibenweg 36, Stuttgart Degerloch«, las sie zehn Minuten später den Kollegen vor.

Joost nahm Thea das Fax aus der Hand, sah kurz darauf und reichte es Messmer. »Klär die Dame doch gleich über die Datenstation ab und fahr dann mit Thea nach Degerloch raus.«

»Gerne! Vielleicht komme ich von dieser Geschäftsreise ja auch mit glückseligem Gesicht zurück.«

Thea, die gerade das Geschirr in die Spülmaschine räumte, kroch noch ein Stück tiefer hinein und ließ sich Zeit, bis sie wieder zum Vorschein kam.

Messmer drückte energisch auf den Klingelknopf am Gartentor des Hauses Eibenweg 36. Das Schloss sprang sofort summend auf.

»Das geht aber fix.« Messmer ging den gepflasterten Weg zur Haustür voran. Während Thea noch in ihrem Rucksack nach dem Diktiergerät kramte, ging die Tür einen Spalt auf, und eine Frau sah sie misstrauisch an. Ihre Augen waren gerötet, die Mundwinkel tief nach unten gezogen.

»Ich habe Sie vom Fenster aus gesehen. Kommen Sie herein«, sagte sie und hängte die Türkette aus.

»Guten Tag, Frau Linder, mein Name ist Messmer, und das ist meine Kollegin Engel.« Messmer trat in den Flur.

Thea gab Antonia Linder die Hand und hatte das Gefühl, eine Eidechse zu berühren.

»Möchten Sie vielleicht einen Sprudel? Es ist so schrecklich heiß heute.« Antonia Linder ging ins Wohnzimmer voran.

»Nein, danke. Wir haben nur ein paar Fragen, dann sind wir auch schon wieder fort. Ich nehme an, dass Sie von Wolf Hausers Tod gehört haben.«

»Allerdings.«

»Frau Linder, wir wissen inzwischen, dass Sie Herrn Hauser kannten. Nun interessiert uns, wie gut.«

»Das ist doch meine Privatsache, oder?«

»Nicht ganz.«

Antonia Linder ließ sich in einen tiefen Sessel fallen und sah entnervt von Messmer zu Thea. »Wie ist es überhaupt passiert?«

»Das können wir Ihnen aus ermittlungstaktischen Gründen nicht sagen.« Messmer setzte sich unaufgefordert auf die Couch ihr gegenüber.

»Verstehe«, sagte Antonia Linder und trank einen Schluck Mineralwasser. Ihre Hand zitterte.

Thea sah sich in dem sparsam eingerichteten Wohnzimmer um. Über dem Sofa hing ein großes und für ihren Geschmack ziemlich kitschiges Ölgemälde, das ein Segelschiff in höchster Seenot zeigte. Ein Mast war gebrochen, und im Vordergrund schwamm ein leeres Rettungsboot. Im Zimmer gab es weder frische Blumen noch Zimmerpflanzen, keine Familienfotos oder Nippesfiguren. Nur eine blaue Vase aus venezianischem Glas stand auf dem blitzblank polierten Sideboard.

»Wir würden diese Befragung gerne auf Tonband aufnehmen«, sagte Thea. »Das ist natürlich freiwillig. Wenn Sie nicht damit einverstanden sind, müssen wir Sie allerdings zur Dienststelle vorladen.«

»Dann habe ich ja keine Wahl.« Sie zuckte zusammen, als Thea das Diktaphon einschaltete und sich neben Messmer setzte.

»Frau Linder, Sie sind als Zeugin verpflichtet, die Wahrheit zu sagen, müssen aber keine Antworten geben, mit denen Sie sich selbst belasten würden. Haben Sie das verstanden?«

»Ich wüsste nicht, womit ich mich belasten könnte.« Ein Hauch von Sarkasmus schwang in Antonia Linders Stimme. Sie zog ein Papiertaschentuch aus der Hosentasche und wischte sich die Schweißperlen von der Stirn.

»Gut. Sind Sie berufstätig, Frau Linder?«

»Mir ist zwar nicht klar, was das mit dem Tod von Wolf Hauser zu tun hat, aber ja, ich bin berufstätig, als Krankenschwester im Olgahospital.«

»Wann haben Sie Herrn Hauser zuletzt gesehen?«

»Das kann ich nicht genau sagen, es muss schon einige Wochen her sein.« Sie knüllte das Taschentuch zu einer Kugel.

Thea betrachtete Antonia Linders Gesicht. Sicher war sie früher sehr schön gewesen, doch die Zeit hatte ihre Spuren hinterlassen. Das üppige rotbraune, mit dünnen grauen Strähnchen durchzogene Haar war streng nach hinten gekämmt, und die blauen Augen schauten Thea abweisend, fast feindselig an.

»Komisch, ich dachte, Sie seien befreundet gewesen. Sogar sehr eng befreundet«, fragte Messmer.

»Wir sind seit unserer Jugend gute Freunde«, sagte Antonia Linder kühl.

»Wie gut, Frau Linder?« Messmer gab sich nicht so leicht geschlagen.

»Was meinen Sie damit? Ich kenne Wolf seit mehr als dreißig Jahren. Aber wir sahen uns eher selten. Ist das verboten?« Ihre Stimme wurde schneidend wie Stahl.

»Natürlich nicht«, sagte Thea. »Kein Mensch beschuldigt Sie. Aber als Zeugin haben Sie gewisse Pflichten, und eine davon ist, die Wahrheit zu sagen.«

»Herr Kommissar, ich wüsste nicht, was ich Ihnen noch erzählen könnte.«

Thea spürte das feine Beben in Antonia Linders Stimme. Sie beobachtete ihre gepflegten Hände, die das Glas auf dem Tisch hin und her drehten, und war sicher, dass Wolf Hausers Jugendfreundin ihnen etwas verschwieg.

»Sie hatten doch mit Wolf Hauser seit Jahren ein Liebesverhältnis«, sagte sie unvermittelt.

Antonia Linders Augen verengten sich. »Erzählen Sie keinen Schwachsinn. Ich sagte bereits, dass wir gute Freunde gewesen sind!«

»Wir wissen es aber etwas besser«, sagte Thea. Beharrlichkeit war eine ihrer Stärken, da musste ihr Messmer nichts vormachen.

Antonia Linder maß Thea mit einem aufsässigen Blick. »Das geht Sie doch überhaupt nichts an.«

»Da irren Sie sich gewaltig«, mischte Messmer sich ein. »In einem Mordfall geht uns so manches etwas an. Ganz besonders, warum Sie uns so hartnäckig ins Gesicht lügen.«

»Diese Unterstellungen sind eine Frechheit. Ich werde mich bei Ihrem Vorgesetzten über Sie beschweren.« Antonia Linders Stimme überschlug sich. »Wenn ich etwas wüsste, hätte ich es Ihnen längst gesagt. Aber ich habe keine Ahnung, wer Wolf umgebracht hat.«

»Sie selbst vielleicht?« Thea sah Antonia Linder in die Augen.

»Na, hören Sie mal! Herr Kommissar, sagen Sie Ihrer Assistentin, sie soll lieber überlegen, bevor sie solche Anschuldigungen hervorbringt.«

»Ich bin sicher, dass sich meine Kollegin ihre Frage gut überlegt hat. Also antworten Sie bitte.«

Thea merkte, dass Messmer wütend wurde.

»Und wenn Sie noch so oft fragen, mehr kann Ihnen nicht sagen.« Sie trank das Glas leer und stand auf. »Und jetzt entschuldigen Sie mich bitte. Ich möchte allein sein.«

»Wo waren Sie gestern Morgen zwischen sieben und acht Uhr morgens?«, fragte Thea, die keine Anstalten machte, aufzustehen.

»Ich sage kein Wort mehr ohne einen Anwalt«, fauchte Antonia Linder.

»Das ist Ihr gutes Recht. Ihnen sollte aber klar sein, dass wir uns natürlich fragen, warum Sie sich so unkooperativ verhalten.« Messmer nahm ein Formular aus seinem Aktenkoffer. »Sind Sie bereit, eine Speichelprobe zu Vergleichszwecken abzugeben? Das ist eine Routinesache und dauert keine Minute. Die Proben werden nach Abschluss des Verfahrens vernichtet.«

Antonia Linder schoss das Blut ins Gesicht. »Den Teufel werde ich tun! Ich kenne meine Rechte und muss mich nicht wie eine Verbrecherin behandeln lassen. Suchen Sie lieber Wolfs Mörder, anstatt mich derart zu belästigen!«

»Wie Sie wollen. Sollte sich aber ein Tatverdacht gegen Sie ergeben, kommen wir mit einem richterlichen Beschluss wieder. Halten Sie sich auf jeden Fall für weitere Fragen zur Verfügung und verreisen Sie in den nächsten Tagen bitte nicht. Ich bin sicher, dass wir noch mal miteinander reden werden.« Messmer stand auf und bedeutete Thea durch ein Kopfnicken, dass es für heute genug sei. Er grüßte kurz und wandte sich zum Gehen. Unter der Tür zog er den Kopf ein, obwohl der Rahmen hoch genug war und für ihn keine Gefahr bestand, sich am Balken zu stoßen. Thea schüttelte insgeheim den Kopf über diese Demonstration von Größe.

»Ich finde selbst hinaus«, murmelte sie, als Antonia Linder Anstalten machte, ihr in den Flur zu folgen.

Mit einem Schlag knallte die Tür hinter den beiden ins Schloss.

»Die weiß doch was«, sagte Messmer, startete den Wagen und gab Gas, dass der Motor wie ein verwundetes Tier aufheulte.

»Auf jeden Fall hat sie kein Alibi. Hast du gesehen, wie sie gezittert hat?« Theas Magen krampfte sich zusammen, als Messmer an der Ampel einen Kavaliersstart hinlegte. »Ich mag sie nicht.«

»Ich auch nicht, aber das tut nichts zur Sache. Wir müssen sie im Auge behalten und uns im Olgäle nach ihrem Dienstplan erkundigen.« In wildem Tempo fuhren sie die serpentinenreiche Straße am Waldfriedhof vorbei nach Heslach hinunter. Thea klammerte sich an ihren Sitz und stemmte die Füße gegen den vibrierenden Wagenboden.

»Könntest du bitte etwas langsamer fahren? Wir sind doch nicht in Monte Carlo.« Thea bremste buchstäblich mit.

»Leider. Aber wer weiß, vielleicht eines Tages …«

»Danke, aber Monte Carlo ist nicht meine Ecke. Ist mir zu mondän, zu teuer und zu heiß. Ich mag den Norden und wäre jetzt lieber in Schottland oder Schweden.« Thea kam sich vor wie auf einer Achterbahn. Allmählich wich die Anspannung von ihr.

»Kein Problem. Dann fahren wir eben zuerst nach Schottland, danach auf einen Sprung nach Schweden, und Finnland soll auch sehr schön sein. Ich liebe die Sauna, und du?«

Thea schüttelte den Kopf.

»Auch zu heiß?«, grinste Messmer.

Thea ignorierte die Frage.

»Danach machen wir einen Schlenker über die Alpen in die Toskana und zum Schluss – Monte Carlo. Na, was hältst du davon?«

»Das wird uns beiden bestimmt nicht passieren, jedenfalls nicht in diesem Leben.« Sie stellte sich vor, wie sie in einem Wohnmobil quer durch Europa fuhren. Wochenlang, mit ihm allein. Warum verspürte sie bei dem Gedanken dieses Kribbeln in der Magengegend?

»Täusch dich nicht. Das Leben steckt voller Überraschungen. Ich könnte dir da Dinge erzählen.«

»Ich mag keine Überraschungen. Sind mir zu anstrengend. Als ich klein war, waren Überraschungen etwas Schönes, vor allem an Geburtstagen oder zu Weihnachten. Aber jetzt? Nein danke.«

»Hast du keine Tagträume oder heimlichen Wünsche? So alt bist du doch noch gar nicht, oder?«

Thea streifte ihn mit einem vernichtenden Blick. Ihr Lächeln war so plötzlich verschwunden, wie es gekommen war.

»Oh-oh, bin ich gerade in einen Fettnapf getreten?« Messmer schaltete in den zweiten Gang herunter, und der Wagen gab ein tiefes Röhren von sich. Thea erwartete schon, dass der Motor jeden Augenblick kapitulierte.

»Was meine Träume oder Wünsche angeht, so glaube ich nicht, dass jetzt der richtige Augenblick ist, um darüber zu reden«, sagte sie steif.

»Und wann ist der richtige Augenblick? Morgen, übermorgen oder vielleicht erst in ein paar Jahren, wenn du alt und grau geworden bist?«

Sie blieb ihm die Antwort schuldig.

»Oje! Was hab ich jetzt wieder angestellt? Natürlich geht mich dein Privatleben nichts an. Aber ich brauche meine Tagträume, damit mich dieser Job nicht noch völlig verrückt macht.«

»Ja, noch verrückter darfst du wirklich nicht werden.« Thea musste nun doch wieder lachen, und Messmer stimmte ein.

An der Ampel nach dem Schwabtunnel bremste er den Wagen so stark ab, dass Thea nach vorne flog. Dann fuhr er vorschriftsmäßig in Richtung Innenstadt. Als sie sich in den Feierabendstau an der Wilhelma einreihten, ließ Thea die Scheibe herunter. Die Hitze hatte etwas nachgelassen. Der Gestank von Autoabgasen, vermischt mit dem Geruch des nahen Neckars drang herein. Sie merkte nicht, wie Messmer sie aus den Augenwinkeln musterte. Sehnsüchtig sah sie zu dem Schiff der Weißen Flotte, das an der Anlegestelle lag. Ein paar Tage Urlaub wären jetzt klasse. Einfach die Sachen packen und irgendwohin fahren, Hauptsache, weit weg. Doch dafür hatte sie definitiv den falschen Beruf.

***

5. August

Am Freitag bekam ich einen Brief von meiner Schwester. Sie schrieb, sie brauche dringend Geld, und bittet mich, ihr zweihunderttausend Euro zu leihen. Sie sagte aber nicht, wofür sie es haben will. Ich soll so bald ich kann nach Deutschland kommen, damit wir über alles reden können. Ich habe aber keine Lust dazu. Nicht auf Deutschland und noch weniger auf ein Gespräch mit ihr.

Ich hatte gehofft, für immer mit ihr fertig zu sein. Doch jetzt brechen die alten Wunden wieder auf Wenn ich zu ihr fahre, werden mir all die schrecklichen Erinnerungen wie ungebetene Gäste die Tür einrennen. Kann sie mich nicht endlich in Ruhe lassen?

Damals, als ich mich nicht wehren konnte, hat sie mich bevormundet und in dieses Sanatorium abgeschoben. Und jetzt, wo ich mein Leben endlich im Griff zu haben glaube, erinnert sie sich plötzlich an ihre kleine Schwester. Auch wenn sie meine letzte lebende Verwandte ist, ich wünschte, ich müsste sie nie wieder sehen.

Soll sie das blöde Geld haben. Ich werde es ihr schicken, damit Ruhe ist. Es ist mir völlig egal, wofür sie es braucht und ob sie es mir je zurückzahlt, wenn sie mich nur für den Rest meines Lebens in Frieden lässt.

***

»Ich hab gerade mit dem Empfangschef vom ›Bellevue au Lac‹ in Lugano telefoniert.« Kümmerle sah zum ersten Mal an diesem Tag einigermaßen zufrieden aus. »Der hat mir verraten, dass unsere gute Frau Hauser nicht allein im Hotel gewohnt hat. Ein Mann war bei ihr. Und mit eben diesem Mann hat sie auch am Donnerstagmorgen um halb sechs Uhr ausgecheckt.«

»Hat der Mann auch einen Namen? Hieß er vielleicht Enrico Maschio?«, fragte Thea.

»Der hat sich leider nicht ausgewiesen. Aber danach werde ich sie fragen. Ich fahre gleich nach Sonnenberg raus.«

»Das ist die Chance deines Lebens!«, flachste Messmer. »Eine reiche Frau und noch dazu wieder frei. Du wolltest doch immer zur High Society gehören.«

Kümmerle warf ihm einen vernichtenden Blick zu. »Ich werde ihr bei der Gelegenheit auch das Bild von unserem ersten Tatverdächtigen zeigen. Bin gespannt, ob sie ihn kennt.«

»Vergiss nicht, eine Speichelprobe von ihr nehmen«, erinnerte ihn Joost. »Die Kriminaltechnik hat DNA-fähiges Material am Riss in der Tatwaffe gefunden. Und falls es von Helene Hauser stammt, dann wäre interessant, wie sie das erklärt. Schließlich hat Frau Baric das Ding am Dienstag erst geputzt.«

»Wird gemacht. Aber jemand muss heute noch zum Flughafen rausfahren, das Alibi und die Passagierlisten überprüfen.«

»Das kannst du doch gleich mit übernehmen, wenn du ohnehin in der Gegend bist«, schlug Koch vor.

»Muss das sein?«, stöhnte Kümmerle. »Eigentlich hab ich gar keine Lust auf die Flieger. Ich mag die nicht mal von unten sehen.«

»Der kriegt schon Höhenangst, wenn sein Bürostuhl mal zu hoch eingestellt ist«, erklärte Joost nachsichtig.

»Thea und ich können das machen«, sagte Messmer. »Wir haben eh einen Termin bei Hausers Firma in Möhringen, und die liegt praktisch auf dem Weg zum Flughafen.« Er drehte sich augenzwinkernd zu Thea um. »Vielleicht erwischen wir einen Flieger nach Nizza, wir wollten eh nach Monte Carlo, stimmt's?«

Thea fing einen verständnislosen Blick Ströbeles auf, der aussah, als wolle er sagen: »War mir doch schon immer klar, dass der Junge nicht ganz dicht ist.«

Die Assistentin der Geschäftsleitung der Firma »Merkle & Hauser«, die sich als Sabine Sauer vorgestellt hatte, führte Thea und Messmer in ein Besprechungszimmer mit dunkelblauen Ledersesseln und einem Tisch aus hellem Holz, an dem leicht fünfundzwanzig Leute Platz hatten und auf dem alkoholfreie Getränke und Schalen mit Keksen standen. Die breite Fensterfront war mit Jalousien abgedunkelt.

»Ich gebe Herrn Klenk Bescheid, dass Sie hier sind. Bitte bedienen Sie sich.« Sie eilte davon.

Messmer schaute sich um. »Nicht schlecht, der Laden, was?«

Thea betrachtete eine abstrakte Skulptur aus verrosteten Eisenstäben, die mit bunten Stofffetzen beklebt war. Erst nach längerem Hinsehen und mit viel Phantasie konnte sie einen männlichen Torso erkennen. »Allerdings. Da können wir mit unseren Wohnklobüros nicht mithalten.« Sie goss sich ein Glas Mineralwasser ein und war sicher, dass Messmer nicht nur den »Laden« attraktiv fand.

Sabine Sauer kam nach ein paar Minuten mit einem ernst wirkenden etwa sechzigjährigen Mann in schwarzem Anzug zurück.

»Das ist eine wirklich schlimme Sache«, sagte Walter Klenk statt einer Begrüßung. »Herr Hauser war sehr beliebt. Wir hoffen, dass Sie den Täter schnell finden.«

»Wir tun unser Möglichstes.« Messmers Blick lag auf Sabine Sauers gut geformtem Hinterteil, als sie sich nach vorn beugte und den Kaffee einschenkte. »Nehmen Sie doch Platz, wir möchten auch mit Ihnen sprechen.«

Sabine Sauer setzte sich Thea gegenüber.

»Könnten Sie uns einen Überblick über das Unternehmen geben? Uns interessiert besonders, ob Herr Hauser irgendwelche Feinde hatte«, sagte Messmer wieder an Walter Klenk gewandt.

»Feinde? Nein, davon ist mir nichts bekannt. Natürlich haben wir Konkurrenz. In Billiglohnländern wird viel günstiger produziert als bei uns.« Klenk strich sich das Haar zurück, so dass seine Geheimratsecken deutlich zu sehen waren. »In der Textilindustrie kriselt es schon seit Jahren. Nur die gesündesten Unternehmen konnten sich halten. Deshalb haben wir auch seit einiger Zeit eine Produktionsstätte in Tschechien. Trotz der allgemeinen Wirtschaftskrise sind der gute Ruf unseres Familienunternehmens und die hohe Qualität unserer Produkte aber unverändert geblieben.«

»Wie viele Mitarbeiter sind in der Firma beschäftigt?«, fragte Thea.

»In unserem Stammsitz in Kirchheim arbeiten zweihundertfünfzig Mitarbeiter in der Produktion. Hier in der Verwaltungszentrale sind die Entwicklungs- und Vertriebsabteilung mit zweiundachtzig qualifizierten Mitarbeitern untergebracht. In Tschechien sind es noch mal einhundertzwanzig. Unsere

Geschäftsbeziehungen sind auf einige weltweit bekannte Modefirmen konzentriert, wie zum Beispiel Chanel, Christian Dior oder Armani. Wenn Sie möchten, können Sie sich gerne unsere Ausstellung anschauen.« Klenk beugte sich vor und griff nach einer Flasche Mineralwasser. Die Halogen-Spot-Lampen spiegelten sich in den Gläsern seiner Goldrandbrille.

»Danke, vielleicht ein anderes Mal«, sagte Messmer.

Thea befühlte ihren Rucksack nach dem Diktiergerät, bis ihr einfiel, dass es noch auf ihrem Schreibtisch im Präsidium lag. Seufzend zog sie ihr Notizbuch hervor.

»Die Geschäftslage von ›Merkle & Hauser‹ ist trotz der Krise glänzend«, redete Walter Klenk weiter. »Herr Hauser hatte großen Anteil an diesem Erfolg. Sein Charisma und seine Kompetenz bescherten der Firma Beziehungen bis in den europäischen Hochadel und die Politik. Sein plötzlicher Tod trifft uns und unsere Partner bis ins Mark.«

»Frau Hauser sagte uns, dass sie für die Exportgeschäfte zuständig ist. Hat sie noch andere Aufgaben?«

»Frau Hauser hat Einblick in alle Unterlagen und Vorgänge. Sie und ihr Vater, Herr Alfons Merkle, sind die eigentlichen Firmeninhaber. Herr Hauser war nur Geschäftsführer.« Klenks Stimme wurde immer leiser.

»Wie? Besaß er denn keine Firmenanteile?«, fragte Messmer verwundert.

Walter Klenk rieb sich unruhig die Hände. »Bis vor einigen Monaten hatte Herr Hauser zehn Prozent der Anteile gehalten.«

»Bis wann genau?« Thea sah von ihrem Notizblock hoch.

Klenk räusperte sich. »Bis März.«

»Aber als Geschäftsführer hatte er sicher Zugriff auf die Konten«, bohrte Messmer weiter.

Der Prokurist schob seine Brille hoch und blinzelte. »Darüber müssten Sie mit der Chefin selbst sprechen. Ich bin nicht befugt, über Privatangelegenheiten zu reden«, sagte er steif.

»Das klingt, als hätte er ganz schön unter dem Pantoffel gestanden«, sagte Thea augenzwinkernd.

»Das würde ich nicht so sehen«, sagte Klenk und schenkte den beiden ein verlegenes Lächeln, das so falsch war wie seine ebenmäßigen Zähne.

Messmer suchte Theas Blick. Sein Gesicht war das personifizierte Fragezeichen.

»Seit wann war Herr Hauser in der Firma?«, fragte Thea.

»Seit Ende der sechziger Jahre. Er arbeitete anfangs in der Verkaufsabteilung in Kirchheim. Weil er ein unfehlbares Gespür für Modetrends hatte, holte Herr Merkle ihn in die Firmenzentrale nach Stuttgart. Kurz darauf wurde er Vertriebsleiter. Ich habe damals schon hier gearbeitet und kann mich gut an seine Hochzeit mit Helene Merkle erinnern.«

»Und wann wurde er Geschäftsführer?«

»Das ist etwa fünfzehn Jahre her sein, als Herr Merkle diesen Unfall hatte, der ihn an den Rollstuhl fesselte. Herr Merkle war durch Krankenhaus und Reha-Aufenthalte lange Zeit aus dem Geschäft, und Herr Hauser hat seine Aufgaben übernommen.«

»Was war denn das für ein Unfall?«, fragte Messmer, der nicht zu merken schien, wie er einen Vollkornkeks zwischen den Fingern zerbröselte. Frau Sauer blickte pikiert auf die Krümel, die auf den makellosen Teppich rieselten.

»Herr Merkle war mit Herrn Hauser geschäftlich unterwegs. Sie kamen aus der Schweiz, als auf der Autobahn ein Reifen platzte.« Klenk nahm seine Brille ab und rieb sich den Nasenrücken. »Herr Hauser hatte Glück und kam mit leichten Verletzungen davon. Herrn Merkle dagegen hat es schwerer erwischt. Das kann man aber auf keinen Fall Herrn Hauser anlasten.«

»Dann lenkte er also den Wagen?« Messmer legte den Keksrest endlich auf den Tisch und machte einen halbherzigen Versuch, die Krümel zusammenzufegen.

»Ich hoffe, Sie ziehen keine falschen Schlüsse daraus«, beeilte sich Klenk zu sagen.

»Wie käme ich dazu«, beschwichtigte ihn Messmer. »Nur Gutes über die Toten.«

»Wirkte Herr Hauser in der letzten Zeit irgendwie verändert?«, fragte Thea an Sabine Sauer gewandt.

Die Assistentin schüttelte den Kopf. »Nein, er hat wie üblich viel gearbeitet. Ende des Monats wollte er eine Woche frei nehmen. Soviel ich weiß, hatte er vor, mit seiner Frau nach Südfrankreich zu fahren, wo die Familie ein Ferienhaus hat.«

Es hat der Hauser doch sicher wahnsinnig gestunken, mit ihrem Mann nach Südfrankreich fahren zu müssen, wo sie sich garantiert lieber mit dem Schweizer vergnügt hätte, dachte Thea.

»Gab es vielleicht Anrufe, die Ihnen im Nachhinein irgendwie verdächtig vorkommen?«, fragte Messmer.

»Es gab sehr viele Anrufe, aber die betrafen vor allem unsere Frühjahrskollektion. Vielleicht weiß Frau Wiesner mehr«, antwortete Sabine Sauer in geschäftsmäßigem Ton.

»Frau Wiesner?«, fragte Messmer.

»Die Chefsekretärin«, erklärte Klenk.

»Könnten wir mit ihr sprechen?«

»Sie hat sich heute krankgemeldet. Der Tod von Herrn Hauser hat sie sehr getroffen.«

»Und wie war Ihr Verhältnis zu Herrn Hauser, Frau Sauer?«, fragte Thea eher beiläufig.

Die Assistentin sah Thea verwundert an. »Gut. Wieso fragen Sie?

Wie Herr Klenk schon sagte, war Herr Hauser sehr beliebt. Er war ein großzügiger und verständnisvoller Arbeitgeber.« Sabine Sauers Lippen wurden schmal. Die perfekte Assistentin der Geschäftsleitung, die nie aus der Rolle fallen würde.

»Wir müssen noch mit Herrn Merkle sprechen. Wäre das jetzt möglich?«, fragte Messmer, der sich verabschiedete und Sabine Sauers Hand dabei eine Sekunde zu lang festhielt.

»Herr Merkle ist nicht im Haus. Er kommt nur zu wichtigen Besprechungen her. Sie werden ihn aber daheim antreffen«, sagte Sabine Sauer, nickte Walter Klenk und Thea zu und verschwand.

»Herr Kommissar, Frau Engel, falls das alles war, würde ich mich auch verabschieden. Ich habe noch sehr viel zu tun.«

»Wir sind sowieso fertig«, sagte Messmer auf dem Weg zur Tür.

»Wo können wir bitte Frau Wiesner erreichen?«, erkundigte sich Thea.

»Sie wohnt in der Calwer Straße.« Walter Klenk schrieb die Adresse und Telefonnummer der Chefsekretärin auf einen Zettel und reichte ihn ihr. Dann begleitete er sie über den mit dunkelblauem Teppich ausgelegten Flur zum Aufzug.

»Sehr seltsam, meinst du nicht?«, fragte Messmer, als sie wieder auf dem Parkplatz standen. »Ich habe das Gefühl, dass Klenk sich fürchterlich verplappert hat.«

»Finde ich auch. Er machte jedenfalls ein Gesicht wie ein Schuljunge, der beim Abschreiben erwischt worden ist.«

***

Thea war noch nie geflogen, und eigentlich waren Fernreisen in ihrem Leben immer etwas für andere gewesen. Mit Karo hatte sie früher gerne Pläne von Reisen in warme Länder geschmiedet, aber es war entweder aus finanziellen oder zeitlichen Gründen nie dazu gekommen. Als sie mit Messmer die Rolltreppe zur großen Halle des Stuttgarter Flughafens hinaufglitt, verspürte sie fast so etwas wie Reisefieber. Neugierig sah sie sich um. Die stählernen Dachstützen, die sich nach oben hin verästelten, standen wie kahle Bäume inmitten der hektischen Betriebsamkeit. Durch die Glasoberlichter zwischen den Stahlträgern fielen Bündel von Sonnenstrahlen auf die grauen Bodenfliesen. Thea erinnerte sich, irgendwo gelesen zu haben, dass das Flughafengebäude Anfang der neunziger Jahre mit dem Stahlbaupreis ausgezeichnet worden war. Zur Recht, wie sie fand. Sie wäre gerne zur Besucherterrasse hinaufgestiegen und hätte sich die startenden und landenden Flugzeuge angeschaut. Aber deswegen waren sie nicht hergekommen. Die

Sonne stand schon ziemlich tief, und sie verspürte allmählich Hunger.

»Ich kümmere mich um die Passagierlisten, dann kannst du inzwischen zur Gepäckermittlung gehen.« Messmer wollte die Sache offensichtlich auch schnell hinter sich bringen.

»Geht in Ordnung.« Thea klang optimistischer, als sie war, und blickte sich suchend in dem riesigen Komplex um.

»Da drüben ist ein Wegweiser.« Messmer zeigte vage in eine Richtung, wo Thea beim besten Willen nichts Wegweiserähnliches erkennen konnte. »Wir treffen uns in einer Viertelstunde wieder hier.« Sprach's und verschwand in der Menschenmenge.

Theas Augen überflogen die mehrsprachige Ausschilderung, ohne etwas zu entdecken, das auch nur im Entferntesten an die Gepäckermittlung erinnert hätte. Also fragte sie sich durch.

Der Angestellte im Büro der Gepäckermittlung betrachtete das Foto von Helene Hauser aufmerksam. Thea merkte nicht, dass sie die Luft angehalten hatte. Erst als es ihr eng in der Brust wurde, atmete sie tief durch.

»Ja, diese Frau war am Donnerstag früh hier und hat den Verlust ihres Koffers gemeldet.«

»Sie sind ganz sicher?«, fragte Thea und zog ihr Notizbuch aus der Tasche.

»Absolut. Sie war ziemlich aufgebracht, um nicht zu sagen, stocksauer. Sie hatte eine halbe Stunde am Kofferkarussell gestanden, bis wirklich nichts mehr auf dem Fließband war. Ich hab mich dann darum gekümmert.« Er lächelte Thea an und entblößte eine Reihe makellos weißer Pferdezähne, die Thea stark an Küblers Lieblingsstute Rosinante erinnerten, deren Fotos überall in seinem Büro hingen. »Der Koffer war in Zürich liegen geblieben und sollte mit der nächsten Maschine nachkommen.«

»Und wann ist die hier gelandet?«

»Zwei Stunden später, um neun Uhr zehn«, entgegnete der junge Mann eifrig. »Es war aber sicher schon nach halb acht, als wir miteinander sprachen. Die Frau sagte, es lohne sich nicht für sie, nach Hause zu fahren. Sie wollte lieber hier am Flughafen warten. Ich habe ihr geraten, so lange in die ›Welcome Bar‹ zu gehen, und sie sagte, das würde sie tun.«

»Und wo ist das?«, fragte Thea und sah sich in Gedanken schon wieder durch das Flughafengebäude irren.

»Terminal drei, Ebene zwei«, antwortete der Mann wie aus der Pistole geschossen. Thea war so schlau wie zuvor. Es blieb ihr also nichts anderes übrig, als sich wieder mal durchzufragen.

Sie hatte Glück. Messmer stand bereits an der Rolltreppe, einen Ausdruck der Passagierliste in der Hand.

»Na, wie war's?«, erkundigte er sich.

»Sieht so aus, als hätte sie uns die Wahrheit gesagt. Und bei dir?«

»Es ist kein Maschio verzeichnet. Wenn er nicht unter falschem Namen geflogen ist, können wir davon ausgehen, dass er bei seinem zänkischen Bergvolk geblieben ist.«

»Einer weniger zur Auswahl«, sagte Thea gleichmütig. »Hast du übrigens eine Ahnung, wo die ›Welcome-Bar‹ ist?«

Die Frau, die hinter den Bergen von Geschirr fast verschwand, starrte die beiden verständnislos an.

»Sie fragen mich tatsächlich nach jemandem, der vor zwei Tagen hier gewesen sein soll?«

»Genau das tun wir«, sagte Messmer.

»Sehen Sie sich doch um. Haben Sie eine Ahnung, wie viele Leute hier täglich reinkommen? Als ob ich mir all die Gesichter merken könnte! Die meisten sehe ich mir gar nicht erst an. Ich werde fürs Arbeiten bezahlt und nicht fürs Glotzen.«

»Wir auch«, schnauzte Messmer zurück. »Deswegen sind wir hier.«

Die Frau warf einen kurzen, uninteressierten Blick auf das Foto. »Nö, an die kann ich mich nicht erinnern. Das heißt aber nicht, dass sie nicht hier gewesen sein kann …«

»Ja, ja, ich weiß. Danke«, unterbrach Messmer sie unwirsch. »Wenn alle Zeugen so kooperativ wären wie Sie, hätten wir sicher keine Aufklärungsrate von neunzig Prozent.«

»Das hat sie gar nicht beeindruckt«, sagte Thea, als sie wieder im Auto saßen.

»Sie hat es gar nicht verstanden. Glaubst du, die weiß, wie viel neunzig Prozent sind?«

Schweigend fuhren sie die B 27 über die Fildern in Richtung Stuttgart. Hinter den Feldern, wo der berühmte Spitzkohl angebaut wurde, stand die Sonne schon ziemlich tief.

»Kurz nach halb acht war sie also noch am Flughafen«, überlegte Thea laut. »Laut Obduktionsbefund wurde Hauser zwischen sieben und acht Uhr umgebracht. Hätte sie es in einer knappen halben Stunde bis nach Hause schaffen können?«

»Gut möglich. Sie ist noch längst nicht aus dem Rennen.«

»Aber müsste sie dann nicht auch auf dem Videoband zu sehen sein?«

»Nicht wenn sie direkt vom Flughafen kam. Dann ist sie vom Süden in die Orplidstraße reingefahren. Die Kamera überwacht aber nur den Teil der Straße, der nördlich von Hausers Villa liegt.«

»Helene Hauser hätte ihren Mann also durchaus erschlagen können«, sagte Thea. »Dann hätte der Unbekannte vom Videoband Hauser allerdings noch lebend angetroffen. Was kann ihn dann so in Panik versetzt haben?«

***

Thea hatte ihre Freundin Karolin im Kinderheim kennen gelernt, wo die beiden sich seit der Schulzeit ein Zimmer teilten. Zunächst waren sie so etwas wie eine Notgemeinschaft gewesen, und jede hatte ihre Einsamkeit vor der anderen sorgfältig verborgen, als gelte es, einen Makel zu verstecken. In einem bestimmten Alter kann das Eingeständnis einer Schwäche tödlich sein, wie eine blutende Wunde in einer Bucht voller Haie. Aber den gemeinsamen Jahren auf so engem Raum hielt die beste Fassade nicht stand, und so hatte sich zwischen den beiden mit der Zeit eine tiefe Freundschaft entwickelt. Als sie volljährig waren, mieteten sie eine gemeinsame Wohnung in Leinfelden, die mitten in der Einflugschneise des Flughafens gelegen und entsprechend günstig war. Von hier aus waren sowohl Theas Polizeischule in Böblingen als auch Karolins Bank in der Innenstadt gut zu erreichen. Drei Jahre hatten sie dort zusammen gelebt, bis

Karo sich Hals über Kopf verliebte und nach Stuttgart zog. Thea fand eine Stelle bei einem Stuttgarter Polizeirevier und tat es ihr nach. Aber noch heute erinnerte sie sich gern an die Abende, an denen sie mit Karo auf dem winzigen Balkon gesessen hatte, das Rotweinglas in der Hand und die Flieger so tief über ihnen, dass man die Fahrgestelle erkennen konnte. Etliche Träume waren dort entstanden, von Reisen in ferne Länder, Abenteuern in fremden Kulturen, und oft hatten sie sich gefragt, wie die Wolken wohl von oben aussehen.

Die Sonne war schon untergegangen, als Thea ihren Corsa im Parkhaus neben der Leonhardskirche abstellte. Eigentlich war sie so müde, dass sie nach dem Dienst am liebsten gleich nach Hause gefahren wäre, doch im letzten Moment war ihr das Versprechen eingefallen, das sie Karolin heute Morgen gegeben hatte. Heute Morgen – ihr war, als wären inzwischen mehrere Tage vergangen. Sie schloss den Wagen ab, verließ das Parkhaus und ging über den Leonhardsplatz zum Bohnenviertel.

Karolin hatte die kleine Dachgeschosswohnung in der Lazarettstraße vor etwas mehr als einem Jahr bezogen. Tagsüber war die Stuttgarter Altstadt einfach nur pittoresk und beschaulich, doch wenn am Abend die Laternen angingen, gehörte dieses Viertel ganz dem Rotlichtmilieu.

Als Thea in die Lazarettstraße einbog, lehnten die ersten Dirnen lässig in den Hauseingängen, gelangweilt, rauchend und immer mit einem Auge nach potenziellen Freiern schielend.

Ein junges Mädchen, Thea schätzte sie auf knapp achtzehn, in kurzem Röckchen und einem Top, aus dem ihre Brüste fast herausfielen, maß sie mit einem abschätzigen Blick und stellte sich noch eine Spur aufreizender in Positur. Thea spürte, wie ein Fahrzeug hinter ihr langsam an den Gehsteig fuhr. Sie drehte sich um. Am Steuer eines schwarzen Mercedes Cabriolets saß ein Goliath mit tätowierten Oberarmen und einer dicken Goldkette um den muskulösen Hals. Er grinste sie an und schnippte eine Zigarettenkippe aus dem Wagen. Instinktiv machte Thea einen Satz zur Seite und beschleunigte ihre Schritte. Erst als sie Karolins Hauseingang erreicht hatte und die Tür hinter ihr ins Schloss fiel, atmete sie auf. Eine tolle Polizistin war sie. Kaum hatte sie das Holster mit der Dienstwaffe abgelegt, sträubten sich ihr die Nackenhaare, sobald ihr jemand einen Schritt zu nahe kam.

»Komm rein, ich muss nur noch die Spaghetti abgießen.« Karolin hielt ihr mit einer Hand die Tür auf und versuchte mit der anderen, das Band ihrer Küchenschürze zu lösen.

»Woher wusstest du, wann ich komme?«, wunderte sich Thea.

Karolin lachte. »Ich hab es einfach auf gut Glück versucht.« Sie fluchte leise, als ihr einige Nudeln beim Abgießen in die Spüle rutschten. »Wärst du später gekommen, hätte ich sie dir entweder in der Soße aufgewärmt oder einen Auflauf gemacht. Ich weiß ja, dass du in punkto Essen nicht so penibel bist.«

Thea musste lächeln. Essen war für sie wirklich zur Nebensache geworden. Aber als ihr jetzt der würzige Duft von Hackfleisch und Zwiebeln in die Nase stieg, merkte sie, dass sie einen Bärenhunger hatte. »Ich hab tatsächlich seit acht Stunden nichts gegessen.«

»Dann wird es Zeit.« Karolin holte zwei Pastateller aus

dem Hängeschrank und drückte sie Thea in die Hand. »Du kannst schon mal den Tisch decken. Ich komme gleich mit dem Rest.«

Thea verteilte die Teller und das Besteck auf dem Esstisch im Wohnzimmer und ließ sich auf das schwarze Ledersofa fallen. Ihr Blick wanderte über die zimmerhohen Bücherregale mit Hunderten von Romanen. Karolins Leben, oder besser gesagt ihr Ersatzleben, waren Bücher. Der Ausgleich zu ihrem Job als Bankangestellte, bei dem sie meist in gelangweilte Gesichter schaute und endlos Geldscheine auf den Tresen zählte, die ihr nicht gehörten. Wer sie so perfekt geschminkt und gestylt hinter dem Schalter sitzen sah, konnte nicht ahnen, welche Abgründe sich nach Feierabend in ihr auftaten, wenn sie nach Hause kam, sich eine Kanne Tee brühte und es sich mit einen Krimi oder Liebesroman auf dem Sofa gemütlich machte. Erst wenn sie ein Buch aufschlug, begann für sie das wahre Leben. Manchmal beneidete Thea sie um die Fähigkeit, jederzeit mit allen Sinnen in eine Phantasiewelt abzutauchen.

»Deine Spaghettisoße ist phantastisch.« Thea aß mehr, als sie vorgehabt hatte. Aber aller Wahrscheinlichkeit nach würde sie in diesem Sommer ohnehin keine Gelegenheit mehr haben, ihre Bikinifigur zur Schau zu stellen. Wenn die Soko sich noch ein paar Wochen hinzog, würde es Herbst sein, und sie konnte getrost ihren Weihnachtsurlaub anmelden.

»Ich könnte keinen Job machen, bei dem ich acht Stunden lang nichts zu essen bekomme«, murmelte Karolin mit vollem Mund.

»Ich hatte gar keine Zeit, ans Essen zu denken«, sagte Thea.

»Ich sollte mich allmählich daran gewöhnen, aber so ein blutiger Toter schlägt mir noch für Tage auf den Magen.«

»Manchmal frage ich mich immer noch, warum du diesen Job überhaupt machst.« Karolin hatte ihre Gabel hingelegt und das Gesicht in die Hände gestützt.

»Keine Ahnung. Weißt du noch, als ich damals zur Schutzpolizei gegangen bin, wollte ich etwas bewegen, Gerechtigkeit durchsetzen, den Schwachen helfen. Lauter edle Ziele hatte ich.«

»Und die hast du jetzt nicht mehr?«

»Schon. Aber die Realität sieht meistens anders aus. Wie oft hab ich frustriert auf deiner Couch gesessen und dir die Ohren vollgejammert, wie sinnlos das alles ist. Trotzdem muss man weitermachen. Aber es ist wie schwimmen gegen den Strom. Als Streifenpolizistin war ich es irgendwann einfach Leid, meine Arbeitszeit damit zu verbringen, gewalttätigen Ehemännern Platzverweise zu erteilen. Und anschließend zu erfahren, dass seelisch und körperlich misshandelte Frauen ihren Peinigern freiwillig die Türen wieder öffnen, fest davon überzeugt, dass ihre Männer sich irgendwann doch ändern.«

»Vielleicht ist das Liebe?«

Thea folgte dem Blick der Freundin zu dem großen Bücherregal, wo die Pilcher-Romane standen.

»Nein. Das ist Abhängigkeit. Für mich hat das nichts mit Liebe zu tun. Mit Schwäche, ja. Und mit Missachtung der eigenen Person.«

Von der Leonhardstraße drang wütendes Geschrei durch das gekippte Fenster. Wahrscheinlich zwei Freier, die sich um eine Dirne prügelten.

Thea war müde. Sie griff nach ihrem Weinglas und dachte, dass sie besser einen Kaffee gebrauchen könnte. »Jetzt, bei der Kripo, sorge ich zumindest dafür, dass solche Schweine ihre gerechte Strafe bekommen. Leider werden wir immer erst gerufen, wenn es schon zu spät ist.«

»Wie war es eigentlich gestern Morgen?«, erkundigte sich Karolin. »Komm, erzähl schon.«

»Schön war's jedenfalls nicht. Diese Blutlache unter seinem Kopf. Die Augen weit aufgerissen, dieser erstaunte, fast schon dümmliche Blick, als hätte er mit allem gerechnet, nur nicht damit, noch vor dem Frühstück erschlagen zu werden.«

Karolin verzog das Gesicht.

»Wir müssen den Mörder finden, Karo.«

»Und wenn es eine Frau war? Könnte doch sein. So eine, die jahrelang gequält wurde und jetzt endlich zurückgeschlagen hat.«

Thea schwieg eine Weile. Sie konnte sich Helene Hauser beim besten Willen nicht in so einer Rolle vorstellen. »Weißt du, wovor ich richtig Angst habe, Karo? Einen Mörder verhaften zu müssen, dessen Motiv ich verstehen kann. Wäre das nicht schrecklich?«

»Zum Beispiel, wenn ich damals im Heim die alte Burgstett umgebracht hätte, die uns immer mit der Gabel in den Rücken gestochen hat, wenn wir beim Essen nicht gerade saßen?«

Thea musste lachen. »Ja, so ungefähr. Mit dem Unterschied, dass man Kinder nicht ins Gefängnis sperrt.«

»Da bin ich aber froh. Ich war nämlich ein paar Mal kurz davor, zurückzustechen.«

»Siehst du, du verstehst, was ich meine.«

»Du meinst, Gerechtigkeit liegt im Auge des Betrachters?«

»So ungefähr. Ich glaube, Justitia macht es sich in ihrer Blindheit zu einfach. Sie müsste wenigstens ein Auge auf das Leid und die Beweggründe der Menschen werfen dürfen. Vielleicht würde ihr Urteil dann manchmal anders ausfallen.«

»Wie hältst du diese vielen Toten nur aus? Ich lese da lieber einen Krimi. Den kann ich ins Regal zurückstellen, wenn es mir zu viel wird.« Karolin schenkte Thea Wein nach.

»Ich versuche, emotional Abstand zu halten.« Thea nahm ihr Glas in die Hand, trank aber nicht. »Das Wissen, dass jedem Menschen jeden Tag praktisch alles mögliche Entsetzliche geschehen kann, muss ich verdrängen. Sonst würde ich es vor lauter Panik nicht wagen, morgens aus dem Bett zu kriechen.«

»Da bleib ich doch lieber hinter meinem Bankschalter und zähle fremdes Geld.« Karolin nippte an ihrem Glas und sah Thea nachdenklich an. »Was ist eigentlich mit deinem Micha?«

Thea fuhr hoch. »Wie meinst du das – mit meinem Micha? Er ist nicht mein Micha.«

Karolin zwinkerte ihr zu. »Na komm, so oft, wie du in letzter Zeit von ihm erzählst, muss es zwischen euch doch ganz schön knistern.«

»Ja, weil er mir gewaltig auf die Nerven geht.«

»Tja, was sich nervt, das liebt sich«, zitierte Karolin, ungeachtet der Tatsache, den Volksmund in diesem Fall nicht ganz originalgetreu wiederzugeben.

»Tut es das?« Thea konnte nicht verhindern, dass sich die Hitze in ihr ausbreitete.

»Jedenfalls ist er dir nicht gleichgültig, oder?«

»Karolin, der Mann ist vierzehn Jahre älter als ich. Er könnte fast mein Vater sein.«

»Und? Vielleicht siehst du in ihm einen Ersatzvater. Du hattest schließlich nie einen richtigen.«

»Hör doch auf. Ich bin erwachsen und brauche keine Vaterfigur. Mit dreißig muss man es doch geschafft haben, sich abzunabeln.«

»Man kann sich aber nicht abnabeln, wenn man zuvor nicht angenabelt war«, sagte Karolin ruhig, räumte die Teller zusammen und trug sie in die Küche.

Thea stand auf und ging zum Fenster. Ein Freier auf der gegenüberliegenden Straßenseite kroch einem Mädchen beinahe ins Dekolletee. Männer sind Schweine, dachte Thea, ohne genau zu wissen, wie sie zu dieser Überzeugung kam. Ihre letzte engere Beziehung war nicht zuletzt an ihrer Unfähigkeit gescheitert, sie selbst zu sein. Doch wie kann man sich selbst verkörpern, wenn man dieses geheimnisvolle Selbst gar nicht kennt, wenn man nicht wagt, es ans Tageslicht zu holen, weil man Angst hat, es könnte einem selbst und dem anderen nicht gefallen? Wenn die Furcht übermächtig wird, wieder verstoßen zu werden, und man glaubt, es nicht noch einmal ertragen zu können, ist es dann nicht besser, eine Maske aus Unnahbarkeit aufzusetzen, die den heftigsten Schlägen widersteht?

Ich bin nicht die Einzige, die sich versteckt, tröstete sich Thea. Der Bedarf an Make-up erhält schließlich einen riesigen Industriezweig am Leben. Wenigstens brauche ich für meine Maskerade keine Schminke. Sie überlegte, wann sie sich zum ersten Mal hinter ihrer Maske verschanzt hatte, konnte sich aber nicht daran erinnern. Möglicherweise hatte sie diese Haltung bereits mit der Muttermilch eingesogen. Doch dann fiel ihr ein, dass sie höchstwahrscheinlich niemals Muttermilch bekommen hatte.

***

6. August

Heute ist mir etwas so Unglaubliches passiert, dass ich es immer noch nicht fassen kann.

Es begann damit, dass ich zur Bank auf der Piazza Salimbeni gegangen bin. Ich hatte mich entschlossen, meiner Schwester das Geld zu überweisen. Es ist mir egal, was sie damit macht, Hauptsache, sie lässt mich in Ruhe, und ich muss nicht nach Stuttgart fahren. Ich wollte es einfach hinter mich bringen und dann für immer vergessen.

Als das Prozedere mit der Überweisung überstanden war, ging ich zur Via Banchi di Sopra, um einen Kaffee zu trinken. Es war schrecklich heiß. Im »Nannini« bestellte ich einen Cappuccino an der Bar und sah mich nach einem freien Tisch um, als mir jemand auf die Schulter tippte.

»Entschuldigen Sie«, sagte ein Mann auf Deutsch. »Sie sind doch Francesca Lind, nicht wahr?«

Ich drehte mich um. Eine gewaltige Alkoholfahne schlug mir entgegen. Ich hielt ihn für einen Geier von der Yellowpress, der ein Interview wollte, und verwies ihn an meine Agentur in Mailand.

Doch der Typ grinste mich nur an und meinte, ich hätte etwas verloren. Dabei hielt er mir einen Zettel unter die Nase. Es war der Bankbeleg von der Überweisung an meine Schwester, der mir aus dem Portemonnaie gefallen sein musste.

Ich dankte ihm und ging zu einem frei gewordenen Tisch, doch der Fremde kam mir nach und besaß die Frechheit, sich zu mir zu setzen.

»Erinnern Sie sich nicht mehr an mich?«, fragte er.

»Nein, sollte ich?«, sagte ich so abweisend ich nur konnte und sah ihn mir genauer an. Sein Schnurrbart ließ mich stutzen. Er erinnerte mich tatsächlich an jemanden. Aber das war schon sehr lange her.

Der Mann war um die sechzig und korpulent. Die Lichter über der Bar warfen bunte Flecken auf seinen kahlen Schädel. Der Sommeranzug, der an ihm klebte, war nicht ganz neu und viel zu eng.

»Ich kann mich wirklich nicht erinnern«, sagte ich und überlegte, ob ich gehen sollte. Als er seine Sonnenbrille mit einer theatralischen Geste abnahm, schaute ich in wasserblaue Augen, die mich neugierig musterten.

»Sie waren vor etwa dreißig Jahren im Rudolf-Sophien-Stift«, sagte er.

Ich war sprachlos. Es gab keinen Zweifel, es war Dali!

Er muss gemerkt haben, dass ich ihn erkannte, denn er lachte und reichte mir seine schwabbelige Hand.

Mir war nicht nach Lachen zumute.

»Ich habe mir den Bankbeleg angesehen. Wofür braucht Ihre Schwester denn so viel Geld?« Er musterte mich neugierig und kaute am Bügel seiner Sonnenbrille.

Ich fragte, was ihn das angehe.

»Gar nichts«, sagte er und bestellte sich einen doppelten Cognac.

Ich war der Ansicht, dass er schon genug getrunken hatte, aber das ging wiederum mich nichts an. Deshalb fragte ich nur, wie er hierher komme.

Er sagte, er habe bei einem alten Bekannten Ferien gemacht und seinen letzten Urlaubstag zum Anlass genommen, sich richtig zu besaufen. Das konnte ich nachvollziehen. Ich wäre schließlich auch nicht besonders glücklich gewesen, wenn ich am nächsten Tag hätte nach Stuttgart fahren müssen.

Plötzlich hob er sein schweißglänzendes Gesicht von seinem Cognacschwenker. »Das ist wirklich sehr nett, dass Sie Ihre Schwester finanziell unterstützen.«

Ich hätte zu gern gewusst, worauf er hinaus wollte, sagte aber nur: »Das ist doch selbstverständlich. Es bleibt ja in der Familie.«

Er lächelte mitleidig. »Sind Sie da wirklich sicher?«

Ich fragte, wie er das meine.

Das sei doch klar, sagte er. Meine Schwester wolle endlich ein neues Leben beginnen. Zu wünschen wäre es ihr ja, sie habe lange genug allein gelebt.

»Meine Schwester hat ihr ganzes Leben lang allein gelebt«, sagte ich. »Warum sollte sie das ausgerechnet jetzt ändern wollen?«

»Vielleicht hat ihr Geliebter sich endlich zu einer Scheidung durchgerungen?«

Geliebter? Scheidung? Ich muss ihn angeglotzt haben wie ein Schaf

»Wolf Hauser ist ein alter Jugendfreund von mir. Das heißt, ich habe die Romanze zwischen ihm und Ihrer Schwester von Anfang an miterlebt. Leider musste er dann Helene Merkle heiraten. Sie hatte Geld.« Sein Kichern jagte mir eine Gänsehaut über den Rücken.

»Aber Geld ist nicht alles, nicht wahr? Ein Mann braucht auch Liebe. Und die bekommt er seit Jahrzehnten von Ihrer Schwester. Wussten Sie das nicht?«

Nein, das wusste ich nicht. Ich hatte die ganzen Jahre keine Ahnung gehabt. Mir wurde übel.

»Helene ist eine harte Frau.« Er schwenkte sein Cognacglas, dass die braune Flüssigkeit beinahe über den Rand schwappte. »Sie hockt mit ihrem knochigen Hintern auf dem Vermögen wie die ›Caritas‹ auf der Schatztruhe. Sie kennen doch das Gemälde von Lucas Cranach, dem Jüngeren?«, fügte er hinzu, als er meinen verständnislosen Blick bemerkte. Da war er wieder, der verkappte Künstler.

»Ganz im Vertrauen ...«, er beugte sich zu mir hinüber und ich musste seinen säuerlichen Schweißgeruch, gemischt mit der derben Cognacfahne, ertragen, »Wolf und ich haben eine Schwäche für das schöne Baden-Baden. Und das kostet Geld, verstehen Sie? Viel Geld.«

Ich verstand allmählich.

»Bisher war Wolf immer noch einigermaßen flüssig, und wenn nicht, hat er ab und zu in die Firmenkasse gegriffen.« Dali senkte den Kopf dass sein Doppelkinn wie eine Ziehharmonika zusammengedrückt wurde. »Ich weiß gar nicht, warum ich Ihnen das alles erzähle. Bis heute habe ich zu niemandem ein Sterbenswörtchen gesagt. Und Wolf zeigt sich für mein Schweigen erkenntlich und hilft mir regelmäßig finanziell aus. Das heißt, er tat es, bis Helene dahinter kam und ihm mit der Scheidung drohte. Beim letzten Mal sagte er, ich müsse nun sehen, wie ich aus eigener Kraft meine Spielschulden begleiche.« Er stellte mit einem Knall das leere Glas auf den Tisch und rülpste. »Toller Freund. Und Ihre Schwester ist ihm seit der Schulzeit hörig. Er hat ihr das Blaue vom Himmel versprochen; wenn er finanziell nicht von Helene abhängig wäre, dann würde er sie heiraten. Dass ich nicht lache!«

Er redete wie ein Wasserfall, und ich hatte das Gefühl, in seinen Worten zu ertrinken.

»Ihre Schwester verdient als Krankenschwester recht

bescheiden, und viel Erspartes hat sie nicht.« Er kippte seinen Cognac in einem Zug.

Aber ich, dachte ich. Ich habe es.

»Vielleicht will er mit Ihrer Schwester nun endlich neu anfangen«, lallte Dali. »Dazu brauchen die beiden nur ein bisschen Startkapital. Dann sind die Liebenden endlich glücklich vereint. Ich werde keinen Cent mehr von ihm sehen. Und so was nennt sich Freund! Das ist nun der Dank dafür, dass ich ihm damals aus der Klemme geholfen habe!«

Aus der Klemme geholfen? Was sollte das nun wieder bedeuten? Ich fragte ihn danach. Aber er hatte bereits Mühe, die Augen offen zu halten. Ich dachte schon, er hätte meine Frage gar nicht verstanden, doch dann begann er, mit schwerer Zunge zu reden.

»Wolf hatte sich damals urplötzlich mit Helene Merkle verlobt. Das war für Ihre Schwester furchtbar, aber sie machte sich trotzdem noch Hoffnungen, er würde die Verlobung lösen und sie heiraten.«

Sie heiraten? Ich konnte nicht glauben, was der Kerl da faselte. Mir wurde klar, dass ich von meiner Schwester überhaupt nichts wusste. Wenn es stimmte, was dieser Mensch von sich gab, wollte ich gar nicht weiterdenken.

»Ihre Schwester himmelt ihn immer noch an«, lallte er. »Keine Ahnung, was sie an diesem Weiberheld findet. Schließlich hat er auch mit Ihnen, ich meine, Sie waren doch minderjährig …« Er brach plötzlich ab.

Mein Herzschlag setzte aus. Was wusste dieser widerliche Kerl noch alles?

Der nächste Cognac wurde gebracht, und Dali kippte ihn auf Ex. Eigentlich wollte ich nichts mehr hören, und doch fragte ich ihn fast zwanghaft weiter aus.

Jetzt wand er sich wie ein Wurm. »Ich weiß nicht viel, nur dass er Sie verführt und Ihre Schwester es erfahren hat. Wolf hat's mir im Suff erzählt. Er gab mächtig damit an, dass er endlich eine Jungfrau gehabt hatte, und platzte schier vor Stolz, weil er Sie damals im Auto rumgekriegt hat. Sie wissen schon. Später wollten die beiden natürlich verhindern, dass die Sache an die Öffentlichkeit kommt. Wolf hatte Schiss vor einer Anzeige, weil dann seine Verlobung geplatzt wäre. Ihm war es scheißegal, was aus Ihnen wird. Er hat sich immer genommen, was er wollte.«

Mir war speiübel. »Und sie?«, fragte ich schwach. »Ihr kam es sicher sehr gelegen, dass sie ihre labile Schwester in einer guten Klinik unterbringen konnte, oder?« Allmählich schloss sich der Kreis.

»Wie ich schon sagte. Ich habe Wolf aus der Klemme geholfen. Und das ist nun der Dank!«, nuschelte er, bevor sein Kopf auf die Tischplatte sank.

Als ich auf der Piazza Salimbeni im grellen Tageslicht stand, hatte ich das dringende Bedürfnis, einen Menschen zu sehen, dem es ähnlich elend ging wie mir. Aber ich sah nur in fröhliche, Eis schleckende Gesichter.

Touristen, die die drei Palazzi auf der Piazza Salimbeni fotografierten, Studenten, die schwatzten und Tauben fütterten. Die Sonne schien auf das Denkmal von Sallustio Bandini. Ein dicker Klecks Taubendreck klatschte ihm gerade auf den Kopf und lief in einer weißen Spur über seine Nase. Na, alter Knabe, hat dich wenigstens auch einer angeschissen, dachte ich und machte mich auf den Heimweg.

Drei

Es war zehn Uhr am Samstagmorgen, als Thea den Dienstwagen in der Tiefgarage des Olgahospitals parkte. Die Stuttgarter nannten das traditionsreiche Kinderkrankenhaus, das 1842 gegründet und damals unter dem persönlichen Schutz der russischen Zarentochter Olga und späteren Königin von Württemberg stand, schlicht »unser Olgäle«.

Im Eingangsbereich herrschte ein Höllenlärm. Unzählige Kinder, die aussahen, als seien sie niemals krank gewesen, tobten auf dem riesigen Holzschiff in der Mitte des Foyers herum. Thea fiel auf, wie viele Mütter in ihrem Alter mit ihren Kleinkindern in der Anmeldung warteten, und fragte sich flüchtig, ob sie jemals in solch eine Situation kommen würde. Sie wurde im September dreißig und hatte sich bislang kaum Gedanken um eigene Kinder gemacht.

Thea fand die Pädiatrie II ohne größere Probleme. Das Schwesternzimmer stand einen Spalt offen, und sie trat nach kurzem Klopfen ein.

»Herr Dr. Schwarzenbach, wenn ich mich nicht irre?« Den Namen hatte sie auf dem kleinen Schild am weißen Kittel des älteren Herrn, der ihr freundlich die Hand reichte, gelesen.

»Sie kommen von der Kripo, wurde mir gesagt. Was haben wir denn verbrochen?«

»Ich benötige eine Auskunft über die Dienstzeiten einer Ihrer Stationsschwestern. Genauer gesagt, von Frau Antonia Linder.«

»Worum geht es genau?« Das freundliche Lächeln von Dr. Schwarzenbach wurde etwas schmaler.

»Frau Linder wird im Moment als Zeugin in einem Mordfall geführt.«

Dr. Schwarzenbach lächelte nicht mehr. »Ich verstehe immer noch nicht, wozu Sie Einsicht in ihren Dienstplan brauchen.«

»Wir tragen rein routinemäßig die Alibis aller Personen aus dem Umkreis des Opfers zusammen. Das bedeutet keinesfalls, dass Frau Linder unter Mordverdacht steht.«

»Also gut. Nehmen Sie bitte Platz. Welchen Dienstplan brauchen Sie denn?«

»Den vom letzten Donnerstag, dem achten August.«

Während der Arzt in einer Schublade kramte, sah sich Thea im Schwesternzimmer um. Die Wände waren bis unter die Decke mit bunten Kinderzeichnungen geschmückt. Thea sah sich eins davon genauer an, vermutlich das Selbstporträt einer kleinen Patientin. »Für Schwester Viola von Annika« stand darunter. Ob Antonia Linder auch solche Geschenke bekommen hatte?

»Da ist er.« Dr. Schwarzenbach legte Thea ein Blatt Papier vor. »Hier, sehen Sie, am Donnerstag hatte Frau Linder Spätschicht, von vierzehn bis zweiundzwanzig Uhr. Hilft Ihnen das weiter?«

»Ja, vielen Dank.«

»Kann ich Ihnen sonst behilflich sein?«

»Das können Sie tatsächlich. Wie würden Sie Frau Linder beschreiben? Was wissen Sie über ihr Privatleben?«

»Sie ist eine langjährige und zuverlässige Mitarbeiterin, aber obwohl ich Frau Linder recht lange kenne, kann ich über ihr Privatleben nicht viel sagen. Sie hält sich da sehr bedeckt. Aber vielleicht wissen die Schwestern mehr von ihr zu berichten. Da kommt gerade eine von ihnen.« Ein junges Mädchen, sicher noch in der Ausbildung, war mit einem offensichtlich erst wenige Wochen alten Säugling auf dem Arm hereingekommen.

»Darf ich vorstellen: Schwester Viola – Frau Engel von der Kriminalpolizei. Und das hier ist unser Sönke. Er kam letzte Woche von der Babyklappe am Weraheim zu uns. Er war deutlich untergewichtig, der arme Kerl, aber wir sind dabei, ihn aufzupäppeln.«

Thea betrachtete gerührt das kleine Gesicht mit der winzigen Nase, den halb offenen, zahnlosen Mund und die Fingerchen, die nicht viel größer als die einer Puppe waren.

»Babyklappe? Das heißt, das Kind wurde ausgesetzt?«

»Sagen wir, abgegeben. Auf diesem Weg ist es heute legal, sich eines Kindes zu entledigen. Es ist ein Segen, dass wir seit letztem Jahr die Babyklappe haben, auch wenn viele sie strikt ablehnen. Früher wurden die Kinder einfach vor unserer Tür abgelegt oder schlimmstenfalls umgebracht.«

Thea wollte etwas sagen, aber ihr Hals war wie zugeschnürt. Was für eine seltsame Ironie des Schicksals, hier diesem kleinen Findelkind zu begegnen.

Die Stimme des Arztes riss sie aus ihren Gedanken. »Schwester Viola, Frau Engel ist wegen Schwester Antonia hier. Sie sagt, sie habe das Opfer in einem Mordfall gekannt.«

»Ach, Sie meinen sicher den Mord an Herrn Hauser.« Schwester Viola nahm einen Schoppen Milch aus dem Flaschenwärmer, legte sich Sönke auf dem Schoß zurecht und schob ihm den Sauger in den Mund. Thea beobachtete fasziniert, wie der Kleine gierig an der Flasche zu nuckeln begann.

»Sie kombinieren ja schnell. Leute wie Sie könnten wir bei uns gebrauchen.« Thea versuchte, locker und unbeschwert zu klingen, aber das fiel ihr plötzlich schwer.

»Frau Linder redet nicht viel, außer über dienstliche Belange«, sagte das Mädchen. »Ich kenne sie eigentlich von allen Kolleginnen am wenigsten.«

»Verstehe.«

»Am Donnerstagabend saßen wir zusammen hier im Schwesternzimmer und hörten nebenher Radio, als in den Nachrichten von dem Mordfall berichtet wurde. Frau Linder wirkte verstört und war für den Rest des Abends kaum ansprechbar.«

»Sie meinen, die Nachricht kam für sie überraschend?«

»Das kann ich Ihnen versichern.«

Als Thea aus der Tiefgarage fuhr und in die Schlossstraße einbog, schwirrte ihr der Kopf. Wenn Antonia Linder am Donnerstag Spätschicht gehabt hatte, konnte sie kein Alibi vorweisen. Andererseits hatte Schwester Viola glaubwürdig versichert, ihre Kollegin sei von Hausers Tod sehr überrascht gewesen. Vielleicht war Antonia aber auch eine gute Schauspielerin und hatte den Schock in weiser Voraussicht nur vorgetäuscht.

Irgendetwas in Thea weigerte sich, sofort zur Dienststelle zurückzufahren, also bog sie in die Johannesstraße ein, die zum Feuersee führte. Sie musste nachdenken, und das konnte sie am besten allein. Sie stellte den Wagen an der Johanneskirche ab und spazierte zu einer Bank unter den Trauerweiden, die am Seeufer standen. Doch es fiel ihr plötzlich schwer, sich auf Antonia Linder zu konzentrieren. Das Bild dieses Babys wollte einfach nicht verschwinden. Ob Antonia Linder schon im Olgäle gearbeitet hatte, als sie vor fast dreißig Jahren dort ausgesetzt wurde? Thea dachte an das Kind aus der Babyklappe, seine winzigen Hände, die hilflos in die Luft griffen, das kleine, gierig saugende Mündchen und die fest zusammengekniffenen Augen. Sie starrte auf das grüne Wasser des Feuersees, in dem sich die herabhängenden Zweige der Trauerweiden spiegelten, bis sie merkte, dass sie das alles nur noch durch einen Tränenschleier wahrnahm.

Thea weinte um das ausgesetzte Baby, ohne sich bewusst zu sein, dass ihre Tränen nicht allein diesem Kind galten.

Als sie zur Dienststelle zurückkam, berichtete Kümmerle gerade von seinem Besuch bei Helene Hauser.

»Nicht ums Verrecken will ich mit der verheiratet sein, da bleib ich lieber arm. Die Frau ist glatt wie ein Marmorblock, ich hätte mich genauso mit der Statue im Wintergarten unterhalten können. Erst als ich ihr von meinem Telefonat mit dem Empfangschef des Hotels in Lugano erzählt hab, taute sie ein bisschen auf.«

»Du hast ihr sicher eine gute Suggestivfrage gestellt«, argwöhnte Messmer.

»Freilich. Ein Schuss ins Blaue, der getroffen hat. Ich hab sie gefragt, ob sie das normal findet, mit einem Geschäftspartner ein Doppelzimmer zu nehmen. Da hat sie schließlich zugegeben, mit diesem Maschio ein Verhältnis zu haben.«

»Wahrscheinlich ist sie sogar stolz darauf, so einen jungen Galan zu haben, auch wenn er nur hinter ihrer Kohle her ist«, sagte Messmer. »Mir wäre das eher peinlich.«

»Dir ist noch was peinlich?«, wunderte sich Thea.

»Wie hat sie denn reagiert, nachdem du sie überführt hast?«, fragte Messmer, ohne auf Theas Bemerkung einzugehen.

»Sie ging natürlich sofort in Abwehrhaltung und meinte, was ihr Mann sich erlaubt habe, könne sie schließlich auch.«

»Was will sie damit sagen?« Messmer kratzte sich mit einem chinesischen Essbesteck hinterm Ohr.

»Das wollte ich auch wissen. Ich zitiere: ›Fragen Sie doch die Antonia Linder. Die hat seit Jahren ein Verhältnis mit meinem Mann. Wussten Sie das nicht? Das pfeifen doch die Spatzen von den Dächern.‹«

»Und wie hast du reagiert?«, fragte Joost grinsend.

»Ich hab ihr gesagt, dass wir üblicherweise keine Spatzen vernehmen. Die Hauser meinte jedenfalls, ihr Mann hätte, solange sie ihn kennt, so ziemlich alles mitgenommen, was einen Rock anhatte.«

»Das geht aber unheimlich an die Substanz«, schmunzelte Messmer. »Vielleicht ist er ja im Alter ruhiger geworden und beschränkte sich auf Antonia Linder und seine Frau.«

»Ha, ous ama Scheißhoufa wird nia koi Suppaschissl«, mischte sich Kübler ein.

»Antonia Linder bestreitet das Verhältnis«, sagte Thea. »Wobei sie uns nicht sehr überzeugt hat.«

»Die klopft ihr schon noch weich«, sagte Kümmerle zuversichtlich.

»Die Linder müssen wir auf jeden Fall noch mal vorladen«, sagte Joost. »Wie weit seid ihr mit ihrer Überprüfung?«

»Ich war vorhin im Olgäle, um ihr Alibi abzuklären.« Thea zog die Kopie der Dienstpläne aus ihrer Mappe. »Sie hatte an dem Tag Spätschicht.«

»Womit sie also am Morgen genügend Zeit gehabt hätte, ihren langjährigen Liebhaber umzubringen. Micha, was gab's in Hausers Firma sonst noch zu erfahren?«

»Der Laden gehört Merkle und seiner Tochter«, erklärte Messmer. »Hauser hatte lediglich einen Anteil von zehn Prozent, obwohl er Hauptgeschäftsführer war. Die Betonung liegt auf ›hatte‹. Es hörte sich so an, als habe er sich zu großzügig aus der Firmenkasse bedient. Seine Frau hat dann im März den Hahn endgültig zugedreht. Als wir ein bisschen nachgestochert haben, machte der Prokurist, gleich eine Kehrtwende. Auch von seiner hübschen Assistentin war nicht mehr zu erfahren. Allerdings haben wir den Seniorchef nicht angetroffen. Genauso wenig wie Hausers Privatsekretärin. Diese beiden Aussagen fehlen uns noch. – Aber das Wichtigste hast du uns bis jetzt verschwiegen, Otti«, drängte Messmer. »Was hat die Hauser zu dem Bild von unserem morgendlichen Besucher gesagt?«

»Tja, das Beste kommt zum Schluss.« Kümmerle klappte sein Notizbuch auf und setzte sich in Positur. »Unser Glatzkopf ist ein alter Bekannter ihres Mannes. Heißt Daniel Lichtenberg, ist Arzt und hatte die nette Angewohnheit, mit Hauser nach Baden-Baden zu fahren und das Kasino reich zu machen.«

Joost pfiff durch die Zähne. »Hast du seine Adresse?«

»Freilich! Er hat eine Praxis am Killesberg, in der Lenbachstraße. Soll dort auch wohnen.«

»Okay.« Joost schob seine Unterlagen zusammen und stand auf. »Den hätte ich gerne heute noch hier. Wie sieht's bei unserem Dream-Team aus? Habt ihr Zeit?«

Thea hob eine Sekunde zu spät den Kopf. Sie hatte nicht gleich registriert, dass mit dem Dream-Team sie und Messmer gemeint waren.

»Ich hol meine Sachen.« In Windeseile war sie zur Tür hinaus, bevor sie noch Zeit hatte, rot zu werden.

Thea hörte schon von draußen, dass ihr Telefon klingelte.

Verdammt, immer wenn sie ausrücken musste! Sie hechtete über den Schreibtisch und riss den Hörer ans Ohr.

»Hallo Thea, hier ist Hannes.«

»Hannes?« Thea zog mit dem Fuß den Drehstuhl heran und setzte sich. »Was willst du denn?«

»Wie kommst du darauf, dass ich etwas will?«

»Reine Erfahrung. Also?«

»Na gut, du hast gewonnen. Ich habe ein kleines Problem und würde gerne mit dir reden. Aber nicht jetzt sofort. Können wir uns vielleicht nach deinem Dienst treffen? Vielleicht im ›Café Planie‹?«

Dieser Gauner. Er wusste genau, dass sie das »Planie« mochte. Sie hatten sich in der Zeit ihrer ersten Verliebtheit oft dort getroffen. Wahrlich ein Wunder, dass es immer noch ihr Lieblingscafé war.

»Ich weiß noch nicht, wann ich heute Schluss machen kann Du weißt, wir stecken mitten in einem Mordfall.«

»Ist mir schon klar, deshalb rufe ich dich ja heute im Büro an. Aber irgendwann werdet ihr doch auch mal Feierabend haben?«

»Worum geht's denn?«

»Nicht am Telefon, das ist was Größeres.« Jetzt hatte er sie doch tatsächlich neugierig gemacht, dieser Lump.

»Ich schick dir eine SMS, wenn ich fertig bin.«

»Bist ein Schatz, Thea. Bis dann.«

Das konnte nicht wahr sein. Sie hatte ein Date mit ihrem Verflossenen. Es war genau das geschehen, was sie nie mehr hatte zulassen wollen. Thea überlegte, ob es reine Neugierde oder ihr Samariterinstinkt gewesen war, was sie dazu bewogen hatte, sich von ihm um den Finger wickeln zu lassen.

Thea hatte sich von Hannes nie richtig ernst genommen gefühlt, weder als Frau noch als Polizistin. Sie dachte an den Abend zurück, als sie ihm erzählt hatte, dass sie die Stelle bei der Mordkommission bekommen würde. Er hatte erwidert: »Ich verstehe nicht, wie die dich nehmen konnten, 's Äffle und 's Pferdle kombinieren doch schneller als du.« Diese Worte hatten das Fass zum Überlaufen gebracht. Wütend und tief verletzt hatte sie ihre Sachen genommen und war gegangen, felsenfest davon überzeugt, Hannes niemals mehr wiedersehen zu wollen. Im Nachhinein fragte sie sich manchmal, ob sie seine Worte nicht überbewertet hatte. Er hatte ihr beteuert, dass es nur ein Witz sein sollte. Vielleicht hätte sie sogar darüber lachen können, wenn ihr Selbstverständnis stimmen würde. Aber davon war sie noch immer weit entfernt.

Thea hatte nicht bemerkt, dass Messmer hereingekommen war und erschrak, als er plötzlich vor ihrem Schreibtisch stand, als hätte er sich wie ein Geist aus ihrer Sprudelflasche materialisiert.

»Lass uns zum Killesberg fahren und unseren Freund Lichtenberg festnehmen. Bin schon gespannt, was der uns zu erzählen hat.«

***

»Was kann ich für Sie tun?«, fragte Daniel Lichtenberg, während er die Tür hinter Thea und Messmer schloss und in seine Praxisräume voranging. Der Parkettboden ächzte unter seinem Gewicht. Thea blieb in der offenen Tür des Sprechzimmers stehen.

»Wir haben ein paar Fragen an Sie.«

»Bitte«, sagte Lichtenberg und deutete auf zwei Besucherstühle.

»Danke, es dauert nicht lange.«

»Wie Sie möchten«, sagte Lichtenberg und setzte sich hinter den Schreibtisch.

»Sie sind ein Freund von Herrn Wolf Hauser?«, fragte Messmer.

»Ja, ich bin mit Herrn Hauser befreundet.« Lichtenberg zog ein Kleenex aus der Box und wischte sich den Schweiß von der Stirn.

»Sie wissen, dass er tot ist«, sagte Messmer ruhig.

»Das weiß inzwischen ganz Stuttgart.«

»Wir sind hier, weil wir Grund zur Annahme haben, dass Sie etwas mit seinem Tod zu tun haben.«

Lichtenberg schnappte nach Luft. »Das meinen Sie doch nicht im Ernst!«

»Doch. Deshalb meine Frage: Wo waren Sie am letzten Donnerstag zwischen sieben und acht Uhr?«

»Im Bett, wo sonst!«

»Herr Doktor, diese Märchen können Sie Ihren Patienten erzählen. Sie wurden gesehen. Also sagen Sie uns lieber, wo Sie wirklich waren.«

»Von wem und wo, bitte schön?«

»Ich stelle hier die Fragen, und Sie antworten mir«, lächelte Messmer. »Also?«

Lichtenberg schwieg. Seine Gesichtszüge waren schlaff, wie bei einem Boxer, der k.o. gegangen war, und Thea spürte den spontanen Impuls, auf null zu zählen.

»Herr Dr. Lichtenberg, Sie werden verdächtigt, Herrn Wolf Hauser umgebracht zu haben. Sie müssen jetzt nichts sagen und können vom Präsidium aus Ihren Anwalt anrufen.«

Lichtenberg starrte sie entgeistert an, als könne er nicht fassen, dass so ein junges Mädchen ihm etwas zu sagen habe. Schweißtropfen liefen an seiner Glatze hinunter.

»Das ist doch ein Witz, oder?« Seine Augen flogen zwischen Thea und Messmer hin und her, doch ihr Blick besagte das Gegenteil.

»Wir machen keine Witze, zumindest nicht im Dienst.« Messmer ging um den Schreibtisch herum und legte Lichtenberg die Hand auf die Schulter. »Sie sind vorläufig festgenommen.«

Im Vernehmungszimmer roch es nach Schweiß und dem überquellenden Aschenbecher auf Frau Gerstenmaiers Schreibtisch. Messmer hatte Lichtenberg über seine Rechte als Beschuldigter belehrt, worauf dieser sich überraschend bereit erklärt hatte, ohne einen Anwalt Angaben zu machen.

Thea nippte an ihrem Kaffee. Draußen wurde es allmählich dunkel.

»Herr Dr. Lichtenberg, noch mal fürs Protokoll: Was wollten Sie am Donnerstagmorgen bei Wolf Hauser?«, fragte Messmer.

»Ich wollte ihn besuchen.«

»So früh am Tag?«

»Ja und? Ich darf doch wohl meine Freunde besuchen, wann ich will.«

»Sie wissen, dass Sie verdächtigt werden, Wolf Hauser umgebracht zu haben«, sagte Ströbele streng.

»So ein Quatsch. Ich habe Wolf nicht umgebracht.«

»Es gibt einen Zeugen, der gesehen hat, wie Sie aus der Gartentür laufen. Kurz darauf findet die Putzfrau Ihren Freund tot im Arbeitszimmer, noch im Bademantel. Ist doch merkwürdig, oder?« Messmer stand auf.

»Ich habe es nicht getan, ich bin ja nicht einmal ins Haus gekommen. Ich habe geklingelt, aber es hat niemand aufgemacht. Da dachte ich, Wolf sei schon bei der Arbeit oder noch beim Joggen, also bin ich wieder gegangen.«

»Und warum haben Sie nicht gewartet, bis er vom Joggen zurückkommt?«

»Ich habe schließlich zu tun. Meine Sprechstunde beginnt um halb neun.«

»Wir haben die Videoaufzeichnung einer Überwachungskamera, mit der die Straße vor Hausers Villa aufgenommen wurde.« Messmer beugte sich nach vorn und fasste Lichtenberg fest ins Auge. »Zur fraglichen Zeit sind Sie außer dem Mann, der die Beobachtung machte, der einzige, ich wiederhole – der einzige Passant, den die Kamera aufgezeichnet hat.«

»Aber ich habe ihn nicht umgebracht, ehrlich nicht!«

Lichtenberg starrte Messmer mit vor Panik aufgerissenen Augen an.

Könnte es vielleicht doch sein, dass er die Wahrheit sagt?, dachte Thea, würgte diesen Gedanken aber gleich wieder ab. Dieser Mann war ein solcher Widerling, dass sie sich keinen geeigneteren als Mörder von Wolf Hauser vorstellen konnte. Messmer warf seinen Kugelschreiber auf den Tisch, dass Lichtenberg von dem Geräusch zusammenschrak. »Und Sie meinen wirklich, dass wir Ihnen diese Geschichte abnehmen?«

»So war es aber.«

»Unser Zeuge sagte aus, er hätte den Eindruck gehabt, dass Sie in heller Aufregung aus der Gartentür rannten. Was hat Sie denn da draußen im Garten so in Panik versetzt?«

»Ich war nicht in Panik. Ich hatte es eben eilig, weil ich in die Praxis musste.« Rote Flecken machten sich auf Lichtenbergs Stirn breit.

»Ihre Sprechstunde beginnt halb neun.« Messmer wurde allmählich lauter. »Um halb acht rannten Sie aus Hausers Gartentür. Man braucht doch keine volle Stunde von der Orplidstraße bis zum Killesberg. Waren Sie mit dem Audi unterwegs oder mit einem Kinder-Dreirad?«

Lichtenberg schwieg. Er hatte das Gesicht in den Händen vergraben und schnaufte.

»Also gut, Herr Lichtenberg, kommen wir zur nächsten Frage. Was wollten Sie zu dieser frühen Stunde von Wolf Hauser?«

»Ich wollte mir Geld leihen«, sagte Lichtenberg leise.

»Wie viel und warum?«

»Na ja, ich stecke in Schwierigkeiten.« Lichtenberg rieb sich die Handgelenke, die von den Handschellen gerötet waren.

»Schwierigkeiten? Welcher Art?« Ströbele stand hinter Frau Gerstenmaier und las das Vernehmungsprotokoll auf dem Bildschirm mit.

»Spielschulden, in Baden-Baden. Wolf hat mir früher schon öfter ausgeholfen. Er spielt auch manchmal, äh, ich meine, er hat gespielt. Aber das war seine Sache.«

»Und haben Sie ihm das Geld zurückgegeben, das er Ihnen geliehen hatte?«, fragte Thea.

»Na ja, meistens. Ein paar Ausstände gab es noch. Und genau darüber wollte ich mit ihm sprechen.« Lichtenberg umklammerte die Stuhlkante wie Münchhausen die Kanonenkugel.

»Wie viel schulden Sie ihm noch?«, fragte Ströbele.

»Ich weiß nicht mehr so genau, ein paar Tausend«, sagte Lichtenberg ausweichend.

»Und wie viel wollten Sie sich am Donnerstag von ihm leihen?«, fragte Ströbele.

»Was spielt das noch für eine Rolle? Wolf ist tot! Und ich muss jetzt zusehen, wie ich aus dem Schlamassel rauskomme.« Lichtenbergs Doppelkinn zitterte.

»Ich fürchte, so schnell werden Sie da nicht rauskommen. Wir behalten Sie heute Nacht im Polizeigewahrsam.« Ströbele hielt Lichtenberg den Haftbefehl vor. »Nachher werden wir Ihre Fingerabdrücke abnehmen, und ein Kollege wird ein paar Fotos von Ihnen machen. Morgen früh werden Sie dem Haftrichter vorgeführt. Bis dahin können Sie sich überlegen, ob Sie vielleicht doch einen Anwalt hinzuziehen wollen.«

»Wenn wir Glück haben, gesteht er bis morgen Abend, und der Fall ist erledigt«, hörte Thea Messmer sagen, als er mit Ströbele vom Polizeigewahrsam zurückkam.

»Schön wär's, aber das glaube ich nicht«, antwortete Ströbele. »Wir sollten uns allmählich mit dem Seniorchef unterhalten. Der kann uns sicher auch was zum besten Freund seines Schwiegersohnes erzählen. Und für die Haftrichtervorführung können wir schon noch ein wenig Fleisch auf die Knochen brauchen. Hat schon jemand bei Merkle angerufen?«

»Rudi hat ihn erreicht, als er gerade aus dem Haus wollte. Heute Abend hat er einen Termin, aber morgen Vormittag können wir vorbeikommen.« Messmer lümmelte sich auf die Ecke von Theas Schreibtisch. »Wie sieht's aus, Kollegin? Hast du Lust auf eine kleine Spritztour zum Rottannenweg morgen früh?«

***

Das »Grand Café Planie« liegt gegenüber dem Akademiegarten, unmittelbar am Charlottenplatz. Die Tische auf der Terrasse, die auf den Karlsplatz mit dem Reiterdenkmal und das Alte Schloss hinausgehen, waren allesamt besetzt, doch Hannes war nirgends zu finden. Auch drin war es übervoll, und Thea brauchte eine Weile, bis sie ihn an einem kleinen Zweiertisch in der Nähe der Theke entdeckte. Eigentlich erkannte sie ihn in erster Linie an dem großen Weizenbierglas, das vor ihm stand und bereits halb leer war. Er war also schon zwei Minuten da.

Thea registrierte widerwillig, dass ihr Herz einen Takt schneller zu schlagen begann, und ärgerte sich darüber. Hannes zu verlassen war ihre Entscheidung gewesen, weil sie sich von ihm fremdbestimmt und belächelt gefühlt hatte. Warum reagierte ihr Körper also jetzt so unangebracht?

»Thea, ich freue mich wirklich, dich zu sehen.« Hannes erhob sich so abrupt, dass er um ein Haar das Weizen zu Fall gebracht hätte.

»Hallo.« Thea übersah seine ausgestreckten Arme und wich dem angedeuteten Kuss aus. »Ich hoffe, du hast mir etwas Wichtiges zu sagen. Im Moment hab ich meine Zeit ganz und gar nicht zu verschenken.«

»Jetzt setz dich doch erst mal.« Er schob ihr galant den Stuhl zurecht. Thea war überrascht, weil diese Geste so untypisch für ihn war, und fragte sich flüchtig, ob er vielleicht einen Zwillingsbruder habe, der ihr bis jetzt verborgen geblieben war.

»Also hör zu, wir wurden zu einer Wohnungsöffnung gerufen. Einer Frau in der Badstraße war aufgefallen, dass sie ihre Nachbarin, mit der sie sonst immer im Treppenhaus schwätzte, seit drei Tagen nicht gesehen hatte und die Zeitung vom Mittwoch immer noch auf der Treppe lag. Tom und ich rückten also an, brachen die Tür auf und fanden die achtzigjährige Frau tot auf dem Sofa. So weit war der Fall Routine.«

»Ich hoffe, es wird noch interessanter«, seufzte Thea, nachdem sie bei dem in Windeseile vorbeifliegenden Kellner einen Eiskaffee bestellt hatte.

»Keine Sorge.« Hannes nahm einen kräftigen Schluck Weizenbier und wischte sich den Schaum von der Oberlippe. Diese Geste hat mindestens zu fünfzig Prozent dazu beigetragen, ihn zu verlassen, dachte Thea.

»Der Notarzt hatte schon eine natürliche Todesursache auf dem Leichenschauschein angekreuzt, als die Tochter auftauchte und sagte, die Handtasche ihrer Mutter mitsamt dem Wohnungsschlüssel, Bargeld und Kreditkarte fehle. Sie würde immer an einem bestimmten Haken an der Garderobe hängen – ihre Mutter sei da sehr pingelig. Wir haben die gesamte Wohnung auf den Kopf gestellt – sogar den Müll haben wir durchsucht –, aber die Tasche war nicht da, genauso wenig wie der Wohnungsschlüssel.«

»Und du glaubst jetzt, weil ich bei der Kripo bin, könnte ich dir sagen, wie das Mütterchen ohne ihren Schlüssel in die Wohnung gekommen ist?«

»Na ja, du bist schließlich eine Ermittlerin, oder?«

»Warum fragst du nicht das Äffle und das Pferdle?«

»Wirklich herzig, dein Humor. Wenn du schon damals so viel Spaß verstanden hättest, würdest du mir den kleinen Scherz heute sicher nicht mehr nachtragen.«

»Ihr hättet den Fall gleich der Kripo melden müssen, und das weißt du auch. Du hast geschlampert, und ich soll es jetzt ausbügeln, hab ich Recht?«

»Komm, Thea, hilf mir noch ein einziges Mal, aus alter

Freundschaft. Ich will das nicht an die große Glocke hängen, und ich weiß, dass du diskret arbeitest. Du kennst doch das Problem, wenn das den falschen Leuten zu Ohren kommt, kann ich meine Beförderung vergessen.«

»Woher sollte ich das Problem wohl kennen?« Thea versuchte, ganz ruhig zu bleiben. »Als ich noch auf dem Revier war, wurde bei unklaren Todesfällen immer sofort die Kripo gerufen.«

»Wir haben's echt verpennt. Mir fiel erst nachher auf, dass der Arzt aus dem natürlichen einen unklaren Tod gemacht hatte.«

»Ihr habt es nicht vergessen.« Thea merkte, wie ihr allmählich das Blut hochkochte. »Ihr hattet was getrunken, stimmt's?«

»Ein winziges Bier und einen Selbstgebrannten auf Toms Beförderung. Er ist endlich PHM geworden. Das ist doch ein guter Grund, oder?«

»Ein Grund, gleich wieder degradiert zu werden.« Thea fuhr sich mit der Hand durchs Haar. Ihr Kopf tat weh und sie schwitzte. Sie schaute wütend auf Hannes, der sich einen Zigarillo ansteckte. An der Wand in seinem Rücken hing eine Kopie des Großstadt-Triptychons, dessen Original sie neulich in der Staatsgalerie bewundert hatte. Otto Dix hatte mit dem Mittelteil den idealen Hintergrund für den Lebemann Hannes geschaffen. Im Look der Zwanziger ausgestattet, hätte er perfekt in dieses Bild gepasst. Was war auf der Polizeischule bloß in sie gefahren, sich diesem Luftikus an den Hals zu werfen? Damals hatte sie ihn unwiderstehlich gefunden, bis sie erkannt hatte, dass seine Unbeschwertheit, die sie so anziehend fand, nichts als Oberflächlichkeit war, und das, was sie für Beschützerinstinkt gehalten hatte, nichts anderes als Bevormundung.

»Du musst den Dienstweg einhalten. Fax mir morgen früh den Tagebucheintrag vom Revier zu. Wo ist die Leiche jetzt?«

»Am Pragfriedhof«, entgegnete Hannes, nachdem der letzte Schluck Bier seine Kehle passiert hatte. »Sie soll eingeäschert werden.«

»Schöne Scheiße!« Thea seufzte. »Sobald ich die Unterlagen von dir habe, ruf ich dort an und lasse den Leichnam anhalten. Triberg muss ich auch Bescheid geben. Vielleicht will er eine Sektion anordnen.«

»Warum sollte er sie obduzieren lassen?«, gluckste Hannes und winkte dem Kellner nach einem neuen Bier. »Meinst du, die hat ihre Handtasche samt dem Wohnungsschlüssel gefressen?«

»Sehr witzig. Der Handtaschenräuber könnte ja die alte Frau umgebracht haben, bevor er ihr Geld geklaut hat.«

»Schon klar, Thea. Du verstehst eben immer noch keinen Spaß.«

»Ich finde diese Dinge nicht spaßig. Ich fand sie früher auf dem Revier nicht spaßig, und jetzt bei der Kripo kann ich immer noch nichts Lustiges dran finden, wenn jemand tot in seiner Wohnung liegt und die Kreditkarte fehlt.«

»Weißt du was? Ich hab es nie verstanden, wie du diese Arbeit aushältst, wenn du nicht wenigstens ab und zu das Groteske darin siehst. Das tut doch jeder, der täglich mit dem Tod zu tun hat, oder?«

»Ich bin nicht jeder.«

»Nein, du hast deine ganz besondere Vergangenheit, mit der du nicht fertig wirst. Weißt du, was ich glaube, warum du wirklich zum Morddezernat gegangen bist?«

»Ich platze vor Spannung.«

»Dort triffst du Menschen, die Verluste erlitten und Angehörige verloren haben. Du versicherst dir damit Tag für Tag aufs Neue, dass du nicht die Einzige bist, die leidet. Es ist wie eine Gruppentherapie für dich. Aber meinst du nicht, es ist allmählich an der Zeit aufzuhören, darüber zu trauern, dass du ein Waisenkind bist?«

Thea schwieg. Sie blickte aus dem Fenster hinaus auf den Akademiegarten und versuchte, ihre Wut in den Griff zu bekommen. Am liebsten hätte sie Hannes in sein vom Alkohol gerötetes Gesicht geschlagen. Sie dachte daran, was Karolin gesagt hatte: »Man kann sich nicht abnabeln, wenn man nicht zuvor angenabelt war.« Doch die Mühe, Hannes das zu erklären, konnte sie sich sparen. Er würde es doch nicht verstehen.

»Du bist jetzt nicht sauer, oder?«, redete Hannes weiter. »Weißt du noch, auf der Polizeischule warst du die Klassenbeste in Psychologie. In Sachen Täterprofile und Motive konnte dir keiner das Wasser reichen. Aber für deine eigenen Motive bist du blind.«

»Welche Motive denn?« Thea wollte das gar nicht wissen, fühlte sich aber genötigt, etwas zu sagen.

»Man konfrontiert sich unbewusst immer wieder mit seinen Problemen, um sie zu lösen oder zumindest zu lernen, damit umzugehen. Warum sonst heiraten Töchter von Alkoholikern in den allermeisten Fällen einen Alkoholiker? Kannst du mir darauf eine vernünftige Antwort geben?«

»Das Milieu ist ihnen vertraut«, gab Thea zurück, während sie die gipsernen Putten über der Theke betrachtete. Dieses Abbild der Unschuld und Reinheit kam ihr plötzlich absurd vor. »Das schafft ihnen eine Art Sicherheit, so abartig das auch klingt.«

»Aha«, entgegnete Hannes im Ton eines Oberlehrers. »Und du fühlst dich am wohlsten unter Leuten, die Angehörige verloren haben. Weil dir das Milieu vertraut ist.«

»Du bist ein Klugscheißer, Hannes.« Thea stand abrupt auf und legte einen Fünf-Euro-Schein auf den Tisch. »Nein, du lädst mich nicht ein«, fuhr sie ihn an, als er protestieren wollte. Ohne ihn auch noch eines Blickes zu würdigen, wandte sie sich ab und eilte zum Ausgang.

»Thea, du denkst doch dran, beim Pragfriedhof anzurufen?«, hörte sie noch einen kleinlauten Hannes hinter sich her rufen, bevor die Glastür hinter ihr zufiel.

***

7. August

Inzwischen geht es mir etwas besser, nachdem ich gestern fast eine Stunde lang mit Sofia telefoniert und ihr von meiner Begegnung mit Dali erzählt habe. Ihr gelingt es immer, mich aufzurichten. Wobei sogar sie diesmal einige Sekunden lang sprachlos war, als ich ihr sagte, dass meine Schwester schon seit Jahren ein Verhältnis mit dem Mann unterhält, der mich als Jugendliche vergewaltigt hat. Ich kann es noch immer nicht glauben. Jedes Mal, wenn ich mir diese Tatsache vergegenwärtige, ergreift mich eine solche Wut, dass ich meine, zu allem fähig zu sein. Dann mache ich mir klar, dass es dreißig Jahre her ist und ich das alles allmählich überwunden haben müsste. Aber die Zeit ist eine Erfindung der Menschen. Manchmal glaube ich, dass sie in Wirklichkeit gar nicht existiert. Wenn ich in den Spiegel schaue, sehe ich das Gesicht einer siebenundvierzig Jahre alten Frau mit Falten um die Augen; doch durch diese Augen blickt mich ein verzweifeltes, sechzehnjähriges Mädchen an. Es ist noch immer bei mir und wird es für immer bleiben, auch wenn ich hundert Jahre alt werden sollte.

Vier

»Guten Morgen, Thea, ich bin's, Karolin. Du wirst doch heute nicht tatsächlich mal frei haben?«

Thea riskierte einen Blick auf den Wecker, während sie mit der freien Hand vergeblich versuchte, ihren BH zu schließen. In einer knappen Stunde sollte sie mit Messmer bei Merkle sein.

»Fehlanzeige. Ich fahre gleich mit meinem Lieblingskollegen zu einem Zeugen.«

»Aha, dein Lieblingskollege. Erwischt!«

»Ach komm, Karo. Früher hast du meine Ironie besser verstanden.«

»Gibt's was Neues in eurem Fall?«

»Wir haben seit gestern einen Tatverdächtigen im Polizeigewahrsam.«

»Wow! Und wieso müsst ihr dann heute arbeiten? Lasst ihn doch bis Montag schmoren.«

»Wir dürfen ihn nur einen Tag lang festhalten, dann muss er dem Haftrichter vorgeführt werden. Und bis dahin müssen wir so viele Indizien zusammengetragen haben, dass es für die U-Haft reicht.«

»Dann hast du heute gar keine Zeit mehr?«

»Mittags müsste ich eigentlich zurück sein. Hast du was Besonderes vor?«

»Bastian kommt heute nach Stuttgart, weil er in die Stiftskirche muss. Er hat ein paar Werkzeuge dort vergessen und vom Bauleiter die Schlüssel bekommen, um sie zu holen. Dieser Verrückte schafft sogar am heiligen Sonntag – genau wie du.«

»Heißt das, wir können die Kirche noch vor der Neueröffnung sehen?«

»Genau. Und anschließend gehen wir irgendwo essen.«

Karolin war seit zwei Jahren mit Bastian befreundet. Er arbeitete für die Firma Mühleisen, die die neue Orgel für die Stiftskirche baute. Da er die meiste Zeit in der Werkstatt in Leonberg verbrachte, sahen sich die beiden nicht allzu oft.

»Ich denke, ich kann so zwischen eins und halb zwei am Schillerplatz sein. Nimm dein Handy mit, falls es später wird. Treffen wir uns am Denkmal?«

»Einverstanden. Ich freu mich.«

Als Thea zu Messmer ins Auto stieg, registrierte sie sofort, dass er wieder diese affige Sonnenbrille trug. Zum Glück hatte sie heute selbst daran gedacht, eine aufzusetzen.

»Hoffentlich verliert Herr Merkle nicht das Vertrauen in die Stuttgarter Polizei, wenn wir bei ihm anrücken wie Bonnie und Clyde.« Messmer fädelte sich in den Verkehr auf der B 27 ein.

Als sie an der Ampel am Hauptbahnhof standen, schlug er sich mit der flachen Hand gegen die Stirn. »Mist, ich war heute mit meinem Sohn zum Schwimmen verabredet. Hab völlig vergessen, ihm abzusagen. Der sitzt bestimmt schon auf seinem gepackten Rucksack und wartet.« Er tippte eine Nummer in sein Handy, das in einer Halterung am Armaturenbrett steckte, und schaltete den Lautsprecher an. Thea erinnerte sich daran, dass er einmal gesagt hatte, mit einem Head-Set fühle er sich wie ein Hubschrauberpilot, daher habe er sich für eine Freisprecheinrichtung entschieden.

Bereits nach zwei Rufzeichen wurde abgenommen. »Messmer«, meldete sich eine weibliche Stimme.

»Hallo, Uli, ich bin's, Micha.«

»Na endlich! Wo bleibst du denn? Matthias wartet schon seit dem Frühstück auf dich.«

»Deswegen rufe ich ja an. Du weißt, der Job. Ich kann heute beim besten Willen …«

»… nicht kommen. Wie immer. Na wunderbar«, beendete seine Ex-Frau den Satz für ihn.

»Ulrike, wir ermitteln in einem Mordfall …«

»Komisch, um die Toten kümmerst du dich immer sofort und vergisst darüber die Lebenden. Wie soll ich das dem Jungen diesmal erklären?«

»Das tue ich schon selbst. Gib ihn mir.« Die Ampel sprang auf Grün, und Messmer fuhr an. »Gott schuf die Frauen, damit es den Männern nicht zu wohl wird«, murmelte er vor sich hin.

»Hi, Papa.« Thea fuhr zusammen, als sie die Stimme des Jungen hörte. Als Papa hatte sie sich Messmer noch nie vorgestellt.

»Hallo Großer, wie geht's?«

»Mama hat es mir gerade gesagt.«

»Es tut mir echt Leid, aber ich muss wieder mal den Schimanski spielen.«

»Ist schon okay. Ich ruf Nico und Kevin an, vielleicht kommen sie mit ins Inselbad.«

»He, Großer, was hältst du davon, wenn wir mal ins Kino am Schlossplatz gehen und anschließend auf der Königstraße bummeln? McDonald's hat gerade eine Burger-Aktion.«

»Gute Idee, Paps. Und mach dir keine Gedanken, wenn Mama so giftig zu dir ist.«

»Das halte ich aus.« Thea bemerkte ein gerührtes Lächeln auf Messmers Lippen, das sie noch nie bei ihm gesehen hatte.

»Hast du für morgen schon was vor?« Messmer trat in letzter Sekunde auf die Bremse, er hatte beinahe die Auffahrt zur Bopserwaldstraße übersehen.

»Ich hab mich mit ein paar Kumpels zu einer Radtour am Neckar verabredet. Wir wollen es mindestens bis zum Max-Eyth-See schaffen.«

»Das hört sich gut an. Ist dein Fahrrad in Ordnung?«

»Klaro, du hast es mir doch erst zum Geburtstag geschenkt.«

»Das kommt mir vor, als wäre es ewig her. Weißt du was, wenn dieser Fall abgeschlossen ist, gehen wir mal wieder zusammen ins Daimler-Stadion zum VfB, einverstanden?«

»Das wäre klasse!«

»Gut, Matthias. Ich melde mich, okay?«

»Okay, Paps. Willst du noch mit Mama sprechen?«

»Ich glaube, es ist besser, wenn ich ein andermal mit ihr rede. Grüß sie von mir.«

»Klaro. Tschüss, Paps!«

»Mach's gut, mein Großer.« Messmer steckte das Handy in die Halterung zurück und lenkte den Wagen in eine Parklücke vor dem Haus des alten Herrn Merkle.

Der Fußweg, der durch einen gepflegten Garten zur Villa führte, war behindertengerecht betoniert, der Hauseingang ebenerdig und ohne Stufen.

Eine freundliche Frau in mittleren Jahren öffnete die Tür. »Die Herrschaften von der Kripo? Herr Merkte erwartet Sie bereits.«

Im Haus war es angenehm kühl. Eine geschwungene Treppe führte zum ersten Stock hinauf. Thea fiel der moderne Treppenlift auf, der an der obersten Stufe auf seinen Benutzer wartete.

»Herr Merkle ist in der Bibliothek.« Die Haushälterin öffnete eine schwere Eichentür und ließ Thea und Messmer eintreten.

Alphons Merkle saß in seinem elektrischen Rollstuhl in der Nähe des Fensters. Seine Haut war hell und wirkte wie Pergament. Die geschmackvolle Kleidung und die elegante Goldrandbrille konnten über seine Gebrechlichkeit nicht hinwegtäuschen.

»Guten Tag, Herr Merkle. Wir möchten Ihnen unser herzliches Beileid aussprechen. Danke, dass Sie trotz Ihres Verlustes so kurzfristig Zeit gefunden haben, uns zu empfangen«, sagte Thea.

»In meinem Alter ist Zeit das geringste Problem«, lächelte er. »Ich habe mich schon vor längerer Zeit weitgehend aus dem Geschäft zurückgezogen. Um genau zu sein, vor fünfzehn Jahren, als ich diesen dummen Unfall hatte.« Er zog die Decke über seinen Knien ein Stück nach oben. »Aber bitte, nehmen Sie doch Platz.«

»Haben Sie deshalb Ihrem Schwiegersohn die Firmenleitung übertragen?« Messmer nahm das Thema dankbar auf. Sie setzten sich Merkle gegenüber in zwei Korbstühle im Erker, von dem aus man einen eindrucksvollen Panoramablick auf den

Stuttgarter Talkessel genoss. Am wolkenlosen Himmel kreiste der Hofbräu-Zeppelin.

»Irgendwann muss man den jungen Leuten ihre Chance geben. Ich habe Wolf immer für einen fähigen Geschäftsmann gehalten. Und Helene ist eine starke Frau. Sie hat die Finanzen fest im Griff.«

»Ihre Tochter ist also für den finanziellen Bereich verantwortlich?«, hakte Thea nach.

»Ich hielt das für besser. Wissen Sie, mein Schwiegersohn ging mit dem Geld, sagen wir, etwas lax um.«

»Wussten Sie, dass er spielte?«

Merkle schaute die beiden belustigt an. »Alle Achtung, das haben Sie aber schnell herausbekommen.«

Merkle schien amüsiert, was Thea in Erstaunen versetzte. An seiner Stelle hätte sie einen solchen Schwiegersohn zum Teufel geschickt. Aber konnte sie wirklich sicher sein, dass er das nicht getan hatte? Jedenfalls hatte es in Hausers Villa keinen Treppenlift gegeben.

»Meine Tochter hat ihm mit Scheidung gedroht, wenn sie noch einmal eine Differenz in den Büchern feststellen würde«, sagte Merkle, und etwas wie Stolz blitzte in seinen Augen auf. »Seither ist meines Wissens nur noch einmal etwas vorgefallen.«

Ja, weil sie ihm den Zugriff gesperrt haben, dachte Thea.

»Ist es richtig, dass Ihr Schwiegersohn einen Firmenanteil von zehn Prozent hatte, der ihm wieder entzogen wurde?«, wagte sie einen Schuss ins Blaue.

Merkle räusperte sich. »Wir hielten das für notwendig. Seine Leidenschaft für das Glücksspiel durfte die Firma auf keinen

Fall gefährden. Er bekam als Geschäftsführer ein festes Gehalt, mit dem er zufrieden sein konnte.«

»Wann war das denn?«

»Irgendwann im Frühjahr. Helene war sehr aufgebracht, weil eine größere Menge der Firmengelder fehlte. Ich habe ihn damals zur Rede gestellt. Er sagte, er habe Spielschulden für einen Freund gezahlt, dem er noch einen Gefallen schuldete.«

»Was für einen Gefallen?« Messmer rutschte auf seinem Stuhl ein Stück nach vorn.

Merkle hob die knochigen Schultern. »Da bin ich überfragt. Das war für uns damals auch nebensächlich. Tatsache ist, dass so etwas nicht noch einmal vorkommen durfte.«

»Wissen Sie, wie dieser Freund hieß?«, fragte Thea, obwohl sie die Antwort bereits kannte.

»Daniel Lichtenberg. Er hat eine Arztpraxis am Killesberg, die aber anscheinend nicht so gut läuft. Wolf sagte, die Patienten sind vorwiegend alte Leutchen, die jemanden zum Reden brauchen und ihre Wehwehchen als Vorwand dafür nehmen. Lichtenberg ist wohl ständig in Geldnot, weil er jeden Cent, den er einnimmt, sofort nach Baden-Baden trägt. Freundschaft ist natürlich etwas Schönes, aber dass Wolf ihm mit Firmengeldern aus der Patsche hilft, geht zu weit.«

»Kennen Sie Lichtenberg persönlich?«

»Kennen wäre zu viel gesagt.« Merkle nahm seine Brille ab und massierte sich die Nase, die schmal und spitz wie ein Vogelschnabel war. »Ich habe ihn ein paar Mal mit Wolf zusammen gesehen, aber kaum ein Wort mit ihm gewechselt. Er machte auf mich keinen besonders sympathischen Eindruck, hatte so ein leicht schmieriges Äußeres. Als meinen Hausarzt hätte ich ihn sicher nicht gewählt.«

Das Diktaphon knackte und warf die Kassette aus. Thea drehte sie um, schaltete das Gerät wieder ein und verlegte sich auf ein anderes Thema.

»Herr Merkle, hat es Streit zwischen Wolf Hauser und Ihrer Tochter gegeben, ich meine abgesehen von den finanziellen Unstimmigkeiten?«

Merkle lächelte Thea an. »Das ist wirklich kein Geheimnis, Wolf und die Frauen, nicht wahr? Er war ein sehr attraktiver Mann. Ich war in jungen Jahren auch kein Kostverächter, aber in dieser Position muss man eine gewisse Diskretion wahren. Das hat Wolf nie verstanden. Als er jünger war, verführte er mehr Frauen, als ein Straßenköter Flöhe hat. Richtig peinlich wurde es, als die Mädchen anfingen, ihn in der Firma anzurufen. Natürlich bekam meine Tochter das mit.«

»Und was sagte sie dazu?«

»Lange Zeit nichts. Jedenfalls nicht mir gegenüber. Ich bin aber überzeugt, dass sie gekränkt war.«

»Ware das nicht Grund genug für sie gewesen, ihn umzubringen, wenn auch im Affekt?«

Merkte schaute Thea offen ins Gesicht. »Nach so langer Zeit? Wenn sie es in den ersten Ehejahren getan hätte, hätte es mich nicht überrascht. Nein, Helene lebt schon längst ihr eigenes Leben. Sie würde sich an Wolf nicht die Finger schmutzig machen.«

Thea schaltete das Diktiergerät aus und erhob sich. »Vielen Dank, dass Sie sich die Zeit genommen haben, Herr Merkle.«

»Ach was, ich habe zu danken. Ich hoffe, Sie kriegen diesen Kerl. Keiner hat es verdient, so zu sterben.«

Als Thea hinter Messmer die Treppe herunterkam, zeigte die große Standuhr in der Diele Viertel nach eins. Ich muss vom Auto aus telefonieren, dachte sie. Karolin steht bestimmt schon beim Schiller-Denkmal.

Einmal mehr verfluchte sie diesen Job, bei dem sie beim besten Willen nie pünktlich zu einer Verabredung kam.

Karolin hockte auf den Stufen von Thorwaldsens Statue des berühmten Dichters und kaute an einer roten Wurst.

»Tut mir Leid, dass du warten musstest«, rief Thea schon von weitem. »Bist du schon lange da?«

»Lang genug, um mir einen heftigen Sonnenbrand zu holen.« Karolin stand auf und umarmte Thea. »Bastian ist schon drin, dem war es zu heiß hier draußen.«

»Ich hab versucht, dich anzurufen, hatte aber nur die Mailbox dran.«

»Ich hab mein Handy vergessen. Komm, lass uns reingehen.« Sie verteilte den Rest ihres Brötchens großzügig an die Tauben, die sich vor dem Fruchtkasten um die Krümel stritten.

»Hat euer Zeuge euch denn weitergeholfen?«, fragte Karolin.

»Wir werden sehen, was der Haftrichter entscheidet. Letztlich hängt wohl alles von der DNA-Probe ab.«

»Das heißt, ohne positive DNA reichen die Indizien nicht, um ihn in Haft zu behalten?«

»So sieht es aus.«

»Einen deprimierenden Job hast du da. Am Ende hast du das

ganze Wochenende für nichts und wieder nichts gearbeitet.« Karolin stemmte die schwere Kirchentür auf. »Aber wenn er in Untersuchungshaft kommt, ist die Soko vorbei und du hast wieder normale Arbeitszeiten, oder?«

»Schön wär's«, seufzte Thea. »Solange seine Schuld nicht bewiesen ist, müssen alle Spuren bis zum Ende verfolgt werden. Dass wir einen Verdächtigen in Gewahrsam haben, heißt noch lange nicht, dass er auch der Täter ist. Leider.« Ihr wurde bewusst, wie sehr sie sich wünschte, dass Lichtenberg schuldig war. Es war sicher nicht nur eine Frage der Antipathie; sie fühlte sich ausgepowert und wünschte sich das Ende der Soko herbei.

Nach mehreren Jahren der Restauration war die Stiftskirche nun schöner denn je. Das Sonnenlicht fiel durch die hohen Buntglasfenster auf die Grafenstandbilder an der Nordwand. Das bisherige dunkle Tonnengewölbe war herausgerissen worden, und die jetzt hohe Decke des Hauptschiffs strahlte in hellen Tönen. Die grünlich schimmernden dreieckigen Glassegel und die modernen Leuchten unterstrichen die Leichtigkeit des Raums.

»Na, ihr Hübschen, ihr seid aber spät dran.« Unbemerkt war Bastian hinter sie getreten und hatte Karolin auf den Nacken geküsst, die erschrocken herumfuhr. »Unser neues Meisterwerk darf leider nicht vor der Eröffnung enthüllt werden. Aber einen kleinen Eindruck könnt ihr vom Altar aus schon bekommen.«

Sie gingen langsam bis zu dem ausgehöhlten Sandsteinmonolith, über dem oberhalb der Kanzel der Gerichtsengel mit der Posaune und der gekreuzigte Christus schwebten, und wandten sich um. Über dem Eingangsportal war über die gesamte Wandbreite eine Plastikplane gespannt, die einen Entwurf der neuen

Orgel zeigte. Auf den ersten Blick wirkte sie wie silberne Engelsflügel, die sich schützend über den Haupteingang breiteten.

»Sie wird gigantisch. Wie ein Werk des Himmels«, flüsterte Thea ehrfürchtig. »Diese Unmengen von Pfeifen! Wie viele sollen es eigentlich werden?«

»Genau fünftausenddreihundertsechsundsechzig«, sagte Bastian stolz. »Davon stammen dreihundertzweiundfünfzig aus der alten Orgel. Der Schwabe spart, wo er nur kann. Trotzdem kostet sie ein Vermögen. Es werden sogar Patenschaften für einzelne Orgelpfeifen vergeben, um sie zu finanzieren.

»Wieso musste überhaupt eine neue Orgel her?«, fragte Thea.

»Es waren mehrere Register kaputt, und eine Reparatur hat sich einfach nicht mehr gelohnt«, sagte Karolin. Sie war viel kleiner als Thea und hatte sich auf die Zehenspitzen gestellt und auf Bastians Schulter abgestützt, um alles ganz genau sehen zu können.

»Und was genau ist ein Register?«

»Pfeifenreihen derselben Klangfärbung«, erklärte Bastian. »Man kann die Pfeifen klanglich ganz unterschiedlich gestalten: weich oder kräftig, hell und fröhlich mit vielen Obertönen oder dunkel und schwermütig mit wenigen. Unser neues Kunstwerk hier hat achtzig Register.«

»Und wo ist die Maria? Ich sehe gar keine. Thea sah sich suchend um. »Ist es die dort?« Sie zeigte auf eine kleine Statue, die in ungefähr drei Metern Höhe auf einem Pfeiler auf der linken Seite angebracht war.

»Wir sind doch in einer evangelischen Kirche. Hast du das vergessen?«, sagte Bastian. »Das ist die heilige Elisabeth. Maria steht in der Nische drüben.« Schaut euch um, ich gehe noch mal zur Orgel rauf.« Er drückte Karolin einen Kuss auf die Stirn und verschwand hinter dem Baugerüst.

»Die Damen halten sich mal wieder abseits, sogar die in Stein gemeißelten«, stellte Thea fest, als sie vor der Marienstatue standen. »Ja, es ist wie im richtigen Leben. Nur gut, dass wir Frauen wissen, dass wir den Männern trotzdem überlegen sind.« Karolin winkte Bastian grinsend zu, der auf der Empore herumkroch.

»Ich hab mich schon als Kind gefragt, warum uns nicht auch Frauen die Absolution erteilen durften«, sagte Thea nachdenklich. »Zu einer Frau hätte ich viel mehr Vertrauen gehabt. Nur gut, dass wir Meggi hatten. Es hat mich jedes Mal gegraust, wenn ich zur Beichte musste. In meinen schlimmsten Albträumen hab ich heute noch die süffisante Stimme von Pater Scherzinger im Ohr und seinen strengen Geruch von Weihrauch und Knoblauch in der Nase.«

»Den brauchte er, um die Vampire abzuwehren«, kicherte Karolin.

Thea lachte nicht. »Erinnerst du dich an Vera?«

Karolin schwieg.

Vera war zwei Jahre älter als sie beide gewesen und hatte einmal zum Entsetzen aller Kinder behauptet, Pater Scherzinger habe angeboten, ihr zwölf Rosenkränze zu erlassen, wenn sie sich einmal mit nacktem Po auf seinen Schoß setzte. Sie hatten ihr lange Zeit nicht geglaubt und es für Angeberei gehalten. Vera hatte sich gerne abenteuerliche Geschichten ausgedacht, um sie den jüngeren Heimkindern als Wahrheit zu verkaufen. Auch als

Pater Scherzinger ein paar Monate später das Heim verließ, hatten sie sich wenig Gedanken darüber gemacht.

»Wir haben damals gar nicht begriffen, was los war. Wie alt waren wir da? Zehn oder elf?«

»Ich war neun und du acht. Aber du machst den Fehler, alle Männer mit Pater Scherzinger in einen Topf zu werfen«, sagte Karolin leise.

»Nein. Ich finde nur, kleine Mädchen sollten das Recht haben, die Beichte bei einer Frau abzulegen. Man muss überhaupt alle Kinder vor solchen Typen schützen. Und misshandelten Ehefrauen sollte man die Möglichkeit geben, ihr Leid einer Frau zu klagen. Wie sollen sie zu einem Geschlechtsgenossen ihres brutalen Ehemannes Vertrauen haben?« Thea wandte sich ab und ging langsam zum Ausgang. »Mir wird immer klarer, warum ich zur Kripo wollte. Vielleicht war es mir nicht bewusst, aber ich dachte wohl schon damals, dass nicht nur die Kirche, sondern auch die Polizei und die Justiz von einer weiblichen Sichtweise profitieren können.«

»Da magst du Recht haben. Aber die Männer brauchen wir trotzdem. Die unbefleckte Empfängnis hat meines Wissens bei Maria das letzte Mal funktioniert.« Karolin schmunzelte.

»Eigentlich schade. Die Vorstellung, dass die Menschheit auch ohne den Zeugungsakt weiter bestehen könnte, würde die Männer vielleicht mal von ihrem Sockel holen.«

»Du bist und bleibst eine Emanze«, stellte Karolin lakonisch fest. »Ziehst du deswegen immer diese Schlabberklamotten an?«

Thea fehlten die Worte. Das hatte sie doch erst vor kurzem von jemand anderem gehört.

»Du hast doch eine tolle Figur, warum zeigst du sie nie?« Karolin strich ihr ärmelloses Sommerkleid glatt.

»Jetzt fang du nicht auch noch damit an!«

»Ach, hätte mir doch denken können, dass ich nicht die Erste bin, die das anspricht. Wer war es denn? Dein Micha?«

»Er ist nicht ›mein Micha‹!«

»Aber das mit den Schlabberklamotten hat er gesagt, hab ich Recht? Pass auf, es dauert nicht lang, und du bekommst die erste Einladung von ihm.«

»Die hab ich schon gekriegt«, erwiderte Thea gleichmütig.

»Ist nicht wahr!« Karolin fielen fast die Augen aus dem Kopf. »Er hat dich wirklich eingeladen?«

»Ja – zu einer Obduktion. Sehr romantisch, oder?« Thea musste lachen, als sie Karolins verdutztes Gesicht sah.

»Na Gott sei Dank, du kannst noch Witze machen! Das hab ich schon lange nicht mehr erlebt«, freute sich Karolin. »Ich dachte schon, meine beste Freundin wird allmählich sauertöpfisch.«

Thea fühlte den kritischen Blick ihrer Freundin und hoffte, sie würde nicht weitersprechen. Doch Karos Redefluss war nicht so schnell zu stoppen.

»Allmählich erinnerst du mich an diese alte Kirchenorgel. Bei dir sind auch ein paar Register kaputt, und zwar die hellen, fröhlichen mit den vielen Obertönen. Die dunklen, schwermütigen funktionieren dagegen noch prima. Ich glaube, du brauchst auch ganz dringend eine Generalüberholung.«

Fünf

Am Montagmorgen stand Thea grübelnd vor ihrem Kleiderschrank und überlegte, was sie anziehen sollte. Sie hatte den Wecker in weiser Voraussicht eine halbe Stunde früher gestellt, denn für einen solchen Anlass war sie einfach nicht gerüstet. Nachdem sie ihre Garderobe durchforstet, die Hälfte davon anprobiert, als unpassend befunden und aufs Bett geworfen hatte, entschied sie sich für ein dunkelgraues Etuikleid, das sie zuletzt getragen hatte, als sie achtzehn war. Es war an dem Tag gewesen, als sie das Kinderheim im Allgäu für immer verlassen hatte. Sie erinnerte sich noch gut an die vielen Tränen, die geflossen waren. Einerseits war sie glücklich gewesen, endlich auf eigenen Füßen zu stehen und für sich selbst sorgen zu können, andererseits hatte sie Angst gehabt, zu versagen.

Nicht ohne Stolz stellte sie jetzt fest, dass ihr dieses Kleid noch immer wie angegossen passte. Ihre roten Haare kämmte sie streng aus dem Gesicht und steckte sie zu einem straffen Knoten am Hinterkopf fest. Noch eine Brille und ein Gebetbuch, und ich sehe aus wie die fromme Helene, dachte sie amüsiert, als sie die Treppe hinunterlief.

Messmer wartete bereits am Haupteingang des Waldfriedhofs. Er schaute hartnäckig an ihr vorbei und erkannte sie erst, als sie direkt vor ihm stand. Zum ersten Mal seit sie sich kannten, erlebte sie ihn sprachlos.

»Ich wusste gar nicht, dass du auch richtige Kleider hast«, sagte er, als er seine Worte wieder gefunden hatte. Zu allem Überfluss pfiff er durch die Zähne.

»He, ich bin kein Hund.« Thea musterte kritisch seine ausgewaschenen Jeans.

»Ich hab keine anderen Hosen«, verteidigte sich Messmer. »Zumindest habe ich dem Anlass entsprechend eine schwarze genommen.«

»Crinkle ist übrigens schon lange aus der Mode«, lästerte Thea mit einem Blick auf sein zerknittertes Hemd, das früher sicher mal schwarz gewesen, inzwischen aber fast so ausgewaschen war wie seine Jeans.

»Du meinst, ich soll mir nur wegen ein paar ungebügelter Hemden eine Frau suchen?« Er sah sie belustigt an.

»Du könntest es mit dem Bügeln mal selbst versuchen«, schlug sie vor, während sie sich an dem Kamerateam vom SWR vorbeischlängelte, das offenbar für die Regionalnachrichten filmen wollte.

Wolf Hausers Grabstätte lag unweit des Haupteingangs. Hier ruhten so bekannte Persönlichkeiten wie Eduard Mörike, Theodor Heuss und Robert Bosch. Hauser würde in bester Gesellschaft sein. Eine Birke breitete ihre Zweige wie einen Baldachin über die Stelle, wo das Grab ausgehoben war.

»Erstaunlich, wie viele Leute gekommen sind«, flüsterte Thea Messmer zu, als sie in diskreter Entfernung zur Grabstelle stehen blieben.

»Das muss nicht heißen, dass sie um ihn trauern«, murmelte er. »Aber es sind ungewöhnlich viele Frauen darunter. Ob die alle seine Geliebten waren?«

»Höre ich da etwa Neid heraus? Apropos Geliebte – hast du die Linder schon entdeckt?« Thea blickte sich unauffällig um.

»Da drüben«, raunte Messmer und deutete nach rechts, wo Antonia Linder abseits der Trauergemeinde im Schatten einer Konifere stand, die Arme fest vor der Brust verschränkt.

»Ja, das muss sie sein. Kaum zu erkennen hinter diesem Trauerflor«, meinte Thea. »Sie hat wahrscheinlich kein großes Interesse daran, hier gesehen zu werden.«

»Da ist noch jemand, hinter ihr. Sieht aus, als ob die beiden gemeinsam da sind.«

Thea reckte den Kopf. »Die sieht aber nicht aus wie ein Trauergast. In einem blauen Sommerkleid und mit hellem Hut geht man nicht zu einer Beerdigung. Und diese Sonnenbrille passt eher auf ein Kreuzfahrtschiff als auf einen Friedhof.«

»Vielleicht ist es eine Bekannte von der Linder, die herkam, um ein Grab zu gießen, und die sie hier zufällig getroffen hat«, vermutete Messmer.

Thea nickte nachdenklich. Die Frau kam ihr seltsamerweise bekannt vor. Aber sie kam nicht darauf, wo sie sie schon einmal gesehen haben könnte.

Der Pfarrer hatte seine Grabrede beendet, und die Anwesenden begannen nacheinander, dem Toten mit einer Hand voll Erde die letzte Ehre zu erweisen.

Thea sah Messmer fragend an. »Der Lobgesang ist vorbei. Wollen wir die Linder jetzt zur Vernehmung vorladen?«

»Einverstanden.«

Sie waren noch keine zwei Schritte auf Antonia Linder zugegangen, als Thea Bosiljka Baric am offenen Grab stehen sah. Mit schmerzverzerrtem Gesicht ließ sie eine weiße Rose auf den Sarg fallen und steuerte dann direkt auf die beiden zu.

»Oh, dass Sie auch sind gekomme zu Beerdigung!«, rief sie schon von weitem. »Isch alles so traurig.«

»Wir sind eher dienstlich hier«, sagte Thea freundlich und reichte ihr die Hand. Messmer grüßte mit einem knappen Nicken und wollte weitergehen.

»Grüß Gott, Herr Kommissar. Und Frau Engel, schen, dass ich Sie treffe hier. So viele Leute geben Herr Hauser letztes Ehre, ich bin so arg gerührt«, seufzte Bosiljka Baric und trat Messmer in den Weg. »Und jetzt meine Frau Chefin mich bringt noch mehr zu Weinen.«

»Was ist denn passiert?« Thea brachte es einfach nicht über sich, die aufgewühlte Frau stehen zu lassen.

»Sie mir hat g'sagt, dass ich kann meine Papiere abhole. Wissen Sie, das isch nicht nett von ihr. Und das bei Beerdigung von ihre Mann!.

»Wie das?«, fragte Thea überrascht. »Ich denke, Sie verstehen sich gut mit Frau Hauser.«

»Hab das auch gedacht. Aber sie mir hat gekündigt, fristlos.«

»Warum denn?«, fragte Messmer.

»Na ja, ich hab eine oder zwei Mal vergesse, Alarm anzuschalte, wenn ich bin heimgegange. Isch aber nix passiert. Trotzdem schlimme Sache, sagt Frau Hauser. Sie braucht mich nicht mehr, wo sie jetzt isch alleine. Vielleicht sie wird das Haus verkaufe. Isch bestimmt zu groß für eine Persone. Oh Gott, oh Gott, und ich muss gehen auf Arbeitsamt. Wer will mich noch nehme, eine arme alte Frau?«

»Und das hat Ihnen Frau Hauser erst vorhin gesagt?«, fragte Thea und zog ungläubig die Augenbrauen zusammen. Als sie zu der Gruppe am Grab hinübersah, stand Helene Hauser mit versteinerter Miene da und nickte den kondolierenden Mitarbeitern zu.

»Ja! Isch von ihr nicht nett. Herr Hauser hat zu mir damals g'sagt, das darf nicht mehr passiere mit die Alarmanlage. Er war immer so eine nette und gut aussehende Mann. Wie ein Schauspieler, gell? Wie heißt diese blonde Schauspieler, der hat auch so schene blaue Augen? Ach ja, Paul Njuman. So eine schene Mann war Herr Hauser auch. Und jetzt er isch leider tot. Oh meine Gott!«

»Frau Baric, es tut mir wirklich Leid, dass Sie Ihre Stelle los sind, aber wir müssen jetzt weiter«, sagte Messmer.

»Aber sie mich hat nicht kündigt wegen Alarmanlage«, lamentierte Frau Baric weiter, als hätte sie ihn gar nicht gehört. »Sie hat sicher rausgefunde, dass ich sie hab verraten an Polizei. Sie wisse schon, diese Enrico …«

»Sie meinen, weil wir von ihrem Liebhaber wissen, hat sie daraus geschlossen, dass wir diese Information von Ihnen haben?«

»Ja, ja, weil ich hab g'hört, wie sie an Telefon hat gelacht und ›ciao Rico, meine kleine Böck‹ oder so was Komisches g'sagt. Und dann ich hab das Ihne erzählt. Vielleicht sie hat gemerkt, dass ich hab aus Versehen das gehört.« Ihr Doppelkinn wurde arg strapaziert, so heftig nickte sie.

»Das mag sein.« Messmer schenkte Frau Baric sein charmantes Lächeln. »Sie haben nur Ihre Bürgerpflicht getan. Das war sehr tüchtig von Ihnen.«

»Viele danke, aber ich hab davon trotzdem jetzt gar nix. Keine Arbeit, keine Geld, Arbeitsamt, Sie wissen, wie schwer heute alles isch.« Sie schnäuzte sich lautstark in ihr Taschentuch.

»Auf Wiedersehen, Frau Baric, ich hoffe, dass Sie bald eine neue Arbeit finden.« Thea drückte ihr die Hand.

Bosiljka Baric lächelte durch die Tränen und ging langsam zum Ausgang.

»Die Ärmste.« Thea blickte ihr nach, bis sie zwischen den Bäumen verschwunden war. »Dass die Hauser so herzlos sein kann.«

»Ja, ganz schön cool, die Dame«, sagte Messmer. »Vielleicht will sie ja jetzt nach Lugano ziehen. Da braucht sie natürlich keine Putzfrau mehr.«

Thea sah sich suchend um. »Verdammt, wo ist jetzt die Linder abgeblieben? Eben war sie doch noch da drüben.«

Sie liefen zu der Konifere, hinter der Antonia Linder vor wenigen Minuten noch gestanden hatte.

»Das hier hat sie dagelassen.« Messmer bückte sich nach einer Baccara-Rose, die auf dem Boden lag.

»Die wollte sie sicher aufs Grab legen und hat sich nicht getraut«, vermutete Thea.

»Dann gehört sie jetzt dir.« Messmer deutete eine Verbeugung an und überreichte ihr die Rose mit einem Augenzwinkern.

»Du bist wirklich ein echter Gentleman, Micha.« Thea hoffte, dass ihm die Ironie ihrer Worte nicht entging. Ihr eine weggeworfene Friedhofsblume zu schenken hätte wahrscheinlich nicht mal Hannes gewagt. Trotzdem fühlte sie, wie ihre Wangen heiß wurden. Sie ließ den verdutzten Messmer stehen, ging zum Sarg, den die Totengräber gerade mit Erde bedeckten, und ließ die Rose fallen. Einen Augenblick später waren die roten Blütenblätter unter einer Schaufel Erde verschwunden. Sie ertappte sich dabei, dass sie überlegte, ob Messmer die Rose auch Verena Sander geschenkt hätte, wenn sie mit ihm hier gewesen wäre. Doch eigentlich wollte sie es gar nicht so genau wissen und wehrte den Gedanken schnell ab.

»Wir sollten Frau Hauser noch unser Beileid bekunden«, sagte sie ohne viel Begeisterung und trat vom Grab zurück.

Messmer schaute sich um. »Sieh mal, die gehen schon.« Thea folgte seinem Blick und sah, wie Helene Hauser den Rollstuhl ihres Vaters zum Ausgang schob. Ein älteres Ehepaar und ein junger Mann gingen an ihrer Seite. Die Trauergemeinde zerstreute sich.

»Lassen wir die Heuchelei«, schlug Messmer vor, »und sehen wir zu, dass wir auch hier wegkommen.«

»Und was machen wir jetzt mit der Linder?«

»Wir holen sie zu Hause ab«, sagte Messmer gleichmütig. »Es ist nicht weit bis zum Eibenweg.« Wie selbstverständlich legte er einen Arm um ihre Schulter und führte sie zum Ausgang.

Und Thea ließ ihn gewähren.

»Hast du auch solchen Hunger?«, brach Messmer das seit dem Waldfriedhof anhaltende Schweigen, als sie von der Heinestraße auf den Albplatz einbogen.

»Und ob, mein Magen knurrt wie ein Straßenköter.«

»Dann lass uns schnell eine Pizza essen.« Messmer hielt vor dem Restaurant »Il Mulino« an der Ecke zur Epplestraße. »Die haben auch welche zum Mitnehmen. Ich lade dich ein.«

Jetzt sind wir also schon bei der Einladung zur Kartonpizza, dachte Thea beim Aussteigen. Und das kaum eine Viertelstunde, nachdem er mir eine Friedhofsblume überreicht hat. Das darf ich auf keinen Fall Karolin erzählen, sonst kann ich mich vor guten Ratschlägen nicht mehr retten.

Wenig später standen sie, noch immer kauend, vor Antonia Linders Haustür.

»Lass mich erst runterschlucken, bevor du klingelst«, bat Thea.

»Ich hab immer noch Hunger«, grummelte Messmer. »Vielleicht lädt sie uns ja zum Leichenschmaus ein.«

Thea warf ihm einen entrüsteten Blick zu, doch insgeheim musste sie sich eingestehen, dass seine ungehobelten Manieren sie allmählich belustigten.

»Sie macht nicht auf. Es wird also nichts mit dem Leichenschmaus.«

»Seltsam. Ihr Auto steht doch an der Straße.«

»Ich sagte nicht, dass sie nicht da ist. Ich sagte nur, sie macht nicht auf.« Messmer hämmerte gegen die Tür. »Kriminalpolizei, öffnen Sie bitte!«

Thea versuchte, durch das Fenster im Erdgeschoss zu spähen, konnte aber wegen der blickdichten Gardinen nichts erkennen. »Vielleicht war diese blau gekleidete Frau eine Nachbarin und hat die Linder mit zu sich genommen«, vermutete Thea.

»Schon möglich. Aber willst du jetzt alle Nachbarn abklappern? Versuchen wir es gegen Abend noch mal.«

***

12. August

Ich bin nun doch nach Stuttgart gefahren, weil ich von meiner Schwester die zweihunderttausend wiederhaben will. Ich war auch schon bei ihr, sie war aber nicht zu Hause. Jetzt sitze ich hier im Interconti, und der Fernseher läuft. In den Nachrichten habe ich Bilder von Wolf Hausers Beerdigung gesehen. Ich weiß nicht, was ich empfinde: Erleichterung? Genugtuung? Entsetzen? Mir schwirrt der Kopf, und ich habe keine Ahnung, was ich machen soll. Ich muss heute unbedingt noch mal zu meiner Schwester rausfahren. Gott steh mir bei, ich weiß nicht, was ich tun werde.

***

Als Thea und Messmer zur Dienststelle kamen, steuerte Joost gerade auf den Soko-Raum zu.

»Ihr könnt gleich zur Besprechung mitkommen.«

»Was gibt es Neues?«, fragte Messmer.

»Die Kriminaltechnik ist mit der Untersuchung der Unterlagen von Hausers Schreibtisch fertig und hat uns alles zugeschickt. So viel kann ich euch verraten: Es ist ein Leckerbissen dabei.«

Die anderen hatten schon Platz genommen. Als die drei eintraten, verstummten die Gespräche. Bald war es so still im Raum, dass man die Baumaschinen unten am Pragsattel hören konnte.

»Ich habe hier einen Brief, ganz offensichtlich von Antonia Linder an Wolf Hauser, dessen Inhalt ich euch nicht vorenthalten möchte«, eröffnete Joost den Rapport. »Er war in einem gewöhnlichen weißen Umschlag, ohne Anschrift oder Poststempel. Ich zitiere:

> *›Ich habe es endgültig satt, mich noch länger von dir hinhalten zu lassen. Seit dreißig Jahren versprichst du mir das Blaue vom Himmel und vertröstest mich ein ums andere Mal. Jetzt sind meine besten Jahre vorbei, und ich verlange eine Entscheidung.*
>
> *Das Geld liegt auf meinem Konto bereit. Du kannst es haben. Aber erst will ich Taten sehen. Sobald ich eine Kopie deiner Scheidungsklage in der Hand habe, bekommst du das verdammte Geld und kannst diesem Widerling damit seinen gierigen Rachen stopfen.*
>
> *Zögere nicht. Wir haben schon zu viel Zeit verloren. Deine Toni.‹«*

»Hört sich an, als ob ihn jemand erpresst hat«, sagte Kümmerle. »Aber wer?«

»Bei dem Wort ›Widerling‹ fällt mir eigentlich nur einer ein«, entgegnete Thea. »Und der sitzt seit gestern in U-Haft.«

»Der wird uns kaum die Wahrheit sagen. Wir brauchen Beweise!«, sagte Messmer. »Die Einzige, von der wir es erfahren könnten, ist Antonia Linder selbst. Verdammt, wie konnte sie uns nur durch die Lappen gehen.«

»Wenn Hauser wirklich erpresst wurde, war das natürlich ihre große Chance, ihn sich zu angeln«, meinte Joost.

»Und wenn sich Hauser gar nicht scheiden lassen wollte?«, fragte Ströbele. »Wäre es da nicht möglich, dass Antonia durchgedreht und ihm den Briefbeschwerer an den Kopf geworfen hat?«

»Denkbar wäre auch, dass Hauser seiner Frau die Scheidung eröffnet hat, beispielsweise am Morgen nach ihrer Rückkehr aus der Schweiz, und sie dann ausgerastet ist«, überlegte Thea.

»Ja, an möglichen Tätern mangelt es uns nicht.« Joost kritzelte die beiden Namen auf das Flipchart. »Lichtenberg ist ein heißes Eisen, aber vom Motiv her sind Antonia Linder und Helene Hauser auch sehr interessant.«

»Habt ihr nun schon eine Vernehmungsstrategie für Lichtenbergs nächstes Verhör ausgetüftelt?«, fragte Koch.

»Wir könnten ihn doch weich kneten und dann guter Bulle – böser Bulle spielen«, schlug Ströbele vor. »Ich bin der gute Bulle und hab auch schon eine Idee, wer den bösen spielen könnte.«

»Wie war eigentlich die Haftrichtervorführung?«, fragte Thea, da der böse Bulle gerade in die Lektüre des Pressespiegels vertieft war und nicht auf Ströbeles Vorschlag einging.

»Lichtenberg war zu keiner Aussage mehr zu bewegen. Meinte nur frech, wir sollen ihm doch beweisen, dass vor ihm kein anderer im Haus war«, berichtete Ströbele.

»Auf dem Video der Überwachungskamera war sonst niemand auf der Straße zu sehen«, warf Thea ein.

»Der Gärtner!«, sagte Koch. »Man sieht ihn zwar nicht über die Straße auf Hausers Seite gehen, aber wenn er nur weit genug ausgeholt hat …«

»Du meinst, er weiß von der Überwachungskamera und wie weit der Winkel reicht?«

»Möglich.« Koch zuckte mit den Schultern.

»Das hätte er nicht geschafft.« Messmer blickte vom Pressespiegel auf. »Lichtenberg wäre ihm in die Quere gekommen. Der Gärtner hat auch freiwillig Speichel abgegeben. Falls er es wirklich gewesen sein sollte, erfahren wir das früher oder später. Es spricht aber nichts dafür.«

»Also gut, außer dem Gärtner und Lichtenberg war niemand zu sehen«, präzisierte Thea.

»Leider nur auf der Straße zwischen der Villa Hauser und dem Haus des Zahnarztes«, stoppte Ströbele ihre Begeisterung. »Die Gartentür war nicht im Aufnahmewinkel. Der Täter kann durchaus von der anderen Seite gekommen sein.«

»Mist!«, entfuhr es Thea. Ströbele hatte natürlich Recht. Darüber hatte sie ja auch schon mit Messmer gesprochen.

»Der Richter macht jetzt aber alles an der DNA fest. Ist Lichtenbergs genetischer Fingerabdruck an der Tatwaffe, bleibt er drin. Wenn nicht, wird er wohl oder übel wieder freikommen.«

»Bis dahin haben wir noch ein bisschen Zeit.« Joost rieb sich die Augen.

Das Faxgerät surrte. Ströbele stand auf und nahm den Bogen heraus.

»Gute Neuigkeiten?«, fragte Thea in einem Anflug von Optimismus.

»Eher nicht. Das ist der Einzelverbindungsnachweis von Hausers Telefonanschluss. Das letzte Telefonat vom Apparat im Arbeitszimmer war ein Anwählversuch am Donnerstag, dem 8. August, um sieben Uhr zwei und vierzig Sekunden. Ziffern sind nicht registriert. Offenbar kam er nicht mehr zum Wählen, weil der Mörder schneller war.«

»Damit hätten wir die genaue Todeszeit«, sagte Messmer.

»Wann genau kam Lichtenberg dort an?«, überlegte Thea.

»Kurz vor halb acht. Bisschen spät, wenn er Hauser zwei Minuten nach sieben umgebracht haben soll«, sagte Joost.

»Vorausgesetzt, die Zeitanzeige der Videokamera geht richtig«, gab Thea zu bedenken.

»Das lässt sich nachprüfen. Aber dann war er es wahrscheinlich wirklich nicht. So gut uns das auch allen gefallen hätte.« Joost öffnete die oberen Hemdknöpfe und fächelte sich mit seinem Klemmbrett Luft zu.

»Hier ist noch was Interessantes.« Ströbele wies auf seine Liste mit den Verbindungsdaten. »Es wurde noch mal von diesem Apparat angerufen, und zwar am Freitag.«

»Die Hauser ruft vom Büroapparat ihres Mannes an? Hat sie denn unten kein Telefon?«

»Vielleicht befürchtet sie, dass es abgehört wird«, mutmaßte Verena Sander.

»Auf jeden Fall müssen wir die Nummer überprüfen.« Joost wollte gerade zum Telefon greifen, als es ihm zuvorkam. Er meldete sich und hörte eine Weile schweigend zu.

»Alles klar. Danke, dass es so schnell ging«, sagte er nach kurzer Zeit und legte auf. »Die Kriminaltechnik war dran. Sie sind mit den Spuren am Briefbeschwerer ein Stück weiter: Die DNA ist eindeutig weiblich.«

Ein paar Sekunden lang sagte niemand ein Wort.

»Mein Glückskeks hat mich schon beim Mittagessen gewarnt, ich soll mich nicht zu früh freuen«, fluchte Koch. »Jetzt weiß ich auch, warum.«

»Haben wir also doch den Falschen gegriffen. Hab ich mir gleich gedacht. Dabei war der mir so schön unsympathisch«, knurrte Kümmerle.

»Kann er es nicht trotzdem gewesen sein?«, fragte Thea. »Wenn er nun einfach keine Spur hinterlassen hat? Vielleicht hatte er Handschuhe an.«

»Möglich ist alles«, sagte Kümmerle. »Aber vor dem Hintergrund dieser neuen Erkenntnis, dass Hauser zwei Minuten nach sieben zum letzten Mal den Telefonhörer abgenommen hat und Lichtenberg erst eine knappe halbe Stunde später gefilmt wurde, müssen wir ihn wieder laufen lassen, ob uns das nun passt oder nicht.«

»Dann konzentrieren wir uns jetzt auf die holde Weiblichkeit«, sagte Koch. »Vermutlich war's eine seiner zahlreichen Geliebten.«

»Von Helene Hauser haben wir eine Speichelprobe. Habt ihr eine von der Linder bekommen?«, fragte Joost.

»Leider nicht. Sie war äußerst unkooperativ. Den richterlichen Beschluss hab ich inzwischen. Der nützt mir nur im Moment herzlich wenig«, sagte Messmer mürrisch.

»Warum hat sie sich wohl so hartnäckig geweigert?«, fragte Koch. »Kommt euch das nicht komisch vor?«

»Alibi hat sie auch keins«, sagte Thea.

»Ich rufe Triberg an. Wir brauchen schnellstens einen Durchsuchungsbeschluss. Selbst wenn sie nicht zu Hause ist, DNA-Material finden wir sicher.« Joost wählte bereits.

»Wir hätten sie am Freitag gleich mitnehmen sollen«, seufzte Messmer.

»Dazu hatten wir keine Handhabe«, sagte Thea.

»Ich weiß, ich weiß. Aber du siehst ja, jetzt haben wir den Salat!«

»Triberg lässt einen Durchsuchungsbeschluss ausstellen.« Joost legte den Hörer auf. »Er sagt, in ein bis zwei Stunden müsste er fertig sein. Übernimmst du das, Otti? Hol ihn am besten gleich beim Amtsgericht ab, das spart Zeit.«

Kümmerle erhob sich schwerfällig. »In Ordnung, da habe ich noch Zeit, um meine Berichte fertig zu schreiben. Wenn noch jemand mitkommt, fahre ich dann vom Amtsgericht gleich nach Degerloch raus. Hätte mir für heute Abend auch was Besseres vorstellen können, als eine Wohnung zu durchsuchen.«

»Ich kann hier nicht rumsitzen, während die Linder uns durch die Lappen geht.« Messmer sprang so abrupt auf, dass sein Stuhl mit einem Knall umfiel. »Ich höre mich jetzt in ihrer Nachbarschaft um. Vielleicht hat ja jemand gesehen, wie sie das Haus verlassen hat. Wenn nicht, klingle ich noch mal bei ihr. Und wehe, ich höre auch nur ein Rascheln in ihrer Wohnung, dann greife ich sie mir. Und wenn ich die Tür eintreten muss!«

***

12. August

Gleich werde ich losfahren, um meine Schwester zu besuchen.

Ich bin nervöser, als ich dachte. Ob sie mich überhaupt wiedererkennt? Wir haben uns beinahe dreißig Jahre lang nicht gesehen. Ich versuche, hinter meinem Spiegelbild das junge Mädchen von damals wiederzufinden, aber es will mir nicht gelingen.

Inzwischen habe ich es aufgegeben, meine grauen Haare auszureißen. Ich muss feststellen, dass ich viele Jahre in der Illusion gelebt habe, dass Models nicht älter werden dürfen. Warum nur habe ich das Altern immer als Bedrohung empfunden?

Wenn man älter wird, kommt einem zu Bewusstsein, dass Kinder fehlen. Und wenn ein perfektes Äußeres das Einzige ist, mit dem man sich identifiziert, hat man Angst, sich aufzulösen, wenn die Falten allmählich überhand nehmen. Glückliche Menschen nennen sie Lachfältchen. Wie heißen sie bei mir?

Doch ein großer Vorteil des Älterwerdens ist, dass man die Dinge klarer sieht.

Warum habe ich mir nie erlaubt, mich als verletzlichen Menschen kennen zu lernen? Ich beneide die Italiener um die Fähigkeit, ihre Gefühle wahrzunehmen und sie ohne Scheu zu zeigen. Sofia war in dieser Hinsicht schon immer ganz anders als ich.

Solange ich sie kenne, hat sie ihre Emotionen rücksichtslos ausgelebt. Ich konnte das nie.

Es war eine logische Folge, dass ich Model geworden bin. Ein hohler, gesichtsloser Kleiderständer, nur dazu da, etwas zu präsentieren, das nicht zu mir gehört. Dazu ein Lächeln, das ich wie eine Sonnenbrille beliebig an- und ablegen kann. Schön wollte ich sein und unverwundbar. Wer ahnte schon hinter der perfekten Maske der Francesca Lind die Abgründe von Trauer, Hass und Einsamkeit? Ich habe sie mir wegschminken lassen, bevor ich auf den Laufsteg und vor die Kameras trat. Eine Zeit lang glaubte ich sogar, glücklich zu sein, weil ich Dinge besaß, die andere sich nicht leisten konnten. Welch schwerer Irrtum das doch war. Was nützt einem alles Geld der Welt, wenn man sein Gesicht nicht zeigen kann?

***

Die Nachmittagssonne stand so tief wie der Stimmungspegel der Soko Sonnenberg. Die Kaffeemaschine war gerade zum vierten Mal nachgeladen worden, trotzdem sahen alle müde aus. Dass Lichtenberg nun aus der Haft entlassen worden war, war ein herber Rückschlag für das Team.

»Ich hab Kopfweh«, stöhnte Verena Sander. »Dieser flimmernde Bildschirm bringt mich um. Haben wir noch Mineralwasser im Kühlschrank?«

»Des ligt an dr Hitz«, meinte Kübler. »D' Rosinante hot heid Morga au nix fressa wella, bloss soufa.«

Böse Zungen behaupteten, dass Kübler an seiner Holsteinerstute mehr hing als an seiner Ehefrau, und Thea vermutete manchmal, dass sie damit gar nicht so Unrecht hatten.

»Machst du dir denn gar keine Sorgen um sie? Ich würde vorsichtshalber den Doktor rufen, das Vieh ist doch bestimmt bei euch familienversichert!« Kümmerle strich sich erfolglos das wirre Haar aus der Stirn. Die graue Stirntolle, die ein wenig an Rudi Carrell erinnerte, fiel ihm immer wieder wie eine Regenwolke ins Gesicht.

Kübler schien gerade zu einer Antwort anzusetzen, als Messmer zur Tür hereinplatzte, das Fahrtenbuch auf den Tisch warf und sich auf einen Stuhl fallen ließ.

»Na, wie war's?«, fragte Koch.

»Zuerst hab ich bestimmt zehn Minuten lang an die Tür gehämmert, bis die Nachbarn schon durch die Gardinen spähten. Ihr Auto steht immer noch vor dem Haus. Entweder hat sie sich verbarrikadiert oder aus dem Staub gemacht. Dann hab ich aufgegeben und mich in der Nachbarschaft umgehört.« Messmer zog sein Dienstbuch aus der Hosentasche und klappte es auf. »Eine Frau Kemmner, die ein paar Häuser weiter wohnt, kennt die Familie gut und hat mir bereitwillig Auskunft gegeben. Antonia Linder hat eine jüngere Schwester namens Franziska, die in den siebziger Jahren nach Italien gegangen ist. Sie hat dort Karriere als Model bei Gianfranco Ferré gemacht.« Er sah auf. »Sagt vielleicht jemandem von euch der Name Francesca Lind etwas?«

»Mit dr Mode han i gar nix am Huot«, sagte Kübler. »I ka kaum mei Pudlmitz vomma Kaffewärmr underschoide.«

»Wen wundert's, die sieht ja auch genauso aus«, lästerte Koch.

»Ich versuche mich zu erinnern, wann ich meine Frau das letzte Mal ohne Kittelschürze gesehen habe«, rätselte Kümmerle.

»Also bei den Herren werden wir nicht fündig. Vielleicht fällt unseren modebewussten Damen etwas dazu ein?«, fragte Joost.

»Sorry, den Namen hab ich noch nie gehört. Ich bin erst 1973 geboren, das war noch nicht meine Zeit.« Thea klappte die Akte Lichtenberg zu und schob sie weit von sich.

»Ich glaube, ich habe da eine schwache Erinnerung«, sagte Verena Sander. »Wenn es die Lind ist, die ich meine, war sie sehr hübsch, ein Twiggy-Typ. Sie sah sogar in diesen schrecklichen Schlaghosen toll aus. Heute müsste sie Ende vierzig sein.«

»Das würde passen.« Messmer lehnte sich zurück.

»Wir müssen nur noch rauskriegen, was sie jetzt macht. Es könnte ja sein, dass sie gerade ihre große Schwester bei sich versteckt«, meinte Thea.

Joost nickte. »Das wäre eine Möglichkeit. Wir müssen den Wohnort dieser Franziska ermitteln.« Er sah Ströbele an: »Walter, könntest du das übernehmen?«

Noch bevor dieser antworten konnte, klingelte das Telefon. Joost hob ab, während Ströbele in sein Büro ging, um mit dem Bundeskriminalamt in Wiesbaden zu telefonieren.

»Das Amtsgericht. Der Durchsuchungsbeschluss kann abgeholt werden.« Joost zwinkerte Kümmerle zu. »Dann mach dich in die Spur. Aber klingle vorsichtshalber erst mal, falls sie inzwischen daheim ist.«

»Das wäre überhaupt die eleganteste Lösung. In dem Fall brauchst du sie nur hierher zu bringen«, sagte Verena Sander.

»Und wenn sie nicht will? Sie ist immer noch Zeugin. Dass die DNA weiblich ist, besagt doch nur, dass ungefähr fünfzig Prozent der Weltbevölkerung verdächtig sind.«

»Die waren aber nicht alle Hausers Geliebte«, erinnerte ihn Joost.

»Wer weiß?«, grinste Messmer.

»Ach, die ist doch längst im Ausland«, brummte Kümmerle.

»Gegen eine Dienstreise nach Italien hätte ich jetzt gar nichts einzuwenden«, flüsterte Koch Verena Sander zu. »Blauer Himmel, Meer, Strand, Eiskaffee und ein guter Wein …«

»Auf jeden Fall brauchen wir Antonia Linders Speichelprobe«, sagte Joost. »Wenn sie sich weigert, richte ihr aus, dass sie sich damit umso verdächtiger macht.«

»Ich sag's ihr. Wer kommt denn nun mit zu diesem freudigen Ereignis?«

»Was siehst du mich so an?« Koch schielte über den Rand seiner Tasse. »Also, von mir aus. Aber lass mich erst austrinken.«

»Du kannst dir gerne Proviant mitnehmen.« Kümmerle griff im Vorbeigehen in die Holzschüssel, doch er zuckte zurück, als hätte er sich verbrannt.

»Was ist das denn, um Himmels willen? Äpfel!« Er sah vorsichtshalber noch einmal hin, als hoffe er, einer Täuschung zu unterliegen.

»Heute ist Obsttag, Otti.« Verena Sander trat an den Tisch und schüttete noch eine Tüte Zwetschgen dazu. »Für den Fall, dass du die lieber magst.«

»Wie soll ich das nur meinem Blutzuckerspiegel erklären?«, stöhnte Koch.

»Dein Problem. Ich kriege die Jeans kaum noch zu, und das ist kein gutes Zeichen«, sagte Verena lachend.

»I han scho viele Dirre sterba seha, abbr no koin Digga blatza!« Auch Kübler schlug sich auf die Seite der Schoko-Fans.

»Hier, ich hab noch einen Müsliriegel für harte Zeiten gebunkert.« Thea stopfte Koch den Riegel in die Hemdtasche. »Wenn du Glück hast, macht dir Frau Linder sogar einen Kaffee.«

»Das glaubst du doch selbst nicht«, brummte Koch.

»Wart amol! Bringat ouff'm Retourweag ebbes zum Beißa mit«, bat Kübler. »I kennd grad a ganz' Kälble weggbutza.«

»Gemacht. Wir gehen beim Schnell-Imbiss vorbei. Aber ob's da gerade Kälber gibt?«

»No bringsch halt a Pärle Roode.«

»Rote Würste«, notierte Kümmerle. »Und für dich, Micha, zur Abwechslung mal eine Pizza Quattro stagioni?«

»Die hatte ich heute Mittag schon. Ich nehm 'ne Margherita.« Messmer schwang die Beine vom Tisch und stand auf.

»Bist du jetzt Vegetarier geworden, oder was?«, flachste Kümmerle und wandte sich an Koch, der immer noch ungläubig in die Schüssel starrte: »Harry, hol schon mal den Wagen!«

»Liabr a Made em Äpfl wia gar koi Floisch.« Kühler griff sich einen Apfel aus der Schüssel und biss krachend hinein. »Nu machet scho«, rief er Koch und Kümmerle zu. »Wenn's pressiert, soll mr et hudla.«

***

»Hallo, Thea, hier ist Hannes. Ich dachte, es interessiert dich. Die Handtasche der alten Frau ist aufgetaucht.«

»Jetzt bin ich aber neugierig. Wo denn?«

»Sie lag in einem Papierkorb, zwei Straßen weiter. Ein kleiner Junge hat sie zum Revier gebracht, weil sie noch so neu aussah. Hoffte wohl auf Finderlohn.«

»War denn noch was in der Tasche?«

»Ausweis, Wohnungsschlüssel, Geldbeutel – allerdings leer bis auf die Kreditkarte. Der Dieb konnte offenbar nicht viel damit anfangen ohne die Geheimzahl. Ach ja, ein Brillenputztuch war auch noch drin. Und ein Bestellzettel von einem Dr. Lichtenberg.«

Thea, die gerade das Fenster öffnen wollte, hielt mitten in der Bewegung inne. »Sag das noch mal.«

»Was? Ein Brillenputztuch und ein Bestellzettel.«

»Nein. Den Namen des Arztes, verdammt noch mal!«

»Du kannst ja fluchen. Ein ganz neuer Zug an dir.«

»Sag schon.« Thea angelte mit zittrigen Fingern nach Stift und Notizblock.

»Dr. D. Lichtenberg, Praxis am Killesberg. Termin morgen, zehn Uhr. Den wird sie ja nicht mehr wahrnehmen können. Willst du ihn für sie absagen?«

Thea antwortete nicht. Sie hatte sich hingesetzt, den Kopf in die Hände gestützt und überlegte fieberhaft.

»He, bist du noch dran?«

»Schick mir die Tasche sofort rüber, Hannes. So schnell wie möglich. Am besten komm selber vorbei oder gib sie an der Pforte ab.«

»Kannst du mir vielleicht mal erklären …«

Den Rest hörte sie nicht mehr. Sie hatte schon aufgelegt.

Lichtenberg. Immer wieder Lichtenberg. Wie passte das nun wieder zusammen?

Sie sah ihre To-Do-Liste durch. Unter dem Punkt »Zeugenvernehmungen Firma Hauser« waren noch zwei Namen offen. Thea machte einen Haken hinter Hans Merkle. Die Letzte auf der Liste war Annegret Wiesner.

Sehr wahrscheinlich ging sie hier auch nur wieder einer von den neunundneunzig Prozent der Spuren nach, die irgendwann im Sand verliefen. Zumindest konnte sie die Zeugin aber auf Lichtenberg ansprechen. Auch wenn er offenbar für den Mord an Hauser nicht mehr in Frage kam, weigerte sie sich, an Zufälle zu glauben. Sie wollte um jeden Preis herausfinden, welche Rolle er in diesem Stück spielte.

Die Sekretärin wohnte in der Calwer Straße. Bis zur nächsten Besprechung waren es noch gut zwei Stunden. Das war zu schaffen. Kurz entschlossen griff Thea zum Telefon. Frau Wiesner meldete sich nach dem ersten Klingeln.

»Engel, Kripo Stuttgart, Grüß Gott, Frau Wiesner. Ich möchte Sie gern zum Mordfall Wolf Hauser befragen. Würde es passen, wenn ich in zwanzig Minuten käme?«

Thea hatte den Autoschlüssel schon in der Hand, legte ihn aber wieder zurück. Um diese Zeit einen Parkplatz in der Innenstadt zu suchen war ein kühnes Unterfangen. Sie beschloss, die U-Bahn zu nehmen.

Als sie aus dem Geschäftszimmer trat, sah sie Ströbele den Flur entlanglaufen.

»Walter, warte mal, hast du eine Sekunde Zeit für mich?«

»Für dich doch immer, Engelchen.«

»Ich habe doch von dem Fall in Cannstatt erzählt, den mit der toten Frau in der Wohnung, wo kein Schlüssel aufzufinden war.«

»Da, wo das Revier geschlampt hat? Was sagt denn das Obduktionsergebnis?«

»Herzinfarkt. Den hätte ich auch gekriegt, wenn mich jemand um meine Ersparnisse samt Handtasche erleichtert hätte. Aber deshalb wollte ich nicht mit dir reden.«

Sie gab ihm einen kurzen Abriss des Telefonats mit Hannes.

»Nicht schon wieder dieser Lichtenberg. Den sind wir doch gerade erst losgeworden!«, seufzte Ströbele.

»Ich gehe vor der Besprechung noch eine Zeugin vernehmen. Die Tasche müsste in der nächsten Stunde hier ankommen. Kannst du sie gleich zur Kriminaltechnik weitergeben? Und wärst du so nett und würdest dich in der Wohnung der Frau Lenz umsehen und vor allem noch mal diesem Lichtenberg auf den Zahn fühlen?«

»Ich helfe dir immer gern, das weißt du doch. So komm ich wenigstens mal von diesem Papierkram weg.«

Thea lächelte dankbar. So einen Vater wie Ströbele hatte sie sich immer gewünscht. »Du bist nicht mit Gold aufzuwiegen, Walter. Hier hast du die Adresse. Ich zeig mich mal erkenntlich, weiß nur noch nicht, wie.«

»Gehst halt mal mit mir aus, wenn die Soko vorbei ist«,

schmunzelte Ströbele und zwinkerte ihr zu, bevor die Tür hinter ihm ins Schloss fiel.

Thea nahm die Linie 5 und stieg am Schlossplatz aus. Die Menschenmassen, die nach Geschäftsschluss die Haltestelle bevölkerten, machten ihr das Vorwärtskommen schwer. Vielleicht hätte sie doch das Auto nehmen sollen. In der Unterführung stauten sich Hitze und Schweißgerüche und Thea sehnte sich nach frischer Luft. Den »Trottwar«-Verkäufer, von dem sie sonst immer die Obdachlosenzeitung kaufte, ließ sie heute unbeachtet. Sie atmete auf, als die Rolltreppe sie ans Tageslicht brachte, obwohl es hier oben kaum kühler war als im U-Bahn-Schacht.

Auf dem Schlossplatz wimmelte es von Leuten. Die Bänke und Rasenflächen der Grünanlage vor dem Neuen Schloss waren von Sonnenanbetern belegt. Halb nackte Kinder sprangen kreischend in einem der beiden Springbrunnen herum und bespritzten sich gegenseitig mit den Wassern der vier württembergischen Flüsse. Bei diesem Wetter drückten sogar die Ordnungshüter ein Auge zu.

Thea verspürte einen Anflug von Neid beim Anblick der Kinder. War sie in diesem Alter auch so ausgelassen und unbeschwert gewesen? Dort auf den Bänken saßen ihre Mütter, die sie gleich zu sich rufen und ihnen trockene Sachen anziehen würden. Sie würden an Mamas Hand nach Hause gehen, ihr Abendbrot bekommen und ins Bett gebracht werden, sicher mit Umarmung, Kuss und einer Gute-Nacht-Geschichte.

Thea erinnerte sich, wie sie und Karolin sich im Kinderheim vor dem Einschlafen immer Gruselgeschichten erzählt hatten, die ziemlich albern und alles andere als angsteinflößend gewesen waren. Dennoch hatten sie beide vorgegeben, sich entsetzlich zu fürchten, und am Ende war eine ins Bett der anderen gekrochen. Thea musste unwillkürlich lächeln bei dieser Erinnerung und fragte sich, ob ihr damals schon bewusst war, dass sie beide die Nähe der anderen nicht etwa aus Angst vor Gespenstern, sondern aus Sehnsucht nach Geborgenheit gesucht hatten.

Auf der Königstraße herrschte Hochbetrieb. Als sie am Brezelkörble beim Buchhaus Wittwer vorbeikam, kaufte sie sich eine Laugenbrezel, rieb die Salzkörner herunter und aß sie unterwegs. In der Hoffnung, abseits der Einkaufsmeile schneller vorwärts zu kommen, bog sie rechts in die Gymnasiumstraße ein, überquerte die Kronprinzenstraße und stand schließlich vor den hübschen mittelalterlichen Giebelhäusern der Calwer Straße, wo die Gastwirte bereits im Freien die Tische für das Abendessen eindeckten. Als sie an der Haustür von Frau Wiesner klingelte, war es Viertel vor sechs.

Eine kleine, zierliche Frau von ungefähr sechzig Jahren öffnete Thea die Tür. Sie war elegant gekleidet und dezent geschminkt. Thea wollte gerade zu einer Entschuldigung ansetzen, die Frau so spontan überfallen zu haben, doch die winkte ab: »Kommen Sie nur rein, ich freue mich immer über Gesellschaft. Besonders über so nette.« Nach einem Blick auf Theas Dienstausweis fügte sie hinzu: »So ein junges, hübsches Mädchen und so ein entsetzlicher Beruf.« Sie bot Thea einen Platz in dem kleinen geschmackvoll eingerichteten Wohnzimmer an. »Ich bin gespannt zu hören, was Sie sich von meiner Aussage erhoffen.«

Thea setzte sich auf das Sofa und war darauf bedacht, keines der zahlreichen Zierkissen zu zerdrücken.

»Frau Wiesner, wie lange arbeiten Sie schon für Herrn Hauser?«, fragte sie und schaltete das Diktiergerät ein.

»Von Anfang an, also seit mehr als dreißig Jahren. Als er sein Büro bezog und eine Sekretärin brauchte, wurde ich eingestellt.«

»Dann nehme ich an, Sie haben ihn gut gekannt?«

»So gut eine Sekretärin ihren Chef nur kennen kann. Ich habe lange Jahre in seinem Vorzimmer gesessen, und jeder, der zu ihm wollte, musste an mir vorbei.«

»Darauf wollte ich hinaus. Gab es denn außer Geschäftspartnern auch Privatpersonen, die zu ihm kamen?«

»Ich ahne, was Sie meinen.« Frau Wiesner brachte ein schmales Lächeln zustande. »Seine Mädchen, nicht wahr? Man soll über Tote nichts Schlechtes sagen, aber wenn ich etwas mit Gewissheit von Herrn Hauser behaupten kann, dann so viel, dass er, was das schöne Geschlecht betrifft, wahrlich kein Kostverächter war.«

»Wie haben Sie das denn mitbekommen?«

»Nun, sie riefen in der Firma an, und ich nahm die meisten Gespräche entgegen. Da macht man sich schon seine Gedanken.« Sie sah Thea neugierig an. »Glauben Sie denn, dass das etwas mit seinem Tod zu tun haben könnte?«

»Das können wir noch nicht sagen, wir ermitteln in alle Richtungen und müssen allen Hinweisen nachgehen.«

»Ja, natürlich.« Frau Wiesner faltete die Hände über den Knien. »Wissen Sie, ob er Feinde hatte?«

»Zahllose gehörnte Ehemänner wahrscheinlich. Ansonsten, nicht dass ich wüsste.«

Thea wagte noch einen Vorstoß. »Haben Sie mitbekommen, dass es wegen seiner Affären Streit mit Frau Hauser gab?«

»Wenn, dann trugen sie das nicht in der Firma aus. Frau Hauser hat zu viel Klasse, als dass sie Eheprobleme vor der Belegschaft diskutieren würde. Dabei gab es Anlässe genug.« Frau Wiesner entfernte eine imaginäre Fussel von ihrem Rock. »Ehrlich gesagt, wenn ich seine Frau gewesen wäre, hätte ich ihm ganz sicher irgendwann den Kopf abgerissen.« Sie biss sich auf die Lippen, als hätte sie schon zu viel gesagt.

»Frau Wiesner, haben Sie auch Freunde von Herrn Hauser kennen gelernt? Ich meine hier ganz konkret einen Doktor Lichtenberg.« Thea wollte Lichtenberg als Verdächtigen einfach noch nicht aufgeben.

»Ach, dieser Arzt? Ja, der war ab und zu mal da. Ein unangenehmer Zeitgenosse.«

»Inwiefern?«

»Mir gegenüber benahm er sich recht herablassend. Er grüßte nicht mal, sondern spazierte an mir vorbei, als sei ich gar nicht da. Meistens holte er Herrn Hauser ab, und sie gingen zusammen zum Mittagessen. Ich hatte den Eindruck, er hat sich im Laufe der Jahre vernachlässigt; manchmal roch er sogar mitten am Tag nach Alkohol. Als junger Mann war er noch gepflegter.«

»Die beiden kennen sich also bereits sehr lange? Wissen Sie, seit wann?«

Frau Wiesner schien nachzudenken. »Eigentlich war dieser Lichtenberg schon immer präsent«, sagte sie schließlich. »Das erste Mal sah ich ihn anlässlich eines ziemlich skandalösen Vorfalls, der sich in der Firma abspielte.«

»Was war das denn für ein Vorfall?«

Frau Wiesner strich eine Falte in der Tischdecke glatt. Die Loyalität gegenüber ihrem Chef schien mit ihrem Mitteilungsbedürfnis im Widerstreit zu liegen.

»Ihr Chef ist tot, Frau Wiesner«, erinnerte Thea sie. »Und um seinen Mörder zu finden, sollten wir wirklich über alles Bescheid wissen, was Herrn Hauser und sein Umfeld betrifft. Was immer Sie über ihn erzählen, er kann Sie dafür nicht mehr zur Verantwortung ziehen.«

»Also gut, es war in meiner Anfangszeit, da kam eine junge Frau in die Firma. Sie machte den Eindruck einer verschmähten Geliebten und legte eine Eifersuchtsszene hin, die sich gewaschen hatte. Es ist wirklich schwer, sich in solchen Situationen ganz diskret zu verhalten und sich in die Arbeit zu vertiefen. Es war unvermeidlich, dass ich einiges mitbekam.«

»Natürlich«, sagte Thea. »Woran erinnern Sie sich denn?«

»Ich weiß noch, dass ich die Frau nicht zum Chef hinein lassen wollte. Er war in einer Besprechung und wollte nicht gestört werden. Der jungen Dame war das vollkommen egal, und sie fing an zu toben. Der Chef hörte den Tumult und kam raus. Ich muss schon sagen, er war wirklich gemein zu ihr. Er hat sie eiskalt abfahren lassen.«

»Und wie reagierte sie?«

»Sie hat die Nerven verloren und etwas nach ihm geworfen. Zum Glück traf sie nicht. Aber es hätte dumm ausgehen können. Sie ist völlig zusammengebrochen und war nicht mehr ansprechbar. Herr Hauser hat dann einen Arzt gerufen, der sich um sie kümmern sollte. Dieser Arzt war Lichtenberg.«

»Können Sie die Frau beschreiben? Und womit hat sie nach Herrn Hauser geworfen?«

»Nach so langer Zeit weiß ich wirklich nicht mehr, wie das Mädchen ausgesehen hat. Aber an den Gegenstand, mit dem sie warf, kann ich mich noch gut erinnern. Es war ein Briefbeschwerer, eine große Glaskugel mit buntem Muster drin. Es hat ganz schön gekracht, als sie auf den Boden fiel. Leider ist sie bei der Attacke kaputt gegangen und hat einen ziemlich hässlichen Riss abbekommen. Wahrscheinlich hat Herr Hauser sie inzwischen weggeworfen.«

Nein, das hat er nicht, dachte Thea, als sie wieder auf der Calwer Straße stand. Aber er hätte besser daran getan. Vielleicht würde er dann noch leben.

***

Auf dem Weg zu ihrem Zimmer kam Thea an Küblers Büro vorbei. Die Tür stand offen und das Telefon klingelte. Von Kübler keine Spur. Thea ging rein und nahm den Hörer ab.

»Engel, Apparat Kübler.«

»Bin ich da richtig bei der Kripo?«

»Ja, hier ist das Dezernat für Tötungsdelikte.«

»Mein Name ist Sautter, Hotel Steigenberger ›Graf Zeppelin‹. Ich rufe wegen einer Faxanfrage Ihres Kollegen Kübler an. Er erkundigte sich nach einer Telefonnummer, besser gesagt, nach dem Gast, der am Freitag unter dieser Nummer angerufen wurde. Ich habe das inzwischen überprüft und kann Ihnen Auskunft geben.«

»Einen Moment bitte.« Thea suchte in dem heillosen Durcheinander auf Küblers Schreibtisch nach Notizzettel und Stift. Dabei warf sie einen Bilderrahmen um von der Sorte, wie sie auf allen Büroschreibtischen dieser Welt zu finden sind. Mit dem Unterschied, dass die meisten dieser Fotos Frau oder Kinder des Betreffenden zeigen, von Küblers Bild hingegen strahlte einen das Porträt eines Pferdes an. Thea stellte Rosinantes Konterfei kopfschüttelnd an seinen Platz zurück, fand endlich etwas zum Schreiben und setzte sich. »Ist denn der Gast noch im Hotel?«, fragte sie.

»Er ist noch nicht abgereist, wenn Sie das meinen. Aber im Moment ist er nicht auf seinem Zimmer. Er ist heute Vormittag weggegangen und noch nicht zurück.«

»Gut. Ich werde die Nachricht an Herrn Kühler weiterleiten. Wenn Sie so freundlich wären, mir den Namen des Gastes zu nennen.« Sie wartete mit gezücktem Bleistift und fuhr zusammen, als ihr Gesprächspartner in den Hörer nieste und sich geräuschvoll die Nase putzte.

»Gesundheit!«

»Danke. Dieser blöde Heuschnupfen! Ach ja, der Name des Mannes. Er heißt Enrico Maschio.«

Als Thea zum Abendrapport in den Besprechungsraum kam, hatten die anderen bereits Teller und Besteck auf dem langen Tisch verteilt. Lediglich Koch und Kümmerle fehlten noch, und mit ihnen auch das Essen.

»Ratet mal, wer seit Donnerstagabend im ›Graf Zeppelin‹ wohnt!«, rief sie atemlos.

»Wir werden kaum Zeit zum Raten haben, du explodierst ja fast«, lachte Joost.

»Frau Hausers Lover«, platzte Thea heraus.

»Wie kommt der denn jetzt hierher?« Verena sah sie fragend an. »Ich denke, der stand gar nicht auf der Passagierliste?«

»Es gibt noch mehr Flugzeuge«, sagte Messmer. »Man kann auch mit dem Auto fahren oder unter falschem Namen fliegen.«

»Wenn er das getan hat, könnte er an Hausers Mord beteiligt gewesen sein«, überlegte Thea. »Während sich Helene am Flughafen ein Alibi verschaffte und auf ihren Koffer wartete, hat er vielleicht den Rivalen um die Ecke gebracht.«

»Was tut man nicht alles für Geld.« Ströbele riss kopfschüttelnd Küchenkrepp von einer Rolle und verteilte den Serviettenersatz auf dem Tisch.

»Dann müsste er aber Handschuhe angehabt haben«, sagte Verena Sander. »Und woher sollte dann die weibliche Spur an der Glaskugel kommen?«

»Man weiß doch nicht, wie gründlich die Putzfrau das Ding poliert hat«, sagte Ströbele. »Vielleicht hingen die Hautschuppen schon seit einer Ewigkeit in diesem Riss.«

»Mich würde eher interessieren, wieso er den Briefbeschwerer genommen haben soll«, sagte Messmer. »Hier müssten wir ja von einem vorsätzlichen Mord ausgehen, und dafür bringt ein normaler Mensch doch eine eigene Waffe mit.«

»Welcher Mörder ist schon normal?«, brummte Ströbele.

»Nein, es muss eine Affekttat gewesen sein. Aber auf jeden Fall müssen wir Maschio befragen«, sagte Joost. »Wer von euch übernimmt das?«

Kübler hob die Hand. »I han scho immer amoal ins Steigenberger g'wollt.«

»Ich würde mitkommen«, bot Messmer sich an. »Als Dolmetscher.«

»Oh, kannst du italienisch?«, wunderte sich Thea.

»Nee, aber deutsch. Als Tessiner wird der Mann ja hoffentlich unsere Sprache können. Im Gegensatz zu –«

»Es reicht, Micha«, bremste Joost die allgemeine Fröhlichkeit. »Ihr könnt euch von mir aus gemeinsam um den Herrn kümmern. Was gibt es noch Neues?«

»Ich habe etwas, das vor allem Thea interessieren dürfte«, meldete sich Ströbele.

»In Sachen Frau Lenz?« Thea blickte ihn erwartungsvoll an.

Ströbele nickte. »Im Hausmüll der alten Dame habe ich diesen Brief gefunden.« Er legte einen Bogen mit dem Briefkopf von ›Möbel-Mammut‹ auf den Tisch. »Der Text lautet: ›*Unsere Rechnung Nr. sowieso, Betrag 2959,00 Euro inklusive Mehrwertsteuer, Bestelldatum 22 Juli 2003, für Artikel: Balkonmöbelgarnitur und verschiedene Gartengeräte, ist noch offen. Wir schicken in den nächsten Tagen einen unserer Mitarbeiter bei Ihnen vorbei, der das Geld in bar abholen wird.*‹ Das Firmenbriefpapier ist ganz offensichtlich gefälscht und wurde mit einem Farbkopierer selbst gebastelt. Ich habe den Wisch an Möbel-Mammut gefaxt. Er war kaum raus, da rief schon der Geschäftsführer hier an. Er war völlig fassungslos und will Anzeige gegen Unbekannt erstatten.«

»Diese Pappnasen vom Revier haben doch den Müll durchgesehen –« Thea brach ab. Offenbar hatten ihr Verflossener und sein Kumpel nur nach der Tasche und dem Schlüssel gesucht.

»Du kannst von den Revierkollegen nicht erwarten, dass sie sich auch noch zerknüllte Geschäftsbriefe durchlesen«, sagte Ströbele. »Für so was ist die richtige Polizei da.«

Thea musste lächeln. Die gespielte Arroganz der Kripo-Beamten gegenüber den Kollegen vom Revier war ein Running Gag, den sie in ihren Jahren als Streifenpolizistin gar nicht witzig gefunden hatte.

»Diese Trickbetrüger werden immer dreister«, sagte sie kopfschüttelnd. »Kaum zu glauben, dass es tatsächlich Leute gibt, die auf so was hereinfallen. – Und wie geht es jetzt weiter?«

»Für uns ist der Fall abgehakt. Die Frau ist eines natürlichen Todes gestorben. Jetzt ist das Raub- und Betrugsdezernat zuständig.«

»Und der Bestellzettel von Dr. Lichtenberg?«

»Zufall, wenn du mich fragst. Du kannst ihm nicht vorwerfen, dass die Frau, die einem Betrüger aufgesessen ist, seine Patientin war.«

»Des isch eh ghopft wia gsprunga«, sagte Kühler hinter seinem Ordnerstapel. »Jetz isch d'Katz scho da Boom nuff.«

»Noch mal auf Deutsch, bitte«, stöhnte Thea, die kein Wort verstanden hatte.

»Lichtenberg ist seit dem frühen Nachmittag auf freiem Fuß«, übersetzte Ströbele. »Wenn wir ihn zu der Sache befragen wollen, müssen wir ihn noch mal herholen. Und das können genauso gut die Kollegen vom Raubdezernat machen. Die haben jetzt den Fall.«

»Außerdem sollten wir uns jetzt auf die Damen konzentrieren.« Joost drückte auf seinem Kugelschreiber herum, ohne es wahrzunehmen. »Wenn wir doch nur die Linder hätten!«

»Warum sollte Antonia Linder den Mann umbringen, den sie so sehr geliebt hat und immer haben wollte?«, gab Thea zu bedenken.

»Liebe und Hass liegen sehr nah beieinander, Thea-Schatz. Das siehst du doch an uns beiden«, grinste Messmer.

»Aber wieso hat sie das Auto dagelassen, wenn sie sich aus dem Staub machen wollte?«, fragte Thea, ohne auf seine Anspielung einzugehen. »Ist doch unlogisch.«

»Weil man nach Fahrzeugen viel besser fahnden kann als nach allein reisenden Frauen. Die Linder ist nicht dumm. Sie scheint alles bedacht zu haben.«

»Also gut. Wir warten noch ab, ob sie zu Hause ist. Wenn nicht, geben wir eine Fahndung raus«, entschied Joost.

»Eine weibliche DNA schließt auch Helene Hauser ein«, sagte Verena Sander. »Und wenn Frau Baric die Tatwaffe am Dienstag vor dem Mord noch geputzt hat, dürfte Frau Hausers DNA nicht vorher drangekommen sein, denn da war sie im Tessin.«

»Theoretisch könnte es sogar die Putzfrau getan haben. Die war immerhin als Erste am Tatort.«

»Wenn dr mi frogat, war's d' Antonia!« Kübler schlug mit der flachen Hand auf den Tisch. »Für mi hot se's stärkschde Motiv. Da verwedd i mei Rosinante, wenn's sei muss.«

Keiner hatte bemerkt, dass die Tür aufgegangen und Kümmerle mit einem Stoß Pizzakartons auf dem Arm ins Zimmer gekommen war. Alle fuhren zusammen, als er sagte: »Dann sattel schon mal ab, Kurt. Dein stärkstes Motiv liegt mit einer Kugel im Bauch in ihrer Wohnung!«

***

Das provisorisch befestigte Blaulicht saß etwas schief und wirkte wie ein keckes Hütchen auf dem Dach des Mercedes, als die Beamten mit Signal die Neue Weinsteige hinaufrasten. Am Beifahrerfenster flogen die Lichter der Stuttgarter Innenstadt vorbei, die im Talkessel zurückblieb. Kümmerle stand auf dem Gaspedal, als wolle er die Rallye Monte Carlo gewinnen, während Thea neben ihm hin und her geschleudert wurde. Messmer saß auf dem Rücksitz, einen Pizzakarton auf dem Schoß. »Bin ich froh, dass ich mich heute nicht für Spiegelei entschieden habe, damit hätte ich mich jetzt hoffnungslos bekleckert«, murmelte er kauend.

Vor dem Haus im Eibenweg stand bereits das Auto der Spurensicherung. Auch der dunkelblaue BMW von Professor Krach war da, ebenso der Wagen des Staatsanwalts. Koch hatte keine Zeit verloren. Der Tatort war ordnungsgemäß abgesperrt.

In der Haustür stand Jens Triberg, trotz der späten Stunde mit Anzug und Krawatte, und empfing die Beamten mit strenger Miene, als würde er sie persönlich für das Ableben Antonia Linders verantwortlich machen. »Jetzt wissen wir wenigstens, warum sie nicht aufgemacht hat«, meinte er trocken.

Messmer sparte sich einen Kommentar und deutete zu zwei

Männern hinüber, die sich an den Gartenzaun drängten. »Was sind das denn für Gestalten?«

»Bildzeitung«, brummte Triberg. »Einer der Gesellen wohnt in der Nachbarschaft und hat gleich noch den Fotografen dazugerufen. Tatsache ist, dass sie Professor Krach gesehen haben, und den Rest der Geschichte werden sie sich einfach aus den Fingern saugen.«

»Vielleicht haben wir ja Glück und erfahren morgen aus der Presse, wer der Mörder ist«, sagte Messmer und drängte sich an Triberg vorbei in die Wohnung.

»Guten Abend, Professor.« Messmer reichte Krach die Hand. »Wie kommt es, dass Sie schneller da sind als wir? Beherrschen Sie die Kunst der Teleportation?«

»Noch nicht, aber ich arbeite dran.« Krach richtete sich auf. »War bereits in Stuttgart, zu Besuch bei Freunden in Sillenbuch. Das Essen wurde gerade aufgetragen, als das verdammte Handy klingelte.« Er zuckte resigniert mit den Schultern. »Es gab Wildschwein in Rotweinsoße. Nicht einen Bissen konnte ich kosten. Das nehme ich euch wirklich übel.«

»Ich hab auch nicht gerade stilvoll diniert, musste meine Pizza im Auto essen«, gab Messmer zurück. »So ist eben unser Job.« Er nahm den weißen Overall aus einer Plastikfolie und zog ihn über.

»Könnte ich bitte auch reinkommen?« Thea zwängte sich an Messmer vorbei. Die Herren schienen ja gut ohne sie zurechtzukommen. Sie fühlte sich wie als Jugendliche in ihrer Handballmannschaft, wenn sie auf der Ersatzbank darauf wartete, eingewechselt zu werden. Den weißen Schutzanzug hatte sie bereits im Flur übergestreift und dabei den beiden irritiert zugehört. Wie konnten sie angesichts dieses blutigen Leichnams, der seltsam verdreht vor der Anrichte lag, so seelenruhig vom Essen reden? Sie ging um Moll herum, der die Tote fotografierte, und kniete sich neben Geiger. »Wissen Sie schon etwas Genaueres?«

»Sie ist bereits eine Weile tot. Hat nur noch vierunddreißig Grad bei einer Umgebungstemperatur von dreiundzwanzig Grad. Ich würde sagen, es ist irgendwann heut Nachmittag passiert.«

Thea stand auf. »Also war sie vielleicht schon tot, als du das letzte Mal hier warst.«

»Wahrscheinlich.« Messmer nickte.

Thea schaute auf die Blutlache hinunter, die sich auf dem hellen, mit Hirschen und anderen Waldtieren gemusterten Teppich abzeichnete. Wildschwein in Rotweinsoße, dachte sie.

Geiger folgte ihrem Blick. »Sie wurde mit einer Tokarew, Kaliber 7,62 erschossen. Sieht nach einem Suizid aus. Ihr Zeigefinger steckt noch im Abzug.«

»Eine alte Russenknarre. Irre, dass sie für das Ding auch noch Munition hatte.«

Krach kniete neben dem Leichnam und schnitt die blutgetränkte schwarze Seidenbluse auf. »Seltsamer Einschusswinkel, zudem relativ weit links für einen Suizid. Wenn man davon ausgeht, dass sie mit rechts geschossen hat, muss sie ziemlich weit herum gegriffen haben. Außerdem hält sich ein Selbstmörder die Waffe normalerweise an die Schläfe oder in den Mund und nur selten auf die Brust. Jedenfalls setzt er die Waffe direkt am

Körper auf. Das hier ist aber kein aufgesetzter Einschuss, auch wenn er aus nächster Nähe kam. Geiger, das ist doch was für Sie.«

Geiger betrachtete die Stelle eingehend. »Sie haben Recht, die Pulverpartikel in der Bluse sind deutlich erkennbar. Und es sieht so aus, als ob der Schusskanal schräg von links unten nach rechts oben verläuft.«

»Dann war es möglicherweise kein Selbstmord?« Thea ging um die Leiche herum, um besser sehen zu können.

»Aber was soll das für ein Täter sein, der so schräg von unten schießt?«, mischte sich Kümmerle ein. »Ein Gartenzwerg vielleicht?«

»Oder ein Rollstuhlfahrer«, sagte Thea leise.

»Dieser Gedanke ist mir eben auch gekommen.« Messmer kratzte sich nachdenklich am Kinn.

»Wie soll denn das gegangen sein?« Kümmerle lehnte im Türrahmen und rauchte, als wäre er auf einer Stehparty.

»Was weiß ich. Sie muss den Täter gekannt und hereingelassen haben. Es gibt keine Einbruchspuren. Außerdem wissen wir noch gar nicht genau, ob Merkle tatsächlich so gehbehindert ist, dass er den Rollstuhl nicht verlassen kann. Vielleicht hat sie ihn ja auch samt Rollstuhl hereingeholt«, überlegte Messmer. »Es sind nur ein paar Stufen vom Garten bis zur Wohnung.«

»Die Frage ist, ob Merkte Auto fahren kann. Wenn ja, müssen wir ihn auch als Tatverdächtigen betrachten«, sagte Thea. »Zumindest für diesen Mord.«

»Wir müssen auf jeden Fall mit seinem Arzt reden. Der wird am besten über die Behinderung seines Patienten Bescheid wissen.« Messmer wandte sich an Kümmerle. »Könntest du das übernehmen?«

»Ich brauche eh einen Termin wegen meiner Bandscheiben. Trifft sich gut, dass ich mir den während der Arbeitszeit holen kann. Sonst komme ich nie dazu.«

»Der Täter könnte auch gekniet haben«, sagte Krach.

»Und die Waffe danach dem Opfer in die Hand gelegt haben«, spann Messmer den Faden weiter.

»Damit es wie ein Selbstmord aussieht«, ergänzte Thea.

»Wir werden die Waffe nach Spuren untersuchen.« Geiger packte die Pistole in eine Plastiktüte und legte sie in seinen Koffer. »Sobald die Ergebnisse vorliegen, melden wir uns. Aber werdet nicht ungeduldig; wir tun, was wir können.«

Messmer erhob sich und massierte seine Nasenwurzel. »Der Modus operandi ist hier völlig anders als bei Wolf Hauser, aber mein Instinkt sagt mir, dass wir es mit demselben Täter zu tun haben. Schließlich standen beide Opfer in enger Beziehung zueinander.«

»Wo wird wohl der Maschio heute Nachmittag gewesen sein?«, überlegte Kümmerle.

»Jedenfalls nicht im Hotel«, sagte Thea. »Allerdings fällt mir kein Motiv für ihn ein, Antonia Linder umzubringen.«

»Kommt vielleicht noch.« Messmer gähnte.

»Sehen wir erst mal, ob man einen Suizid ausschließen kann«, schlug Professor Krach vor und fügte seinen Lieblingssatz hinzu: »Genau kann ich das erst nach der Obduktion sagen.«

Thea stand schweigend neben der Leiche und sah in die leeren Augen, die sie noch vor wenigen Tagen so hasserfüllt angefunkelt hatten. Dann wandte sie den Blick ab und drehte sich zu Kümmerle um, der eine Schublade der Anrichte untersuchte.

»Ja, da schau her«, rief er triumphierend und hielt eine kleine Schachtel hoch. »7,62er Patronen. Passend zur Schusswaffe.«

»Dann können wir davon ausgehen, dass die Pistole Antonia Linder gehörte«, sagte Messmer.

»Ich frage mich, warum sie eine Waffe besaß«, sagte Thea mehr zu sich selbst. Die Situation schien ihr so unwirklich, geradezu grotesk, dass sie glaubte, das alles schon mal in einem Film gesehen zu haben.

»Vielleicht ein Erbstück«, sagte Messmer. »Die Eltern sind Anfang der Siebziger bei einem Flugzeugabsturz ums Leben gekommen. Das hat mir eine Nachbarin erzählt. Sie hatte außer der Schwester in Italien offenbar keine näheren Verwandten.« Er streifte die Plastikhandschuhe über und reichte Thea auch ein Paar. »Fangen wir mit dem Abkleben an.«

Thea stopfte ihr Haar unter die Kapuze und ließ sich von Geiger eine Rolle Klebeband geben.

Sie arbeiteten konzentriert, und eine Weile sagte niemand ein Wort.

»Ich hab gehört, ihr hattet einen Tatverdächtigen im Gewahrsam?«, brach Professor Krach das Schweigen.

»Ja, er war sogar für einen Kurzurlaub in U-Haft. Aber wir mussten ihn wieder laufen lassen. Er hat allerdings eine Verbindung zu Hauser eingeräumt. Der hatte ihm bei Spielschulden unter die Arme gegriffen«, antwortete Messmer.

»Immer wieder der schnöde Mammon. Man sieht bei der täglichen Arbeit, wo das hinführt. Nein, früher im Osten hätte es das nicht gegeben. Da gab es keinen so drastischen Unterschied zwischen Arm und Reich.«

Thea lächelte. Inzwischen unterschied sich Krach erheblich vorn Großteil der Menschen in den neuen Ländern. Der dicke BMW, der draußen parkte, hätte bei der Zunft der Trabifahrer sicher Wellen des Neides ausgelöst, dennoch wurde er nie müde, die Vorzüge des Sozialismus zu preisen. Doch der Professor war ihr sympathisch. Sie mochte Menschen, die noch Ideale hatten, so unrealistisch sie auch waren.

Die Wanduhr schlug eins, und Thea fuhr aus ihren Gedanken hoch.

»Für heut hab ich genug geschafft«, stöhnte Geiger, reckte sich und verstaute die Proben in der Tasche. »Lasst euch mit der nächsten Leiche ein bisschen mehr Zeit. Sonst komm ich gar nicht nach.«

»Gib uns Bescheid, wenn wir die nächste finden dürfen«, grinste Messmer. »Bis dahin rücken wir einfach nicht mehr aus.«

»Gute Idee.« Ulrich Moll packte seine Fotoausrüstung ein und klappte den Koffer zu.

Thea rieb sich die Augen. Sie begann vor Übermüdung schon doppelt zu sehen.

»Ich glaube, ich gehe auch nach Hause.« Kümmerle gähnte herzhaft. »Meine Frau hat sicher schon überall Fotos von mir aufgestellt, damit sie nicht vergisst, wie ich aussehe.«

»Wunschgedanken, was?«, frotzelte Messmer und sah Thea Beifall heischend an.

»Wieso? Er sieht doch gut aus.«

»Das hat seit Jahren keine Frau mehr zu mir gesagt.« Kümmerle strich sich schwungvoll die Haartolle aus der Stirn, die sofort wieder zurückfiel, und schob seine Brille zurecht.

»Das wird seine Gründe haben. Trotzdem, gute Nacht.« Messmer winkte ihm zu. »Wir bleiben hier und warten den Leichentransport ab. Die müssten gleich kommen.«

Krach packte ebenfalls zusammen. »Nur gut, dass ich heute in Sillenbuch übernachte. Vielleicht ist noch etwas vom Wildschwein übrig geblieben.«

Messmer zog den Papieranzug aus und knüllte ihn zusammen. »Wir lassen sie ins Robert-Bosch-Krankenhaus bringen. Können Sie morgen früh obduzieren?«

»Bleibt mir wohl nichts Walter Ulbricht«, versuchte Krach zu scherzen. »Aber lasst mich erst mal ausschlafen. Sagen wir, so gegen zehn?« Er wartete Messmers Nicken ab, und schon war er hinter Kümmerle zur Tür hinaus.

»Wir gehen dann auch«, verabschiedeten sich Geiger und Moll und schleppten ihre Koffer zum Auto.

Was habe ich nur für einen makabren Job, dachte Thea, als sie mit Messmer auf das Eintreffen des Bestattungsinstitutes wartete. Sie saßen nebeneinander auf der Couch. Thea döste vor sich hin, während Messmer einen Schwarzweiß-Krimi von Edgar Wallace im Fernsehen anschaute. Der Apparat war so leise gestellt, dass Thea kaum die Dialoge verstand. Sie dachte an Antonia Linder, die sie noch vor drei Tagen kühl und abweisend behandelt und abgestritten hatte, mit Wolf Hauser ein Verhältnis gehabt zu haben. Thea fragte sich, warum sie es um keinen Preis hatte zugeben wollen. Es musste einen plausiblen Grund dafür gegeben haben, doch den würden sie nun nie mehr erfahren.

»Sie muss ihn sehr geliebt haben«, sagte sie plötzlich laut.

»Wer? Wen?« Messmer zuckte zusammen. »Wer liebt wen?«

»Ich meine, Antonia Linder muss Wolf Hauser geliebt haben.«

»Sicher. Aber sie hat ihn auch gehasst.«

»Wieso?«

»Das tut ihr Frauen doch immer. Ihr liebt und hasst gleichzeitig. Weiß ich aus eigener Erfahrung.«

»Das ist mir zu pauschal«, sagte Thea.

»Glaub's mir. Wir Männer sind da ganz anders.«

»Ah ja?« Thea sah ihn interessiert an.

»Weil wir nämlich viel zu sehr darauf getrimmt sind, euch alles recht zu machen.«

»Ach, ihr auch? Ist mir noch gar nicht aufgefallen.«

»Doch, so ist es. Aber irgendwann wachen wir auf, und – puff – die Seifenblase platzt, der Hormonspiegel fällt wieder auf Normallevel. Und dann kommt der Alltag. Der Job, die Kinder, die Schwiegereltern. Na ja, das halten viele eben nicht durch.«

»Verstehe.« Thea schloss die Augen und rutschte ein klein wenig nach unten.

»Da bin ich aber froh. Bist du etwa müde?«

»Nö, ich tu nur so.« Thea unterdrückte ein Gähnen. Es könnte fast romantisch sein, dachte sie. Wenn nur diese Leiche da auf dem Teppich nicht wäre. Allmählich fing sie an zu riechen. In diesem Moment piepste Messmers Handy, und Thea fuhr hoch.

»Wo bleibt ihr denn? Ihr wurdet schon vor Stunden benachrichtigt, oder? Was? Auch das noch. Ja, ja, da kann man nichts machen. Verstehe. Ich … na klar warten wir, aber beeilt euch, wir wollen auch Feierabend machen.« Er drückte auf den Knopf und steckte das Telefon in seine Brusttasche. »Mist!«

»Was ist?« Thea konnte ihre Augen kaum noch offen halten.

»Das war Hermann vom Bestattungsdienst. Die sind nur ein paar Straßen von hier entfernt.«

»Lass mich raten. Sie haben eine Reifenpanne.«

»Ja, an der Endhaltestelle der Zahnradbahn.«

»Toll. Und wann kommen sie?« Thea sehnte sich nach ihrem Bett.

»In zwanzig Minuten. Sie wechseln gerade das Rad aus.«

»So lange halte ich noch durch.« Sie setzte sich gerade hin und sah auf das Pendel der Wanduhr, die zehn Minuten nach zwei anzeigte. Eine angenehme Schwere breitete sich in ihrem Körper aus und unwillkürlich rutschte sie wieder ein Stückchen nach unten. Sie merkte nicht, wie ihre Augen zufielen und sie an Messmers Schulter gelehnt in einen kurzen, unruhigen Schlaf fiel. Sie schreckte erst hoch, als die zwei Männer vom Bestattungsdienst laut polternd die Bahre über die Türschwelle schoben. Sie sahen müde aus und hatten ölverschmierte Finger.

Thea konnte sich nicht gleich orientieren, starrte die beiden an, als wären ihr Geister erschienen, und nahm sich vor, in ihrem nächsten Leben Verkäuferin zu werden.

Es war halb vier Uhr morgens, als Messmer sie nach Hause brachte. Während der Fahrt hing jeder seinen Gedanken nach. Thea beobachtete, wie sich der Horizont allmählich von Schwarz nach Grau und dann ins Violette verfärbte.

»Es wird bald hell«, sagte sie und gähnte. »Jetzt haben wir beinahe zwanzig Stunden gearbeitet. Ich werde noch zum Zombie in diesem Job!«

»Du musst nachher nicht zur Obduktion kommen, wenn du nicht magst. Schlaf dich lieber richtig aus.«

Thea schaute Messmer aus dem Augenwinkel an. Manchmal konnte er ja ein richtig netter Mensch sein.

Wenige Minuten später lenkte er den Dienstwagen auf einen Parkplatz in der Nähe von Theas Wohnung.

»Du brauchst mich nicht bis zur Tür zu bringen«, sagte Thea schnell, als sie merkte, dass Messmer auch ausstieg. Eigentlich wollte sie jetzt lieber allein sein.

»Ich möchte doch nicht riskieren, dass du auf den letzten Metern noch überfallen wirst. Eine Leiche für heute Nacht ist genug.«

Es wurde jetzt recht schnell hell. Sie gingen schweigend nebeneinander durch die Grünanlage vor Theas Haus. Das Gras war feucht vom Morgentau.

Nacktschnecken waren unterwegs. Thea achtete darauf, keine von ihnen zu zertreten. Seit ihrer Kindheit fühlte sie eine seltsame Verbundenheit mit diesen Tieren. Kein Haus, kein Heim, keine Rückzugsmöglichkeit – genau wie sie. Im Kinderheim hatte sie sogar mal einen gleichaltrigen Jungen verprügelt, der Nacktschnecken in einem Erdloch sammelte und einen großen Stein darauf warf.

»Bist du Tierschützerin, oder magst du das Zeug einfach nicht unter den Schuhen kleben haben?« Messmer schaute ihr belustigt zu, wie sie mit ausladenden Schritten die Schnecken umging.

»Nichts von beiden. Sie tun mir einfach Leid. Sie sind so schutzlos«, antwortete Thea.

»So wie du?«, lächelte Messmer und blieb vor Theas Haustür stehen.

Sie sahen sich einen Augenblick lang an.

»Ganz schön frisch heute Morgen. Ich würde dich noch raufbringen, wenn du mir ’nen Tee machst«, sagte er mit einem Blick, der einen Gletscher zum Schmelzen gebracht hätte.

»Vielleicht ein andermal, ich bin zu müde«, sagte Thea schnell. »Ich mag jetzt nur noch schlafen.«

»Wie du willst.« Messmer zuckte mit den Schultern und ging zurück in Richtung Auto. Nach ein paar Metern blickte er noch einmal zurück. »Wusstest du eigentlich, dass auch Nacktschnecken sich paaren?«

»Was du nicht sagst«, rief Thea, während sie die Tür aufschloss und auf den Lichtschalter schlug, der wie gewöhnlich klemmte. Vom grellen Treppenhauslicht geblendet murmelte sie:

»Ganz schön blöd. Und wenn es schief geht, haben sie nicht mal ein Haus, in dem sie sich verkriechen können.«

Sechs

Thea hatte Messmers Rat, am Dienstagmorgen auszuschlafen, dankend angenommen. Als sie gegen zehn Uhr den Soko-Raum betrat, kam er ihr mit Fahrtenbuch und Autoschlüssel in der Hand entgegen.

»Gut, dass du kommst. Ich hatte eben einen Anruf auf dem Hinweisapparat. Eine Nachbarin hat gestern vor dem Haus der Linder eine Beobachtung gemacht. Was wären wir nur ohne die liebe Nachbarschaft.«

»Darum ist unsere Aufklärungsrate ja auch so hoch«, witzelte Koch. »Die schwäbischen Nachbarn sind halt die aufmerksamsten der Welt. Denen entgeht einfach nichts.«

Die Frau, die ihnen die Tür öffnete, legte ihre Kittelschürze vermutlich nicht mal nachts ab. Sie war um die sechzig Jahre alt, gut genährt und von gesunder Hautfarbe. Kein Wunder, wenn sie den ganzen Tag am offenen Fenster verbringt, dachte Thea. Ihre bläulich schimmernde Haarpracht türmte sich dauergewellt auf ihrem runden Kopf, der von einem stattlichen Doppelkinn gestützt wurde. Zwei kleine Augen, die die Farbe von abgestandenem Abwaschwasser hatten, sahen die beiden Beamten prüfend an.

»Grüß Gott, Frau Laible. Wir haben vorhin telefoniert. Dürfen wir reinkommen?«

»Kennet Se sich ausweise?«, fragte Frau Laible skeptisch.

Betont lässig zog Messmer den Dienstausweis aus der Gesäßtasche und hielt ihn der Frau vor die Nase.

Frau Laible griff danach und betrachtete ihn argwöhnisch. »Wisset Se, mr koa ja heute niemandem mehr traue.« Sie trat einen Schritt zurück und ließ Thea und Messmer in ihre nach Bohnerwachs und frisch gebrühtem Kaffee riechende Wohnung. »Se habet schließlich koi Uniform an. Und nach dem, was dr armen Frau Linder passiert ist.« Sie griff sich ans Herz und schüttelte den Kopf, dass ihre kunstvolle Frisur bedenklich ins Schwanken geriet. »Dass die jemand hot umbringe welle. Se isch doch ombracht worda, oder? So a nette Frau aber auch. Hot mir immer Weckle mitbrocht, weil i nemm'r so gut laufe ka nach meinera Hüftoperation. Nehmet Se doch Platz!« Mit einer ausladenden Geste deutete sie auf die Sitzgarnitur und ließ sich in den tiefen Fernsehsessel mit Blumenmuster fallen.

»Sie erlauben doch?« Messmer scheuchte eine dicke, grau melierte Katze aus einem Fauteuil, die fauchend das Weite suchte, und setzte sich. »Sie wissen also bereits, dass Frau Linder tot ist?«

»Freilich, in dr Bildzeitung hat's ja groß und brait gestanda.«

»Ach ja.« Thea erinnerte sich an die Presseleute gestern Abend vor Antonia Linders Haus.

Während Messmer die Personalien aufnahm, schaute sich Thea im Wohnzimmer um. Alles war sehr sauber und ordentlich aufgeräumt. Auf dem Wohnzimmertisch lag unübersehbar die aktuelle Ausgabe der Bildzeitung. Die Schlagzeile sprang sofort ins Auge: »Tod im beschaulichen Degerloch: Suizid oder Mord?« Sie widerstand der Versuchung, die Zeitung aufzuschlagen und den Artikel zu lesen. Die Pressestelle des Präsidiums hatte ihn sicher schon zum Dezernat geschickt.

Auf der Anrichte standen Familienbilder von Kindern und Enkeln, in der auf Hochglanz polierten Schrankwand gab es einige Bücher. Auf der Fensterbank lag ein Sofakissen mit handgewebtem Bezug. Das war also der Logenplatz zum Eibenweg.

Frau Laible war Theas Blick gefolgt. »I komm ja nemme uff d' Gass'. Koine fenf Meter ka i meh laufe ohne Schmerza. Und a bissle frische Luft brauch mer ja schließlich. Do sitz i halt viel am Fenschter. 's kommt au emmer mal ebber vorbei, mit dem mor a klois Schwätzle machen ka.«

»Wir hätten schon gestern ein kleines Schwätzchen machen können«, sagte Messmer. »Ich habe die ganze Nachbarschaft befragt. Und wenn Sie mit Ihrer Hüfte kaum noch auf die Straße gehen, waren Sie doch sicher zu Hause. Warum haben Sie denn nicht aufgemacht?«

»Na, i han Se scho g'seha, uff dr Straß'. Aber i han doch net denkt, dass Se von dr Polizei sind! Und i mach doch net jedem die Türe auf.« Frau Laible war sichtlich verlegen. »Se habet koi Uniform, und mit dr Lederjack und dr schwarzen Sonnenbrill sehn Se scho a bissle bedrohlich aus.«

»Ach, eigentlich ist er ganz zahm«, sagte Thea und unterdrückte das Zucken in ihren Mundwinkeln.

»Frau Laible«, begann Messmer mit einem scharfen Blick zu Thea, »Sie haben auf unserem Hinweisapparat angerufen, weil

Sie eine Beobachtung gemacht haben. Was haben Sie denn gesehen?«

»Des han i Ihne doch scho am Telefon verzählt. I sitz also am Fenschter, weil i no a bissle frische Luft schnappa will, bevor die ›Wunschbox‹ kommt im Fernsehen.

»Ond wie i da so sitz, fährt drüba bei dr Linder des schicke rote Auto vor und hält direkt vorm Haus. Ond die Frau steigt aus.«

»Haben Sie die schon mal hier gesehen?«

»Ha noi, die han i noch nia g'seh, da geb ich Ihne mei Hand druff. Ich wohn hier bald zehn Johr, aber die war no nie da. Des Auto het i sicher g'se. Des hot ausgseha wie des von dem Magnum, oder wie der hoißt.«

Thea schaute die Frau zweifelnd an. Konnte sie wirklich einen Ferrari von einem VW Golf unterscheiden? »Können Sie die Frau beschreiben?«, fragte sie.

»Na ja, die war scho bissle größer als Sie, gell, ond für mein G'schmack au viel z' mager.« Frau Laible blickte abschätzend zu Thea, die immer noch mit verschränkten Armen mitten im Zimmer stand. »Blonde Hoar, so bis auf d' Schulter. Vielleicht so om die vierzig rom, vielleicht a paar Johr älter, ka mer schlecht saga, i war doch a Stückle weit weg. I han se au bloß kurz g'seha, wie se zum Haus ganga isch. Wie se z'rückkemmt, han ich se bloß von hinten g'seha.«

»Haben Sie beobachtet, wie die Frau ins Haus hineinging?«

»Des konnt i net. D' Haustür ka i vom Fenschter aus gar net sehe. Se isch durch den Garten neiganga, ond isch onter dem Vordach verschwonda, und dann war se weg. Ond nach a paar Minuta isch se halt wieder komma und zom Auto gange.«

»Frau Laible, können Sie sich erinnern, wie lange es gedauert hat, bis sie zurückkam?«

»Wartet Se, des kann net lang g'wä sei. I bin bloß zom Schrank und han ebbes zom Schreibe g'holt. I ka natürlich nemme sprenga wie a jonges Reh mit nur oiner Hüfte. Des sen vielleicht zwoi Minutte gwesa. No han i d' Autonummer aufg'schriebe. SI-O 4280. Ja. Und dann isch se auch scho wieder zurückkomma. Mehr als fenf Minutte kennet's oigendlich net g'wese sei.«

»Haben Sie etwas gehört? Einen Schuss vielleicht?«

»Noi.« Frau Laible schüttelte den Kopf. »Aber i war ja net meh am Fenschdr ond mit dem Höre gaht's au net meh so. Außerdem han i scho den Fernseher a'ghett. Den han i immer scho middags laufa. Da fühl i mich net so alloi.«

»Warum haben Sie sich denn das Autokennzeichen notiert?«, fragte Thea.

»Ha! Die Frau isch aus em Auto g'stiege ond hot oifach ebbes in Frau Linders Kuttereimer g'schmisse, der da vorne beim Gartendierle stoht. Des isch doch a Frechheit! Wenn des alle mache tätet, wo würdet mer do nakomme? Des han i dr Frau Linder sage welle, wenn se mir die Weckle brengt. Könnt ja sei, dass se die ozeige will.«

»Ach so, natürlich.« Thea und Messmer wechselten einen amüsierten Blick. »Und wie ging's weiter?«

»Jo, dann isch se wieder raus uff d'Gass. Ond en dem Moment kommt ihr a Moa entgega.« Frau Laible machte eine Kunstpause, als wartete sie auf Zwischenapplaus. »Ond die Frau bleibt standa, als war ihr dr Blitz neigfahre. Derweil kommt der Mo auf se zu und schwätzt se a. Die muss den kannt han. I glaub, se hend irgendwie gstritta. Dann sind se in des rote Auto g'stiege und wegg'fahre.«

»Wie hat der Mann ausgesehen?«

»Ha, wisset Se, sei Gsicht han i mir net so genau o'guckt, der war scho weiter weg. Aber von hinta hat er ausg'sehe, wie dr Manfred Krug. A bissle kloiner vielleicht. Und was Donkls hot er a'ghett. Die Frau hot a blaues Kloid a'ghett, so a rückafreies. Herrgott, wenn ich mer vorstell, dass die vielleicht die arme Frau Linder ombracht hot!« Frau Laible griff sich wieder ans Herz. »Glaubet Se, dass se des war?«

»Dazu können wir noch nichts sagen«, sagte Messmer. »Ist Ihnen sonst noch etwas aufgefallen?«

Frau Laible dachte angestrengt nach. »I weiß bloß, se hot ebbes in den Kuttereimer g'schmissa. An meh kann i mi beim beschte Wille net erinnere. Abr wer rechnet au mit so ebbes?«

»Wann war denn das Ganze?«, fragte Thea.

»Des war koi halba Stund nachdem Sie bei dr Frau Linder fast de Türe oig'schlaga und dann bei älle Nochbarn klingelt hend«, fügte sie mit einem missbilligenden Blick zu Messmer hinzu. »Oghfähr zwischa zwoi und halber viere. Se waret grad zwoi Häuser weiter bei dr Frau Kemmner, i han Sie neiganga seha, wie i zum Luftschnappa ans Fenschter bin. Se waret bschtimmt a halbe Stund bei der drinna. Und in der Zeid ischs bassiert.«

Thea suchte Messmers Blick. Doch der hatte den Kopf in den Händen vergraben und rührte sich nicht.

»Wenn i da scho gwisst hätt, wie wichtig des isch, und dass Sie von dr Polizei sind …« Frau Laible verstummte als ihr die Bedeutung des Ganzen aufging.

»Schon gut, Frau Laible. Sie haben uns sehr geholfen.« Thea stand auf und packte das Diktiergerät ein. »Wenn Ihnen noch etwas einfällt, rufen Sie uns einfach an. Die Nummer haben Sie ja.«

»Vielleicht kommt se ja wieder«, überlegte Frau Laible und stemmte sich schwerfällig aus dem Sessel hoch. »Se wisset doch: D' Verbrecher ziegt's emmer omal an de Tatort z'rück. Des woiß i vom Bienzle.«

»Die Beschreibung könnte eventuell auf Helene Hauser passen, wobei die älter ist als Anfang vierzig«, sagte Messmer, als sie draußen waren. »Aber auf die Entfernung ist das Alter nicht so gut einzuschätzen. Mein Gott, wenn ich daran denke, dass ich nur zwei – nein, Frau Laibles Haus mitgezählt waren es drei – Häuser weiter bei Frau Kemmner auf dem Sofa saß …«

»Das ist einfach Pech«, versuchte Thea zu trösten. »Meinst du, dass es wirklich Helene war?«

»Ein roter Sportwagen mit Siegener Kennzeichen – wo sollte sie den herhaben?«, überlegte Messmer.

»Was soll sie gestern Abend bei ihrer Rivalin gewollt haben?«, grübelte Thea.

»Und woher soll sie Manfred Krug kennen?«, fragte Messmer mit schiefem Grinsen.

»Mich beschäftigt noch eine andere Frage«, meinte Thea. »Was glaubst du, wer heute noch freiwillig bereit ist, den Mülleimer der Linder zu durchsuchen?«

»Was siehst du mich so an?«

»Ich meine ja nur.«

Messmer seufzte. »Also gut, dann komm. Wenn wir schon mal hier sind. Schließlich hab ich was gutzumachen.«

Thea stellte die große Plastiktüte, die randvoll mit dem Hausmüll aus der Linder'schen Tonne war, neben ihrer Bürotür ab und suchte nach dem Schlüssel. »Ich schreib schnell den Untersuchungsantrag, solange du in die Dusche gehst.«

»Ich kann nicht glauben, dass ich bis an die Schultern im Müll gesteckt habe«, sagte Messmer kopfschüttelnd. »Man sollte doch annehmen, dass man so was im gehobenen Dienst nicht mehr nötig hat.«

»Ich hätte mich ja geopfert.« Thea schloss ihr Büro auf und warf ihren Rucksack auf einen Stuhl. »Aber du wolltest ja unbedingt den Kavalier spielen.«

»Wir hatten mal einen ähnlichen Fall, bei dem Harry bis zur Hüfte in einem Müllcontainer stand.«

»Was war das für eine Geschichte?«

»Ein unklarer Tod. Ein Mann war im Schlaf gestorben. Von der Ehefrau haben wir erfahren, dass er am Abend zuvor eine Fischkonserve gegessen hatte. Harry bekam den Fall. Er ist bis zum Bauchnabel in den Müllcontainer gestiegen und hat die Dose nach stundenlanger Suche tatsächlich gefunden. Inzwischen ging eine Rückrufaktion an alle deutschen Supermärkte raus. Das Obduktionsergebnis war allerdings schneller da als das von der Untersuchung der Fischdose.«

»Und was wurde festgestellt?«

Messmer grinste. »Herzinfarkt. Wir haben Harry noch wochenlang aufgezogen.«

»Was seid ihr doch fies. Er hat nur seine Pflicht getan.«

»Ich tue immer meine Pflicht.« Als hätte man ihn gerufen, bog Koch um die Ecke und steuerte mit seiner Kaffeetasse in der Hand auf das Besprechungszimmer zu.

»Hast du ein neues Deo, Micha? Bleib lieber bei deinem alten, das da stinkt irgendwie nach Müll.«

»Ha-ha-ha. Während du den lieben langen Tag lang dafür sorgst, dass die Kaffeepreise fallen, habe ich in Antonia Linders Mülltonne gewühlt.«

Koch blieb so abrupt stehen, dass der Kaffee aus der Tasse schwappte. »Wieso? Ist da irgendwas an mir vorbeigegangen?«

»Ja, Micha ist Penner geworden«, stichelte Thea. »Er findet das Essen in der Kantine so mies, dass er jetzt lieber den Abfall durchsucht.«

»Ihr erfahrt alles bei der Besprechung.« Messmer ging in Richtung Waschraum. »Ich muss nur schnell mein neues Deo abspülen, dann können wir anfangen.«

Thea wollte gerade ihr Büro verlassen, als das Telefon klingelte. Seufzend ließ sie sich wieder auf den Stuhl fallen und nahm ab. Es war Hannes.

»Hi. Mach's kurz, ich muss zur Besprechung.«

»Wir haben ihn auf frischer Tat ertappt. Ein junger Kerl, knapp zwanzig. Er stand im Schalterraum der Cannstatter Volksbank in der König-Karl-Straße und beschwatzte eine achtundsiebzigjährige Oma. Er sei von Möbel-Mammut, und sie müsse die Rechnung für eine Schrankwand sofort und in bar an ihn bezahlen. Sie solle am besten das Geld gleich abheben, wenn sie schon mal hier ist. Die Bankangestellte hat es mitbekommen und uns sofort alarmiert. Wir waren in Nullkommanix da.«

»Klasse, Hannes, ich bin stolz auf dich.«

»Oh, wie komme ich zu der Ehre?«

»Steht dieser Lichtenberg mit ihm in Verbindung?«, fragte Thea schnell, bevor Hannes dazu kommen konnte, ihr Lob falsch zu verstehen.

»Jetzt bin ich echt platt. Woher weißt du das?«

»Ach, war nur so ein Gedanke.«

»Der Typ ist voll und ganz geständig. Er war vor einigen Jahren selbst Patient bei Lichtenberg, und der hat ihn rekrutiert. Wir wissen nur noch nicht, wer sich diese Möbelhaus-Masche ausgedacht hat.«

»Das kriegen wir raus«, sagte Thea zuversichtlich. Tatsächlich nahm in ihrem Kopf schon ein Verdacht Gestalt an. »Bringt ihn her. Ich lasse ihn vernehmen.«

Otti wird sich freuen, dachte Thea, als sie aufgelegt hatte. Er wollte Lichtenberg so gern hinter Gittern sehen. Jetzt würde er doch noch auf seine Kosten kommen.

»Der Raum erstrahlt im hellen Glanze«, deklamierte Koch, als Messmer mit feuchtem Haar und einem Handtuch über der Schulter am Besprechungstisch Platz nahm. Auf den verständnislosen Blick von Rudolf Joost hin erklärte er: »Micha hat einen Nebenjob bei der Müllabfuhr angenommen und gerade den ersten Einsatz hinter sich.«

Messmer nahm die Kassette aus dem Diktiergerät und warf sie Kühler zu. »Die Zeugenvernehmung könntest du uns bei

Gelegenheit mal ins Schriftdeutsche übersetzen. Das beherrschst du doch, oder?« Dann gab er einen kurzen Abriss der Befragung von Frau Laible und der anschließenden Durchsuchung der Mülltonne. Dabei blickte er an Thea vorbei. Sie verzog keine Miene und gab sich alle Mühe, nicht zu lachen.

Messmer räusperte sich. »Ich hab die Anfrage nach dem Autokennzeichen rausgegeben. Die vom Kraftfahrzeugbundesamt waren wider Erwarten schnell: Das Kennzeichen gehört zu einem Sattelschlepper der Spedition Walter & Söhne in Siegen. Ich schätze Frau Laible zwar nicht als sehr kompetent ein, was Autotypen betrifft, aber so blind kann sie nun auch nicht sein.«

»Dann besteht also nur noch die Möglichkeit, dass sie das Kennzeichen falsch notiert hat?«, fragte Joost.

Messmer nickte und griff nach den Weingummis. »Es könnte aber auch ein ausländisches Kennzeichen gewesen sein.« Er warf sich gekonnt einen Goldbären in den Mund und blickte zufrieden in sieben überraschte Gesichter.

»Als ich auf das Fax aus Flensburg gewartet habe, hab ich mir den Hausmüll von Antonia Linder flüchtig angesehen. Ganz oben lag diese leere Verpackung.« Er zog eine hellgelbe Tüte mit brauner Schrift und appetitlich aussehenden Gebäckkringeln aus dem Beutel neben seinem Stuhl.

»Mulino Bianco – Abracci«, las er vor. »Das ist eindeutig kein deutsches Produkt. Klingt eher« – er machte eine wirkungsvolle Kunstpause – »italienisch?«

»Du meinst, also diese geheimnisvolle Blonde gestern vor dem Haus war ihre Schwester?«, fragte Ströbele und pfiff durch die Zähne.

»SI steht für Siena«, sagte Koch. »Klingelt da was bei euch?«

»Ich ruf gleich das BKA an und lasse das Kennzeichen in Italien ermitteln.« Verena Sander sprang auf und ging zur Tür.

»Und ich hab keine hundert Meter weiter bei Frau Kemmner auf dem Sofa gesessen und mir Geschichten über ein italienisches Model angehört, das zur selben Zeit greifbar nah vor dem Haus der Linder stand!«, stöhnte Messmer.

»Dieses Gebäck stammt jedenfalls eindeutig aus Italien, ich esse das Zeug von ›Mulino Bianco‹ immer beim Camping«, sagte Koch.

»Was hoißt des aigentlich – Abracci?«, fragte Kühler.

»Das musst du nicht wissen, lern erst mal richtig Deutsch!« Messmer griff hastig nach dem Müllsack neben seinem Stuhl, der umzufallen drohte.

»Ach halt doch dei Gosch! Hauptsach', mei Rosinante vrschdoad mi.«

Messmer verstaute die Gebäcktüte in einer Plastikfolie für Beweismittel. »Verdammt, warum hat sie nicht eine Visitenkarte oder einen Hotelprospekt in die Mülltonne geworfen?«

Thea hatte plötzlich eine Eingebung. »Micha, ist dir bei deiner Nachbarschaftsbefragung gestern vielleicht diese blau gekleidete Frau vom Friedhof untergekommen?«

»Untergekommen? Wie meinst du das?«, feixte Messmer. »Dafür hatte ich nun wirklich keine Zeit; ich war schließlich im Dienst.«

»Des isch a Grund, abbr koi Hindrnis«, kam es von Kühler.

Thea ignorierte die beiden. »Wir hatten doch vermutet, dass diese Frau eine Bekannte der Linder sein könnte. Vielleicht wohnt sie ja in der Nachbarschaft.«

»Hättest du die vielleicht erkannt?«, fragte Messmer leicht genervt. »Mit diesem Sonnenhut und der dunklen Brille wäre sie doch nicht einmal ihrer eigenen Mutter aufgefallen. Aber ich hab natürlich bei allen nachgefragt, wann sie die Linder zuletzt gesehen haben und ob jemand von ihnen auf Hausers Beerdigung gewesen ist. Fehlanzeige. Dabei war sie möglicherweise die letzte Person, die das Opfer lebend gesehen hat.«

»Und wenn es die Schwester war?«, sagte Thea langsam und genoss jedes einzelne Wort.

Messmer sah sie einen Augenblick sprachlos an. War er wirklich noch nicht selbst darauf gekommen?

»Du meinst, die aus Italien?«

»Hat sie noch eine andere?« Thea bereitete es diebisches Vergnügen, zur Abwechslung einmal ihn auf den Arm zu nehmen.

»Sah sie denn wie ein Ex-Model aus?«, fragte Joost.

»Gibt es den Prototyp eines Ex-Models? Vergiss nicht, dass wir sie auf die Entfernung gar nicht genau sehen konnten.« Messmer raufte sich die Haare.

»Wir legen also eine neue Spur an«, sagte Joost. Unbekannte weibliche Person. Möglicherweise Franziska Linder. – Hat sich eigentlich jemand um Helenes Hengst im Steigenberger gekümmert?«

»Das ist kein Hengst«, sagte Koch. »Maschio heißt auf Deutsch so viel wie ›Bock‹«

Messmer prustete in seine Apfelschorle. »Wie passend!«

»Ich bin vorhin mit Kurt zum Steigenberger gefahren, während du in Linders Mülltonne rumgekrochen bist«, sagte Koch. »Maschio behauptet, er sei erst am Donnerstagabend in Stuttgart angekommen, mit dem Auto. Helene habe ihn am selben Vormittag in München angerufen, wo er geschäftlich zu tun hatte, und ihm von Hausers Tod berichtet. Er sei sofort hergekommen, um an der Trauerfeier teilzunehmen. Seine Eltern seien auch da gewesen. Sie wohnen alle zusammen im Steigenberger. Schließlich sei die Familie, und somit auch er, langjähriger Geschäftspartner von Wolf Hauser und fühle sich ihm sehr verbunden, bla, bla, bla.«

»Und besonders seiner Frau«, ergänzte Messmer.

»Du hast ihm zweifellos gesagt, dass wir über die Liaison Bescheid wissen«, mutmaßte Messmer.

»Ja, leider. Denn von da an war er sehr unkooperativ. Die Rezeption hat mir allerdings bestätigt, dass er erst am Donnerstagabend, gegen neunzehn Uhr, eingecheckt hat. Aber was heißt das schon. Ob er wirklich bei der Beerdigung war?«

»Das lässt sich leicht nachprüfen. Wir brauchen nur den alten Merkle zu fragen«, sagte Messmer. »Aber trotzdem. Maschio hat ein Motiv und muss erst mal für Donnerstagmorgen ein Alibi nachweisen.«

»Wir bleiben dran. Ich werde mich in München erkundigen, wo er angeblich am Donnerstag zu tun hatte.«

»Okay, und was gibt es noch an Neuigkeiten?« Joost blickte in die Runde.

»Ich war bei der Obduktion von Antonia Linder.« Kümmerle blätterte in seinem Notizblock. »Krach meint, es ist sehr unwahrscheinlich, dass sie sich selbst erschossen hat. Kein normaler Mensch hält sich die Waffe mit der rechten Hand in zwei Zentimetern Abstand schräg unter die linke Brust, um sich die

Lunge kaputt zu schießen. Schon gar nicht eine Krankenschwester, die sich in Anatomie auskennen müsste. Die Waffe ist bei der Kriminaltechnik und wird nach Fremdspuren untersucht.«

»Gut.« Joost rührte in seinem Kaffee. »Ich frage mich immer noch, ob sie nicht doch Hauser im Affekt erschlagen hat. Aber wer hat dann sie erschossen? Die eigene Schwester?«

»Vielleicht war die auch schon an Hausers Todestag hier«, sagte Ströbele.

»Ich vermute, dass die Kohle, mit der Antonia Hauser zu ködern versuchte, eine Rolle dabei spielt«, überlegte Messmer. »Von wem hat sie so viel Geld bekommen? Das waren ja bestimmt keine Peanuts, wenn Hauser seine Frau damit auszahlen wollte.«

»Die Schwester war ein Mannequin«, erinnerte Koch. »Sie ist bestimmt nicht arm.«

»Wenn sie bei Antonia in der Wohnung war, könnte es doch sein, dass dort Hinweise auf sie zu finden sind.« Ströbele sah von Joost zu Messmer.

Joost sprang so hastig auf, dass sein Stuhl umfiel. »Wer fährt raus nach Degerloch?«

***

Das Haus im Eibenweg sah bei Tageslicht noch deprimierender aus als in der Nacht, in der Antonia Linder tot aufgefunden wurde. Das rot-weiße Absperrband hob sich grell vom verwaschenen Braun des Gartenzaunes ab. Das Gras in der Einfahrt war von den Autos niedergedrückt, die in der Nacht zum Montag hier geparkt hatten. Als der dunkle Wagen vor dem einstöckigen

Haus hielt, wehte vom Ramsbachtal eine leichte Brise herüber und strich durch die Kronen der Bäume, die die Einfahrt säumten. Als sie ausstiegen und die Wagentüren zuschlugen, flogen Amseln auf, die sich an den letzten Kirschen gütlich taten.

Messmer brach das Polizeisiegel an der Haustür und schloss auf. »Jeder nimmt sich ein Stockwerk vor. Danach schauen wir uns an, was wir als Beweisstücke mitnehmen können. Ich gehe in den Keller.« Er grinste lausbübisch. »Wenn ich mich abgekühlt habe, komm ich zu euch hoch.«

Ströbele legte seine Tasche auf die Kommode im Flur. »Ich seh mich im Erdgeschoss um und nehme mir das Wohnzimmer vor.«

»Und ich soll nach oben, was? Die Herren der Schöpfung sind offensichtlich fußkrank.« Thea stapfte die Treppe zum ersten Stock hinauf.

»Du kannst nachher gerne zu mir in den Keller kommen, Thea-Schatz«, rief Messmer hinter ihr her.

Oben auf der Treppe warf Thea ihren Rucksack in eine Ecke und betrat das peinlich aufgeräumte Schlafzimmer von Antonia Linder.

Das Erste, was ihr auffiel, war ein dunkelbrauner Teddybär, der auf dem französischen Bett mit altrosa Tagesdecke saß. Er trug einen rot-blau karierten Anzug und schien Thea mit seinen dunklen Knopfaugen unverwandt anzusehen. Sie erinnerte sich plötzlich, dass sie im Kinderheim einen ähnlichen Teddy gehabt hatte. Auf dem Nachttisch stand ein vergilbtes Schwarzweiß-Foto in einem Silberrahmen. Es zeigte ein junges Paar vor einem Überseedampfer. Thea vermutete, dass es Antonias Eltern waren. Sie nahm es in die Hand und betrachtete es eine Weile. Irgendetwas an der Frau faszinierte sie. Ihr langes schwarzes Haar war zu einem Zopf geflochten, sie hatte hohe Wangenknochen und dunkle, mandelförmige Augen. Sie trug ein helles Kostüm und lachte in die Kamera, wobei ihre schönen Zähne zu sehen waren.

Thea öffnete den Kleiderschrank und sah sich die Blusen, Kleider und Jacken genauer an. Antonia Linder war wohl eine sparsame und nicht gerade modebewusste Frau gewesen, denn die meisten Kleidungsstücke waren offensichtlich von der Stange. Auf dem Schminkschränkchen zwischen den beiden Fenstern standen ein paar halbvolle Parfümfläschchen und eine Puderdose aus Porzellan; eine altmodische Haarbürste und ein Kamm aus Schildpatt lagen daneben. Thea vermutete, dass die hübschen Dinge entweder vom Trödlermarkt stammten oder Erbstücke waren.

Sie ging ins Nebenzimmer, das offenbar als Gästezimmer gedient hatte. Vom Fenster aus sah sie in den Garten hinter dem Haus hinunter. Ein ausladender Apfelbaum breitete seine Zweige über einen Geräteschuppen und einen runden Holztisch mit vier Stühlen. Thea wandte sich ab und sah sich im Zimmer um. Außer dem Bett mit weißer Tagesdecke, einem Tisch mit zwei Korbsesseln und dem Kleiderschrank stand nur noch ein Kasten in einer Ecke, über den eine beige Baumwolldecke gebreitet war. Thea schlug die Decke zurück. Darunter kam ein alter Überseekoffer mit lädierten Ecken zum Vorschein. Auf dem Deckel waren Dutzende vergilbter, teilweise zerrissener Aufkleber mit Städtenamen wie Rio de Janeiro, Caracas, New York,

San Francisco, London und Paris. Ob Antonia all diese Reisen gemacht hatte? Thea ging in die Hocke und betastete die beiden Schlösser. Nach mehreren Versuchen sprangen sie auf. Der süßlich-scharfe Geruch von Mottenkugeln stieg ihr in die Nase. Sie nahm eine Schlafdecke, zwei Zierkissen, einen rosa Morgenmantel und einen bunten Wollstoff heraus und legte alles neben sich auf den Teppich. Es gab kein Geheimfach und keinen doppelten Boden, also tat sie die Sachen wieder zurück. Sie wollte schon den Deckel schließen, als sie innehielt und den bunten Wollstoff anstarrte, der jetzt oben lag. Ihr Herz begann zu rasen.

»Thea, Micha!«, schrie Ströbele von unten. »Kommt mal schnell! Ich hab was gefunden.«

»Ja, gleich!« Thea wurde bewusst, dass sie vergessen hatte zu atmen. Hastig zog sie den Wollstoff wieder aus dem Koffer, warf den Deckel zu und stürzte zur Tür. Noch im Laufen stopfte sie den Stoff in ihren Rucksack. Ihr war klar, dass es keinen plausiblen Grund gab, ihn mitzunehmen, und dass sie ihr Vorgehen würde erklären müssen, doch sie musste es einfach tun. Jetzt bloß nicht durchdrehen, befahl sie sich, als sie die Treppe hinunterlief. Ich rede mit Ströbele, aber erst morgen, wenn ich Gewissheit habe.

Ihre Kollegen standen im Wohnzimmer vor dem Sekretär.

»He, Thea, was ist los? Du siehst aus wie ein Weichkäse. Hast du ein Gespenst gesehen?«, fragte Messmer.

»Nichts, das muss die Hitze sein.« Thea vermied es, ihn anzusehen. »Was habt ihr denn gefunden?«

»Hier, das war zwischen ihren Papieren.« Messmer reichte ihr einen Zettel. Thea nahm ihm das Blatt aus der Hand und las.

»Die Spielbank hat mir ein Ultimatum bis zum 15. August gesetzt. Wenn ich bis dahin meine Schulden nicht begleiche, habe ich eine Anzeige am Hals. Antonia, ich sage es wirklich ungern, aber wenn du dich nicht an die Verabredung hältst und ich das Geld nicht bekomme, hole ich es mir von der Presse. Die Revolverblätter sind sicher auch heute noch sehr an eurem kleinen Geheimnis interessiert. D.«

»Sieht wie ein Erpresserbrief aus«, sagte Thea. Sie gab Messmer den Zettel zurück und hoffte, dass er das Zittern ihrer Hand nicht bemerkte.

»Du sagst es«, nickte Messmer und schob das Blatt in eine Plastikfolie.

***

Als sie zur Dienststelle zurückkamen, wartete Verena Sander schon mit Neuigkeiten auf sie.

»Das BKA hat wegen des italienischen Kennzeichens zurückgerufen.«

»Und?«, fragte Messmer.

»Negativ. Dieses Kennzeichen existiert in Italien nicht.«

»Womit wir wieder am Anfang wären.« Kümmerle seufzte.

»Kam mir gleich komisch vor«, meinte Koch. »Ich war schon öfter da unten, aber ein Kennzeichen mit einer solchen deutschlandüblichen Aufteilung hab ich da nie gesehen. In Italien kommen nach zwei Buchstaben für die Provinz normalerweise drei Zahlen und zum Schluss noch mal zwei Buchstaben.«

»Wär ja auch zu schön gewesen.« Kümmerle war sichtlich enttäuscht. »Also doch kein Familiendrama.«

»Und wie geht's weiter?« Ströbele blickte in die Runde. »Indem wir Frau Laible einen neuen Optiker empfehlen?«

»Aber die Kekspackung stammt doch eindeutig aus Italien, oder nicht?«, fragte Verena Sander.

»Oder aus dem Tessin«, warf Messmer ein. »Da gibt's den italienischen Kram doch auch.«

»Wahrscheinlich bekommt man die sogar in jedem italienischen Spezialitätengeschäft hier in Deutschland«, sagte Kümmerle. »Und seitdem wir den Euro haben, kann man nicht mal mehr am Preisaufkleber unterscheiden, wo sie gekauft wurden.«

»Aber am Strichcode«, sagte Koch. »Mein Schwager schafft bei einer Firma, die diese Barcode-Etiketten herstellt.«

»Gut, dann ist das dein Job. Ruf ihn an und frag. Sonst noch was?«

»Ich war auf einem Sprung beim alten Merkle«, sagte Koch. »Es war tatsächlich eine Familie Maschio aus Lugano bei der Beerdigung.« Er blätterte in seinen Notizen. »Paolo, Genoveva und Enrico. Geschäftsfreunde des Verstorbenen.«

»Ich erinnere mich.« Thea fiel plötzlich die Szene vom Friedhof wieder ein. »Ich habe tatsächlich ein älteres Ehepaar und einen jungen Mann bei Helene Hauser und ihrem Vater gesehen.«

»Bei der Gelegenheit habe ich ihn gleich um eine Schweigepflichtentbindung für seinen Arzt gebeten«, erzählte Koch weiter. »Wegen des Mordes an Antonia. Die Idee mit dem Rollstuhlfahrer.«

»War er empört über die Unterstellung?«, fragte Kümmerle.

»Er hat schallend gelacht und sie ohne zu zögern unterzeichnet.«

»Ich kann mir nicht vorstellen, dass er es war. Warum sollte er das tun?«, gähnte Thea.

Joost sah sie nachdenklich an. »Du siehst müde aus, Thea. Mach Schluss für heute.«

Nichts war ihr lieber als das.

»Also tschüs, bis morgen.« Thea steckte den Kopf zur Tür des Besprechungsraums hinein. Ihre Finger befühlten unwillkürlich die Schnalle ihres Rucksacks, als fürchtete sie, sie könnte aufspringen und Antonia Linders bunten Wollstoff zum Vorschein bringen.

Messmer und Joost sahen gleichzeitig von ihren Unterlagen hoch. Ströbele stand auf.

»Warte mal. Ich hab vorhin mit dem Kollegen vom Raubdezernat gesprochen, der den Trickbetrüger vernommen hat. Du hattest richtig vermutet. Dr. Lichtenberg hat viele wohlhabende, teilweise verwirrte Patienten. Deshalb konnte er gut einschätzen, wen man am leichtesten über den Tisch ziehen kann.«

»So hat er also seine Spieleinsätze bekommen, wenn bei Hauser nichts zu holen war«, sagte Thea. »Ganz schön unverfroren.«

»Die Kollegen waren auch bei Lichtenberg in der Praxis«, fuhr Ströbele fort. »Der Kerl war nicht da. Die Sprechstundenhilfe wollte sie erst nicht an den Computer ranlassen. Jedenfalls war die Vorlage des Anschreibens, das bei Frau Lenz im Müll gelegen war, noch gespeichert. Er musste je nach Firma nur den Briefkopf ändern.«

»Es macht mich richtig froh, dass er jetzt doch noch einfährt, wenn auch nur wegen Trickbetrug!«, frohlockte Kümmerle.

»Und wegen Erpressung an Hauser und Antonia Linder«, erinnerte Ströbele. »Wir machen auch gleich Schluss. Trink doch noch ein Feierabendbier mit uns.«

»Danke, aber ich muss noch fahren.« Thea umfasste die Riemen ihres Rucksackes ein wenig fester.

»Na dann, bis morgen, Engelchen«, sagte Ströbele. »Sag mal, geht es dir gut?« Er sah sie durchdringend an.

»Wieso? Was meinst du?« Thea spielte nervös mit ihrem Schlüsselbund. »Mir geht's prima, bin nur etwas müde.«

»Ich meine nur. Du bist sehr blass«, sagte Ströbele.

»Schlaf mal aus und träum was Schönes, am besten von mir.« Messmer sah sie mit einem breiten Grinsen an.« Und denk daran, manche Träume können wahr werden.«

»Ja, und manche werden zu richtigen Albträumen. Bis morgen.« Thea zog die Tür heftig hinter sich zu und lief so schnell die Treppen hinunter, dass die Gummisohlen ihrer Turnschuhe auf dem Linoleum quietschten.

***

Ich habe den ganzen Tag lang versucht, Sofia in Mailand zu erreichen. Sie geht einfach nicht ran. Leider gehört sie zu der vom sicheren Aussterben bedrohten Spezies der Italiener, die noch kein Handy besitzen.

Ich brauche ihren Rat und muss unbedingt mit ihr reden. Ich werde es gleich noch mal versuchen. Wenn ich sie heute nicht mehr erreiche, weiß ich nicht mehr weiter.

***

Kaum hatte Thea die Wohnungstür hinter sich zugeschlagen, zog sie den Wollstoff aus dem Rucksack und breitete ihn auf dem Wohnzimmerteppich aus. Dann holte sie die Schachtel aus dem Kleiderschrank, nahm ihren Wollstoff heraus und legte ihn neben den anderen. Es war, wie sie vermutet hatte. Vor ihr lagen zwei Stoffstücke, die sich bis auf die letzte Faser glichen, und nun erkannte sie auch, was es war: Ein verblichener, südamerikanischer Poncho, der in der Mitte durchgeschnitten war.

Mit zitternden Fingern strich sie über die Wolle und wartete, bis ihr Herz wieder langsamer schlug. Dann griff sie zum Telefon und wählte. Karolin meldete sich sofort.

»Karo, ich muss mit dir sprechen.«

»Dann tu es!«

»Nicht am Telefon. Können wir uns im ›Stetter‹ treffen?«

»Was ist denn los?«

»Später. Ich bin in zwanzig Minuten da.«

»He, was ist passiert? Du klingst ja furchtbar.«

»Bis nachher«, sagte Thea und legte auf.

Zwanzig Minuten später betrat Thea das »Weinhaus Stetter« in der Rosenstraße, das unweit von Karolins Wohnung lag. Wie immer um diese Zeit waren alle Tische besetzt. Sie drückte sich an dem wuchtigen Kachelofen, der mitten im Gastraum stand, vorbei und entdeckte Karolin in der Nische hinter einem schmiedeeisernen Raumteiler.

»Hallo!« Thea gab ihrer Freundin einen Kuss auf die Wange. Sie ließ sich auf einen Stuhl fallen und nahm wortlos einen Schluck von Karolins Rotwein.

»Und?«, fragte Karolin. In ihren Augen entdeckte Thea eine Spur von Unruhe. So kannte sie Karo seit ihrer Kindheit, immer ein wenig besorgt.

»Schmeckt gut. Den nehme ich auch. Welcher ist es denn?«

»Trollinger, Stuttgarter Weinsteige. Aber eigentlich meinte ich nicht den Wein.«

»Ich hab dir doch von dem Mordfall erzählt, den wir gerade bearbeiten«, begann Thea.

»Ja, klar. Gibt es was Neues?«

»Liest du keine Zeitung?«

»Du weißt doch, dass dieser Zuhälter unter mir sie immer aus meinem Briefkasten klaut.«

»Es wurde noch jemand umgebracht.« Thea nahm noch einen Schluck

»Ist nicht wahr! Wer denn?«

»Eine Frau ist erschossen worden.« Thea machte eine Pause. 4Seine Geliebte.«

»Was? Das ist doch bestimmt kein Zufall!«

»Eher nicht.«

»Und? Habt ihr den Täter schon?«

»Du kannst fragen. Die Ermittlungen sind in vollem Gange.« Thea winkte der Wirtin, die am Nebentisch bediente, und deutete mit dem Finger auf Karolins Weinglas.

»Es wird die betrogene Ehefrau gewesen sein«, sagte Karolin.

»Kann sein. Was ich dir erzählen will, hat mit den Morden eigentlich nichts zu tun ...«

»Erzähl!«

Thea fuhr mit der Fingerspitze die braunen Blütenblätter auf den Keramikkacheln der Tischplatte nach. »Während der Wohnungsdurchsuchung bei dieser Toten hab ich etwas gefunden, das mit mir zu tun hat.«

»Mit dir?«

»Besser gesagt, mit meiner Herkunft.«

»Nein!« Karolin riss die Augen auf.

Thea schwieg eine Weile.

»Jetzt red doch schon.«

»In einem Koffer lag ein Wollstoff, der genauso aussieht wie der, in den ich als Baby eingewickelt war. Du weißt doch, in den mich meine Mutter ...« Sie konnte nicht weitersprechen.

»Das ist ja der Hammer!«, entfuhr es Karolin.

»Ich hab ihn mit nach Hause genommen und mit meinem verglichen. Die Stücke sind haargenau gleich.«

»Wie kann das sein?«

»Es ist ein Poncho. Die Nähte über den Armen bis zum Halsausschnitt sind aufgetrennt, so dass zwei gleiche Hälften daraus wurden. Eine davon hatte sie im Haus. Die andere ... verstehst du?«

»Heißt das, diese Frau ist …« Karolin schlug die Hände vors Gesicht.

»Meine Mutter. Und sie ist tot«, flüsterte Thea. Zwei Tränen lösten sich aus ihren Augenwinkeln.

»Das glaub ich einfach nicht.« Karolin nahm Thea in den Arm und wiegte sie wie ein Kind. »Vielleicht hat deine Mutter diese Frau auch nur gekannt und die Poncho-Hälfte von ihr bekommen.«

Thea zuckte die Achseln. »Ich kann sie nicht mehr fragen.«

»Gibt es keine andere Möglichkeit, das herauszufinden?«

»Ich könnte meine DNA mit ihrer vergleichen lassen.«

»Dann musst du es deinen Kollegen erzählen.«

»Ja. Ich mag gar nicht dran denken.« Thea wischte sich das Gesicht mit den Händen ab.

»Da, nimm.« Karolin wühlte in ihrer überfüllten Handtasche nach einem Papiertaschentuch und drückte es ihr in die Hand.

Thea putzte sich die Nase und sah ihre Freundin verzweifelt an. »Was soll ich jetzt bloß tun?«

***

13. August

Gestern habe ich Dali vor Antonias Haus getroffen. Ich war wie vom Donner gerührt. Welches unbarmherzige Schicksal schickt mir diesen Menschen schon zum zweiten Mal innerhalb einer Woche auf den Hals? Er fiel gleich mit der Tür ins Haus und meinte, er sei in

Untersuchungshaft gewesen und gerade erst entlassen worden, ob ich mir das vorstellen könne. Ich verstand überhaupt nichts.

»Eigentlich wollte ich gestern nach Baden-Baden fahren, aber manchmal kommt es eben anders, als man denkt«, sagte er und hob seine schwabbeligen Arme, dass ich die Schweißflecken unter seinen Achseln sehen konnte. Ich überlegte, was er von mir wollte.

»Ich bin am Donnerstag, nachdem ich aus Italien gekommen war, bei Wolf vorbeigegangen, um mir Geld von ihm zu holen. Die Haustür stand so einladend offen. Also bin ich gleich zu seinem Arbeitszimmer raufgegangen. Und dort wurde mir schnell klar, dass Wolf nicht in der richtigen Verfassung war, um mir Geld zu geben. Es sah sogar ganz danach aus, als wäre es ihm überhaupt nie mehr möglich.« Er grinste schief »Tja, Pech gehabt. Und als ich aus der Tür kam, hat mich zu allem Überfluss auch noch ein Nachbar gesehen und es gleich der Polizei gemeldet. So viel zu Baden-Baden. Aber aufgeschoben ist ja nicht aufgehoben.«

Mir war immer noch nicht klar, wieso er mir das alles erzählte.

»Diese dämliche Bullen«, fuhr er fort. »Was die alles von mir wissen wollten. Was ich so früh am Tag bei Hauser gesucht hätte. Und ob ich mir vorstellen könnte, wer ihn umgebracht hat.« Er legte eine Kunstpause ein und sah mich eindringlich an. »Aber keine Angst, ich hab dich nicht verpfiffen.«

»Wie bitte?« Mir wurde plötzlich siedend heiß.

Er grinste breit über sein fettes Gesicht. »Wollen wir uns nicht ins Auto setzen, dort können wir viel besser reden.«

»Ich wüsste nicht, was ich mit Ihnen zu bereden hätte«, gab ich zurück und wollte an ihm vorbei.

Er lächelte mich mitleidig an. »Ich habe außer in Medizin auch in Psychologie promoviert.« Sein ekelhaftes Grinsen wurde noch breiter. »Mir machst du nichts vor.«

»Steigen Sie ein«, herrschte ich ihn an und riss die Wagentür auf, denn aus dem Augenwinkel hatte ich gesehen, dass im Nachbarhaus jemand aus dem Fenster schaute.

Er ließ sich auf den Sitz plumpsen.

»Also, was wollen Sie?« Ich zitterte vor Wut, als wir endlich im Auto saßen und in Richtung Innenstadt fuhren.

Er lächelte süßlich. »Ich habe dich genau beobachtet, als wir bei Nannini saßen – ich darf doch Franzi sagen, nicht wahr?«

Ich brachte kein Wort heraus.

»Mir war bald klar, dass du von dem Verhältnis deiner Schwester mit Hauser keine Ahnung hattest. Wie solltest du auch? Antonia hatte dich schnell genug in die Klinik abgeschoben, und das nicht ohne Grund, verstehst du? Und nach deiner Entlassung bist du gleich nach Italien gegangen. Aber klug, wie du bist, ist dir bei

unserem netten Gespräch natürlich sofort klar geworden, wie ausgesprochen günstig sich die Dinge für Antonia entwickelt hatten. Plötzlich warst du aus dem Weg und mit dir dein kleines Problem. Ich meine, es gibt manchmal Zufälle, aber solche gelegen kommenden Zufälle sollte man doch hinterfragen, oder?«

Mir war speiübel.

»Ich habe dich immer für sehr intelligent gehalten, Franzi. Du bist schnell draufgekommen, dass Antonia dieses Hindernis, das zwischen Wolf und ihr stand, auf kluge Weise beiseite geräumt hatte. Sie musste dich doch anlügen. Und sie hält Notlügen offenbar für verzeihlich. Mal ehrlich, hast du dreißig Jahre lang nicht durchschaut, was damals wirklich passiert ist? Brauchte es dazu tatsächlich erst unser Gespräch in Siena?«

Konnte dieses Ekel nicht einfach aufhören zu reden?

Er sah mich so heuchelnd mitfühlend an, dass ich ihm am liebsten in sein fettes Gesicht geschlagen hätte.

»Ich kann deine Rachegefühle sehr gut verstehen, Franziska«, sagte er scheinheilig. »Ich werde dich nicht verpfeifen.«

Ich glaubte nicht, was ich da hörte. Seine Finger spielten mit dem Sicherheitsgurt, als wolle er schon die Schlinge für mich knüpfen.

»Aber für meine Großzügigkeit könntest du mir einen Gefallen tun«, redete er weiter. »Ich will heute noch nach Baden-Baden und bin gerade nicht flüssig …«

Ich trat so unvermittelt auf die Bremse, dass wir fast gegen die Windschutzscheibe geprallt wären.

»Raus!«, schrie ich, außer mir vor Ekel und Zorn. »Verschwinden Sie aus meinem Wagen und aus meinem Leben!«

Er sah mich entgeistert an. »Nun, es war ein Angebot«, sagte er lakonisch, stieg auf offener Straße aus und knallte die Tür so heftig zu, dass mein Talisman vom Rückspiegel fiel.

Ich weiß nicht mehr, wie ich ins Hotel zurückgekommen bin. Ich habe die ganze restliche Fahrt über am ganzen Leib gezittert. In meinem Zimmer musste ich mich übergeben. Dieser fette, widerwärtige Kerl in meinem Auto war mehr, als ich ertragen konnte. Es war wie ein Déjà-vu, als hätte ich das schon einmal erlebt. Und schlagartig wusste ich, warum ich das Lieblingslied der Signora immer so verabscheut habe. Es erinnerte mich an den schrecklichsten Abend meines Lebens, dreißig Jahre zuvor. Es war die ganze Zeit tief in meinem Unterbewusstsein vergraben gewesen, aber plötzlich war es mir wieder so gegenwärtig, als wäre es gestern gewesen.

Ich bin mit Wolf in seinem roten Ford Capri, und mir schlägt sein widerlich nach Alkohol riechender Atem ins Gesicht. Ich spüre seine groben, schweißigen Hände auf meiner Brust und höre aus dem blechern scheppernden Autoradio Adriano Celentanos »Azzurro«.

Sieben

Als Thea am nächsten Morgen vor Ströbeles Büro stand, schlug ihr Herz bis zum Hals, und der Rucksack auf ihrer Schulter schien doppelt so viel zu wiegen wie am Abend zuvor. Sie musste dreimal ansetzen, bevor sie klopfte, und als die vertraute Stimme drinnen »Herein« rief, wäre sie am liebsten davongelaufen.

»Thea!« Ströbele erhob sich freudig von seinem Schreibtisch. »Was führt dich zu mir?«

»Ich habe ein Problem, Walter«, begann Thea zaghaft. »Und ich möchte mit dir darüber sprechen.«

»Aber natürlich, Engelchen. Wir haben nur nicht sehr viel Zeit, die Besprechung fängt gleich an. Wenn es länger dauert, sollten wir vielleicht später reden.«

»Nein, nein, ich will es hinter mich bringen.« Thea nahm den Rucksack von der Schulter und stellte ihn auf dem Besucherstuhl ab.

»Hast du was ausgefressen?« Ströbele sah sie forschend an.

»Könnte man so sagen«, sagte Thea vorsichtig.

»Dann schieß los.«

»Gestern, bei der Durchsuchung bei Frau Linder …«

»Ja?«

»Ich mach's kurz. Ich habe etwas mitgenommen, was ich eigentlich nicht gedurft hätte.«

»Du meinst aber nicht, dass du eine Kleptomanin bist, oder?«

»Gott bewahre, nein!« Thea musste nun doch lächeln. »Am besten, ich zeige es dir.« Sie öffnete den Rucksack, zog das Wolltuch heraus und legte es auf den Schreibtisch.

»Was ist das?«

»Das ist eine Hälfte eines südamerikanischen Ponchos … Die zweite Hälfte liegt bei mir zu Hause«, erklärte Thea mit dem Mut der Verzweiflung.

Ströbele sah sie irritiert an. »Wie soll ich das verstehen?«

»Als ich als Baby ausgesetzt wurde, war ich in eine Hälfte dieses Ponchos gewickelt. Du weißt doch, dass ich ein Findelkind bin?«

»Du hast es mir mal erzählt, ganz am Anfang. Seit damals habe ich immer das Gefühl, dich beschützen zu müssen.«

»Ich habe meinen Ponchoteil bekommen, als ich das Kinderheim verlassen habe«, sprach Thea weiter. »Es liegt seit zwölf Jahren in meinem Schrank. Dazu gehört noch dieser handgeschriebene Zettel.« Sie gab Ströbele das zerfaserte Stück Papier, das an den Knickstellen vom vielen Auseinander- und Zusammenfalten ganz dünn geworden war.

Ströbele warf einen Blick darauf und gab ihn ihr zurück.

»Das ist alles, was ich von meiner Mutter habe«, sagte sie leise und überließ ihm das Kombinieren.

»Und die andere Hälfte des Ponchos hast du gestern bei der toten Antonia Linder gefunden?«

»Ja.«

»Und du bist ganz sicher, dass die beiden Teile zusammengehören?«

»Ich habe sie gestern Abend verglichen.« Thea stand auf und ging nervös in dem kleinen Büro auf und ab. »Ich habe sie nebeneinander gelegt und mir die Ränder angeschaut. Ich meine, wie viele südamerikanische Ponchos mit demselben Muster gibt es in Stuttgart schon? Und wie viele davon wurden halbiert?«

»Gib mir noch einmal den Zettel«, bat er.

Das Telefon läutete, und Ströbele ging ran. »Ja, ich komme gleich.« Er nahm Thea das Papier aus der Hand und hielt es unter seine Schreibtischlampe. »Die Schrift ist zwar verblasst und abgegriffen, aber noch gut zu erkennen. ›Sie heißt Theresa. Bitte seien Sie gut zu ihr‹«, las er laut.

»Du denkst an den Brief, den Antonia Linder an Hauser geschrieben hat, stimmt's?«, fragte Thea.

»Es liegen dreißig Jahre dazwischen.« Ströbele blickte Thea ernst ins Gesicht. »Aber die Schrift ist sehr ähnlich.«

»Das denke ich auch.« Theas Herz klopfte so stark, dass sie die Hand darauf legen musste. »Professor Krach hat von Antonia Linders Leiche doch Blut sichergestellt?«

»Ja, für die DNA-Analyse. Willst du einen Vergleich machen lassen?«

Thea nickte zögernd. Vor einigen Monaten waren sie alle wenig begeistert gewesen, als es hieß, sämtliche Beamte der Mordkommission sollten ihre DNA abgeben. Hintergrund dieser Aktion war die Tatsache gewesen, dass in der Vergangenheit oft nicht zuordenbare Tatortspuren auf versehentlich gelegte Spuren der Kripobeamten zurückzuführen waren. Damals hatten die meisten zwar die Notwendigkeit dieser Maßnahme eingesehen, sie aber trotzdem als einen Eingriff in ihre Privatsphäre empfunden. Jetzt war Thea zum ersten Mal froh, dass ihre DNA schon aufgeschlüsselt war. Das würde Zeit sparen.

Ströbele ließ sich auf dem Bürostuhl nieder, der unter seinem Gewicht mit einem Ruck mindestens zwanzig Zentimeter nach unten schoss.

»Ich kriege noch mal einen Herzinfarkt mit diesem Scheißding!«, fluchte er. »Irgendwas stimmt nicht mit der Arretierung. Du darfst nicht glauben, dass mir der Staat einen neuen spendiert. Ich hab schon überlegt, ob ich diesen Stuhl Micha unterjubeln soll und mir heimlich seinen nehme.« Er zwinkerte Thea verschmitzt zu.

»Lass mich mal schauen, vielleicht kann man das reparieren«, gab sie zurück.

»Du kannst Bürostühle reparieren?«, wunderte sich Ströbele.

»Allein stehende Frauen können so ziemlich alles«, entgegnete Thea und ging auf die Knie. »Siehst du, die Schraube hier ist locker. Sie hat keinen Halt, weil die Mutter fehlt.« Thea hielt plötzlich inne. Da war etwas wie ein Echo in ihrem Kopf: Keinen Halt, weil die Mutter fehlt. Plötzlich schossen ihr die Tränen in die Augen. Sie blieb unbeweglich am Boden hocken und versuchte, die Fassung wiederzuerlangen.

»Was ist los? Hast du einen Hexenschuss?« Ströbele kniete sich schwerfällig neben ihr nieder. »Aber du weinst ja! Mädchen, das ist alles zu viel für dich. Nimm heute frei. Morgen sieht bestimmt alles viel besser aus.«

Thea schüttelte energisch den Kopf. »Es wird nie mehr besser. Wenn dieser DNA-Test positiv ausfällt, dann weiß ich definitiv, dass meine Mutter tot ist.« Sie stand auf und kramte in ihren

Hosentaschen. »Bisher hatte ich wenigstens noch ein wenig Hoffnung, ich meine, es bestand immerhin eine geringe Möglichkeit, meine Mutter eines Tages zu finden. Und jetzt habe ich sie vielleicht gefunden. Dabei habe sie nur flüchtig kennen gelernt. Und ich mochte sie nicht mal. Ich hab ihr sogar den Mord an Wolf Hauser vorgehalten. Verstehst du? Meiner eigenen Mutter.« Thea gab die Suche nach einem Taschentuch auf und wischte sich die Tränen mit der Hand vom Gesicht.

Das Telefon klingelte wieder. Ströbele nahm ab. »Ja, ja, bin gleich da«, sagte er und legte auf.

Thea zog die Nase hoch und klopfte sich den Staub von den Knien.

»Die Besprechung. Sie warten«, sagte Ströbele. »Am besten, du kühlst dir im Waschraum noch schnell die Augen. Ich gehe schon mal rüber und sage, dass du gleich nachkommst.« Er nickte ihr aufmunternd zu. »Kopf hoch, Engelchen.«

Thea betrat den Besprechungsraum fünf Minuten zu spät.

»Sorry, ich hatte noch zu tun«, sagte sie knapp und ging zur Kaffeemaschine, wo sie den Kollegen den Rücken zuwenden konnte. Eine kleine Gnadenfrist wollte sie sich noch gönnen. Doch als sie die Kaffeetasse unter die Kanne hielt und auf den Hebel drückte, kam nur ein kehliges Röcheln aus dem schwarzen Gefäß.

»Wieder mal alle«, sagte Koch und steckte verlegen die lange Nase in seine Tasse.

»Dabei hätte ich einen Kaffee jetzt so nötig«, seufzte Thea und holte die Kaffeedose und die Filtertüten aus dem Schrank. Im selben Moment stürzte Messmer zur Tür herein. »Jungs, ich hab mir da etwas überlegt, was das nichtexistente Kennzeichen betrifft.«

Thea sah ihn an und verzog das Gesicht.

»'tschuldigung, Jungs und Mädels meinte ich natürlich«, beeilte er sich zu sagen.

»Wir sind ganz Ohr, was unser Dezernats-Macho für Erleuchtungen hatte.« Thea schob geräuschvoll den Filter in die Maschine und füllte Wasser auf.

Messmer ging nicht darauf ein. »Die italienischen Kennzeichen haben doch zwei Buchstaben, drei Ziffern und wieder zwei Buchstaben, so weit klar?«

»Das wussten wir bereits«, nörgelte Kümmerle.

Messmer ließ sich nicht beirren. »Und in Deutschland haben wir – jedenfalls in unserem speziellen Fall – drei Buchstaben und vier Ziffern.«

»Au des isch ons bekannt«, sagte Kühler. »Desweaga brauchsch et wia a wildr Stier dohanna neiplatza.«

»Jetzt wartet mal.« Messmer zog sich einen Stuhl heran und setzte sich. »In beiden Fällen haben wir sieben Zeichen, denn zwei und drei und zwei macht sieben, und auch drei plus vier ergibt sieben!«

»Des han i scho in dr erschta Klass' glernat ghet«, quengelte Kübler. »Vrzehlsch du ons heit au no ebbes, was mr no net wissat?«

»Hattet ihr das ehrlich schon in der ersten Klasse?« Messmer starrte ihn ungläubig an. »Ich dachte, auf der Alb kommt das erst im Gymnasium dran.«

Angesichts des wiehernden Gelächters gab sich Kübler geschlagen.

»Was ich sagen will, ist Folgendes«, startete Messmer von neuem. »Frau Laible hat uns das Kennzeichen: SI-O 4280 genannt. Sie ging selbstverständlich davon aus, dass es sich um eine deutsche Autonummer handelt. Und natürlich war sie viel zu weit vom Wagen entfernt, der außerdem schräg zu ihrer Blickrichtung geparkt war. Sie kann das Schild also gar nicht deutlich gesehen haben. Es ist nur so ein Gedanke, aber eine Null sieht nun mal aus wie ein großes O, und ein B kann man auf diese Entfernung leicht mit einer Acht verwechseln, oder? Könnte das Kennzeichen vielleicht …«, Messmer machte eine Kunstpause, »… auch SI-042 BO gelautet haben?«

Im Zimmer wurde es so still, dass man nur noch das Blubbern der Kaffeemaschine hörte. Messmer lehnte sich zurück, sah sichtlich zufrieden in die Runde und biss genüsslich in seine Brezel.

Kurt Kübler fand als Erster die Worte wieder: »I sag's bloss ogern, Micha, abbr du bisch gar et so daggelich, wia i dengt han.«

»Und womit habt ihr so die Zeit totgeschlagen?«, fragte Messmer in die Runde.

»Ich war bei Merkles Hausarzt und hab ihn zu dessen Krankengeschichte befragt«, erzählte Kümmerle. »Der Mann kann ungefähr so gut laufen wie ein Fisch. Ist vom ersten Lendenwirbel an abwärts gelähmt.« Er öffnete eine Colaflasche mit dem Rand seiner Dienstmarke und goss sich ein. »Merkle hätte notfalls eine Pistole halten und auch abdrücken können. Doch wie soll er an den Tatort und wieder von dort weggekommen sein?«

»Ich habe rausgekriegt, dass ein Auto auf ihn zugelassen ist«, sagte Verena Sander. »Aber das wird vermutlich von seinem Chauffeur gefahren.«

»Anzunehmen. Er selbst kann es jedenfalls nicht, das steht fest«, entgegnete Kümmerle und zuckte zusammen, als die Tür an die Wand knallte und Ströbele mit einem Fax in der Hand hereinplatzte.

»Ich habe neue Erkenntnisse zu Antonia Linders jüngerer Schwester. Franziska Linder, geboren 1956 in Stuttgart, Tochter des Kaufmanns Maximilian Linder und seiner Frau, übrigens eine Mexikanerin namens Maria Dolores Conzales da Silva. Im Jahr 1973 kam Franziska wegen einer psychischen Krise ins Rudolf-Sophien-Stift. Es hieß, sie habe den tragischen Tod ihrer Eltern nicht verwunden. Etwa ein Jahr später wurde sie entlassen und ging nach Mailand, wo sie unter dem Namen Francesca Lind als Model gearbeitet hat. War auf allen berühmten Laufstegen Europas zu sehen, muss unheimlich Kohle verdient haben. Mittlerweile ist sie Ende vierzig, hat sich aus dem Geschäft zurückgezogen und lebt auf einem Anwesen bei Siena.« Ströbele räusperte sich. »Wer kann ausrücken?«

Messmer stand auf, während er noch die Reste des Spiegeleis mit einem Stück Brot vom Teller wischte. Thea holte ihren Rucksack unter dem Tisch hervor.

»Erkundigt euch, was damals im Rudolf-Sophien-Stift los gewesen ist«, sagte Joost. »Vielleicht existiert noch eine Akte von ihr.«

***

Die kunstvoll frisierte Dame in der Klinikverwaltung sah Thea und Messmer über ihre randlose Lesebrille entgeistert an.

»Krankenakten? Von 1973? Meine Güte, das ist jetzt dreißig Jahre her, die sind erst Anfang des Monats vernichtet worden. Konnten Sie nicht zehn Tage früher kommen, dann hätten Sie noch Glück gehabt!« Das kleine silberfarbene Schildchen auf ihrer üppigen Brust, das sie als Frau Grieshaber auswies, bebte unter ihrem schweren Atem.

»Vor zehn Tagen hatten wir dieses Ermittlungsverfahren noch nicht«, knurrte Messmer.

»Die Papierberge nehmen ja so eine Menge Platz weg, das können Sie sich gar nicht vorstellen«, fuhr Frau Grieshaber fort. »Schlimm genug, dass wir sie dreißig Jahre aufbewahren müssen. Heutzutage speichern wir die Patientenunterlagen selbstverständlich auf Datenträgern, aber damals war daran gar nicht zu denken. Selbst als ich vor fünfzehn Jahren hier anfing, gab es in der Klinik noch keine Computer.«

»Sie waren also Anfang der Siebziger noch nicht hier?«

Frau Grieshaber sah Messmer konsterniert an.

»Nein, was rede ich denn da? Sie waren damals natürlich noch viel zu jung«, beeilte er sich zu ergänzen.

Thea biss sich belustigt auf die Lippen. Dieses Eigentor hatte er gerade noch auf der Torlinie gestoppt. Messmers Charme verpuffte offenbar bei Frauen jenseits der fünfzig. Obwohl Frau Grieshaber aussah, als ginge sie stramm auf die sechzig zu, war es doch offensichtlich, dass sie sich die größte Mühe gab, dies mit Unmengen von Make-up und jugendlicher Kleidung zu kaschieren. Sie lächelte etwas säuerlich.

»Aber vielleicht gibt es Ärzte oder Therapeuten, die damals schon hier gearbeitet haben und sich an Franziska Linder erinnern?«, fragte Thea hoffnungsvoll.

»Ich kann ja mal nachschauen.« Frau Grieshaber stöckelte um den Mahagonischreibtisch herum zu dem Regal, das die gesamte Rückwand des Büros einnahm. Prüfend wanderten ihr Blick über die Ordnerrücken, bis sie schließlich einen herauszog und zum Schreibtisch trug, wo sie sich auf ihrem schwarzen Lederstuhl niederließ.

»Neunzehnhundertdreiundsiebzig«, sagte sie langsam, während sie mit ihren sorgfältig manikürten Fingern das Werk durchblätterte. »Nein, ich fürchte, von diesen Mitarbeitern ist heute keiner mehr in unserem Hause.« Ihr Tonfall klang bedauernd, doch Thea bezweifelte, dass es ihr wirklich Leid tat. Sie war hinter Frau Grieshaber getreten und überflog die Liste der Ärzte und die dazugehörigen Daten. Plötzlich stutzte sie, las noch einmal genauer und winkte Messmer heran.

»Es fällt mir schwer, noch an Zufälle zu glauben, wenn ich diesen Namen sehe.«

Messmer blickte Thea über die Schulter und pfiff durch die Zähne. Dann wandte er sich an Frau Grieshaber.

»Ich wäre Ihnen sehr dankbar, wenn Sie mir diesen Ordner für einige Tage überlassen könnten.« Als er ihr Zögern bemerkte, fügte er noch eine Spur freundlicher hinzu: »Sie würden mir dadurch den Weg zur Staatsanwaltschaft ersparen, und ich müsste nicht mit dem Beschlagnahmebeschluss wiederkommen und Ihre kostbare Zeit erneut in Anspruch nehmen.«

Dieser Satz verfehlte seine Wirkung nicht. Frau Grieshaber

schob ihm mit einem süßsauren Lächeln den Ordner über den Tisch.

Dieser Lump kriegt von Frauen einfach alles, dachte Thea, egal wie alt sie sind. Aber wenigstens hatte er es diesmal nicht mit seinem Lausbubencharme, sondern nur mit dem Dienstausweis geschafft. Die Akte wie eine Siegestrophäe an sich gedrückt, grüßte sie freundlich und verschwand hinter Messmer durch die gepolsterte Teakholztür, eine ziemlich zerknirschte Frau Grieshaber zurücklassend.

Eine halbe Stunde später betraten die beiden völlig verschwitzt und außer Atem das Besprechungszimmer. Messmer war noch nicht aus der Jacke, da ließ er die Bombe schon platzen.

»Die Krankenakten sind nach dreißig Jahren nicht mehr vorhanden. Wir haben aber trotzdem ein Bonbon für euch. Thea, willst du es sagen? Du hast es schließlich entdeckt.«

Thea spürte, wie Freude in ihr aufstieg. Micha ließ ihr tatsächlich den Vortritt. Aus ihm würde doch nicht etwa noch ein richtig netter Kollege werden?

»Ratet mal, wer damals als Kunsttherapeut in der Klinik gearbeitet hat.« Sie blickte in die Runde und legte bedeutungsschwanger den soeben erkämpften Personalordner auf den Tisch.

»Ich bin gespannt wie der Schlagbolzen meiner Walther«, sagte Koch erwartungsvoll, als auch schon Ströbeles Hand in die Höhe schoss. Es fehlte nur noch, dass er mit den Fingern schnipste. Thea lachte und nickte ihm zu.

»Wie viele Versuche habe ich?«, fragte Ströbele. »Drei?«

»So viel du willst, Walter. Aber du wirst nicht viele brauchen.«

»Okay, ich tippe auf Dr. Lichtenberg.«

»Treffer, Kahn versenkt.« Thea setzte sich und schlug den Ordner auf. »Der Kerl hat tatsächlich auch in Psychologie promoviert. Derselbe, den der Gärtner an Hausers Villa gesehen hat und der später vom Nachbarn, diesem Dr. Wagner, mit der Überwachungskamera gefilmt wurde.«

»Und den wir blöderweise wieder laufen lassen mussten«, ergänzte Kümmerle mit einer Miene, die seinem Namen alle Ehre machte.

»Und genau der, der aller Wahrscheinlichkeit nach vorgestern Franziska Linder vor dem Haus ihrer Schwester Antonia getroffen hat«, setzte Messmer nachdenklich hinzu. »Wie war noch mal die Beschreibung von Frau Laible: ›Wie Manfred Krug, nur kleiner.‹ Krug hat doch 'ne Glatze, oder? Und er ist auch nicht grad schlank.« Er griff nach dem Fahrtenbuch, das er eben erst auf den Tisch gelegt hatte.

»Wo willst du denn hin?«, fragte Koch zwischen zwei Schlucken Kaffee.

»Die Akte Lichtenberg mit den Fotos holen.« Messmer war schon an der Tür. »Und dann fahr ich gleich weiter zu Frau Laible, um ihr die Bilder zu zeigen.«

Kaum war Messmer gegangen, klingelte das Telefon. Ströbele nahm ab.

»Was hat Lichtenberg jetzt schon wieder im Kreis der Verdächtigen zu suchen?«, stöhnte Koch. »Wir hatten ihn als Täter doch schon ausgeschlossen.«

»Ausgeschlossen hatten wir ihn nie. Wir konnten ihn nur nicht länger in Haft lassen, weil diese blöde Zeitanzeige auf dem Videoband ihn entlastet und seine DNA nicht an der Tatwaffe ist«, brummte Kümmerle. »Aber wer weiß, vielleicht war er um sieben schon mal da und kam nur aus der anderen Richtung.«

»Und warum ging er dann noch mal zurück?« Koch sah nicht sehr überzeugt aus.

Ströbele legte den Hörer auf. »Das war der Verbindungsbeamte vom BKA. Er hat den Halter des Autos in Italien ermittelt.«

»Und?«, fragte Kümmerle.

»Das Fahrzeug ist ein roter Lancia und ist auf Franziska Linder, Casa Speranza, Ville dei Corsano bei Siena, zugelassen. Reicht das, um eine Flasche Sekt zu köpfen?«

Noch bevor Joost antworten konnte, stürzte Verena Sander zur Tür herein. »Ich hab bei der Landesbank die Kontobewegungen der Linder überprüft. Ein paar Tage, bevor sie ermordet wurde, sind zweihunderttausend Euro eingegangen, eingezahlt auf der Bank ›Monte dei Paschi di Siena‹ – von ihrer Schwester Franziska Linder.

»Ich nehme ab sofort Wetten an. Also, wer hat Wolf Hauser umgebracht?« Ströbele stellte sich in Positur wie der geborene Buchmacher.

»Des gibt doch älles koin Sinn«, fuhr Kühler dazwischen. »Warom soll se ihrer Schwestr so an Houfe Geld vrmacha, um se no umzbringa?«

»Vielleicht hat sie sich's aus irgendeinem Grund anders überlegt, hat das Geld zurückverlangt, und die Antonia wollte es nicht wieder hergeben.« Koch faltete ein Papierflugzeug aus einer Aktenzeichenmitteilung der Staatsanwaltschaft.

»Es könnte auch sein, dass Antonia sie erpresst hat und Franziska sich das nicht länger gefallen lassen wollte«, sagte Kümmerle.

»Jetzt flippen wir nicht gleich aus«, bremste Joost die allgemeine Begeisterung. »Der Sekt bleibt erst mal, wo er ist. Mich interessiert, welche Rolle Lichtenberg in diesem Zusammenhang spielt. Wir müssen ihn noch mal für eine Befragung kriegen. Seine Beziehung zu Franziska Linder könnte aufschlussreich für uns sein.«

Thea war still. Aus irgendeinem Grund, der ihr nicht ganz klar war, suchte sie verbissen nach einer Theorie, nach der Lichtenberg allen Indizien zum Trotz der Täter sein konnte. Sie mochte ihn nicht, und obwohl sie persönliche Gefühle bei Ermittlungen tunlichst vermeiden sollte, wünschte sie ihm die Pest an den Hals.

»Wir gehen sofort mit der Fahndung an die Öffentlichkeit«, entschied Joost. »Und wir brauchen schnellstens dieses Auto, am besten mit der dazugehörigen Halterin. Als Erstes geben wir Anfragen an alle Stuttgarter Hotels raus.«

»Engel, Kripo Stuttgart, guten Abend. Bin ich da richtig bei der Spielbank in Baden-Baden?«

»Goldrichtig, um es treffend zu sagen.«

»Könnten Sie mir bitte sagen, ob ein gewisser Daniel Lichtenberg momentan bei Ihnen ist beziehungsweise wann er sich das letzte Mal in Ihrem Etablissement aufgehalten hat? Es ist dringend.«

»Tut mir ausgesprochen Leid, meine Dame, über unsere Klientel dürfen wir keinerlei Auskünfte geben.«

»Hören Sie, ich bin von der Kripo. Wir suchen diesen Herrn.«

»Das kann jeder sagen. Wer garantiert mir, dass Sie von der Kriminalpolizei sind?«

»Rufen Sie mich einfach zurück.« Sie nannte ihm die Telefonnummer. »8990 steht für das Polizeipräsidium, das können Sie sich gern von der Vermittlung bestätigen lassen, wenn Sie danach die Null wählen. Lassen Sie sich dann mit mir verbinden. Mein Name ist Engel, Dezernat 1.1.« Thea legte auf.

Keine Minute später klingelte es.

»Sie müssen entschuldigen, aber Sicherheit wird bei uns groß geschrieben.«

»Schon okay. Also, was können Sie mir zu Herrn Lichtenberg sagen?«

»Der Herr Doktor ist aktuell beim Blackjack.«

Treffer. Thea spürte so etwas wie einen Stromstoß im ganzen Körper. »Können Sie einschätzen, wie lange er noch bleiben wird?«

»Er ist eben erst gekommen, erfahrungsgemäß bleibt er mehrere Stunden.«

»Vielen Dank für die Information.« Sie legte auf, um gleich darauf neu zu wählen.

»Hallo, Hannes, machst du schon Feierabend?«

»Thea? Was heißt hier ›schon‹? Es ist spät genug.«

»Hoffentlich noch nicht zu spät. Du kannst mir einen Gefallen tun. Und ich nehme an, du wirst es nicht wagen, abzulehnen.«

»Wäre wirklich dreist von mir. Worum geht's?«

»Das Wetter ist schön, und du fährst doch gern Motorrad, oder?«

»Ja, und?«

»Wie wär's mit einer Spritztour nach Baden-Baden?«

Im Soko-Raum hatte sich die Champagnerlaune inzwischen gelegt. Verena arbeitete an der Spurendokumentation, Joost diktierte den Ablaufkalender auf Band, und Kübler versuchte vergeblich, einen Bürostuhl zu reparieren, der drohte, in seine Einzelteile zu zerfallen. Als er es endlich aufgegeben hatte, kam Messmer zurück und schwenkte schon in der Tür die Lichtbildmappe über seinem Kopf.

»Frau Laible wird langsam zu meiner Lieblingszeugin. Eindeutig der Typ, der ins rote Auto gestiegen und mit der blonden Dame weggefahren ist. Allmählich schließt sich der Kreis.«

***

14. August

Antonia ist tot. Ich mochte sie nie, aber das habe ich nicht gewollt. Ich weiß nicht mehr, wie es weitergehen soll. Jetzt werde ich niemals erfahren, was damals wirklich passiert ist. Sie kann sie nicht getötet haben. So etwas bringt selbst meine Schwester nicht übers Herz. Aber wo kann sie jetzt sein? Wenn es überhaupt jemand weiß, dann Dali, aber der ist wie vom Erdboden verschluckt. Und er wird es mir auch kaum verraten, nachdem ich ihn aus dem Auto geworfen habe. Wahrscheinlich hat er mich längst bei der Polizei angezeigt.

***

Die Sonne ging gerade unter, als Rudolf Joost vorschlug, für heute Feierabend zu machen. Er war schon im Begriff, das Telefon zum Kriminaldauerdienst umzustellen, als es klingelte, als müsse es noch eine letzte Chance wahrnehmen.

Joost griff seufzend nach dem Hörer, während Koch schnell aus der Tür schlüpfte, um ja kein Risiko einzugehen. Sein »Schönen Abend noch« war kaum zu hören.

Messmer nahm seine Jacke, blieb aber mit der Hand auf der Klinke stehen, während Thea das schmutzige Geschirr in die Spülmaschine räumte. »Welches Hotel, bitte?«, hörte sie Joost sagen, und sein Tonfall versetzte sie augenblicklich in Alarmbereitschaft.

»Intercontinental.« Joost kritzelte etwas auf einen Zettel. »Und Ihr Name ist … Lakatoz – ist das Ungarisch?«

Messmer hatte den Autoschlüssel bereits in der Hand. »Das gibt noch einen späten Einsatz«, raunte er Thea zu.

»Vielen Dank.« Joost legte auf. »Das war der Empfangschef vom Interconti. Er rief auf unsere Öffentlichkeitsfahndung hin an. Der rote Lancia steht bei ihnen in der Tiefgarage. Und die Halterin, eine gewisse Frau Linder, wohnt im Hotel.« Er sah Messmer und Thea mit einem schiefen Lächeln an. »Am besten, ihr bringt sie gleich mit hierher.«

Messmer lenkte den Wagen in eine Parklücke vor dem Hotel Intercontinental in der dicht befahrenen Willy-Brandt-Straße, gegenüber dem Planetarium, und kam hinter einem Reisebus mit japanischer Flagge an der Heckscheibe zum Stehen. Die dazugehörigen Touristen hatten sich breit lächelnd vor dem Haupteingang aufgestellt und ließen sich auf Siliciumchips verewigen. Gerade trat der nächste Japaner aus dem Halbkreis und nahm dem Fotografen die Kamera ab, der sich nun seinerseits zur Gruppe gesellte.

»Das fängt ja gut an«, stöhnte Messmer. »Jetzt müssen wir uns auch noch durch eine Fotosession kämpfen.« Er schlug die Autotür zu und bahnte sich einen Weg durch die Menge, während Thea in seinem Fahrwasser folgte.

»Excuse me, could we please …« Messmer schien zu wissen, dass Japaner ein ungewöhnlich höfliches Volk sind, und gab sich seinerseits auch die allergrößte Mühe. Er wurde nicht enttäuscht.

»Oh, of coulse«, »Sule«, »Please«, lächelten sie und traten unter unaufhörlichen Achtelverbeugungen zur Seite.

Messmer und Thea gingen eilig durch die gläserne Drehtür mit dem goldenen Logo des Hotels.

Leise Klavierklänge empfingen sie. Ein gelangweilt dreinblickender Pianist spielte Clayderman. An der Rezeption sprach ein junges Mädchen in Hoteluniform mit einem Gast und reichte ihm lächelnd einen Hausprospekt. Thea beneidete sie einen Augenblick lang. Wie gern wäre sie jetzt an ihrer Stelle. Ihr Leben war bestimmt in Ordnung, sie konnte hier unten bei dezenter Musik, gepflegten Grünpflanzen und eleganten VIPs bleiben und musste nicht hinaufgehen zu dieser geheimnisvollen Frau, die womöglich ihre Tante war.

Das Foyer war mit edlen Teppichen ausgelegt, auf denen ein junger Mann nervös auf und ab lief. Seine graue Uniform legte die Vermutung nahe, dass es sich bei ihm um den Empfangschef handelte.

Messmer ging auf ihn zu und zog den Dienstausweis hervor. »Sind Sie Herr Imre Lakatosz?«

Der Mann nickte ernst. »Frau Linder befindet sich momentan in ihrem Zimmer.«

»Okay, wie finden wir sie?«

»Sie nehmen den Aufzug auf der rechten Seite und fahren bis zum dritten Stock. Zimmer 302, ganz am Ende des Flurs, links.«

»Vielen Dank.« Messmer strebte bereits auf den Lift zu. Thea konnte ihm kaum folgen.

Sie zuckte unwillkürlich zusammen, als sie ihr Spiegelbild im grellen Licht des Aufzugs sah. Sie war blass, und dunkle Schatten umrahmten ihre Augen. Das Haar hatte sich in langen Strähnen aus dem Zopf gelöst und hing ihr wirr ins Gesicht. Der Knoten in ihrem Magen zog sich noch ein Stück zusammen. Während sie Messmers prüfendem Blick auswich, fragte sie sich, ob das hier wirklich der richtige Job für sie war. Vielleicht sollte ich noch mal umschulen, dachte sie. Hotelfachfrau wäre gar nicht so schlecht. Das Ambiente ist nett, und man sieht gepflegte, adrett gekleidete Leute statt blutiger Leichen.

Das »Pling« der Fahrstuhltür riss sie aus ihren Gedanken. Der lange Flur lag wie ausgestorben vor ihnen, und der dicke, blau gemusterte Läufer dämpfte ihre Schritte, als sie den Gang hinunterstürmten.

»Ich weiß nicht, ob es was zu bedeuten hat, aber die Zimmernummern werden immer höher«, stieß Thea atemlos hervor. »Sagte der Empfangschef nicht etwas von Nummer 302?«

»Mist! Du hast Recht. Das erste Zimmer da vorne war die 343, und hier geht der Flur nicht weiter.«

Die Tür zum Personalbereich schwang auf, und mit lautem Klirren und Scheppern erschien ein riesiger Servierwagen, hinter dem die zierliche Hotelangestellte fast verschwand.

Thea fragte sie nach Nummer 302.

Sie hatten Glück. »Oh, Sie sind im falschen Flügel gelandet.« Die Frau nickte verständnisvoll, als würde sie das jeden Tag unzähligen verirrten Gästen erklären. »Das hier ist der Neckarflügel. Das Zimmer 302 finden Sie drüben im Schlossflügel.«

»Na toll«, knurrte Messmer. »Und wie kommen wir dahin?«

»Sie fahren entweder wieder runter in den ersten Stock und nehmen dann den Aufzug auf der anderen Seite, oder sie fahren rauf in den vierten oder fünften Stock. Dort kann man einfach durchlaufen. In der zweiten und dritten Etage geht das leider nicht.« Sie lächelte entschuldigend, als hätte sie selbst die Baupläne für das Hotel entworfen.

»Danke«, sagte Messmer entnervt und kehrte um.

»Der Typ vom Empfang sagte auch etwas von rechter Seite«, meinte Thea, als sie mit dem Aufzug nach oben fuhren. »Warum bist du eigentlich so zielstrebig zum linken Fahrstuhl gelaufen?«

»Und warum tapst du mir so zielstrebig hinterher?«, blaffte Messmer zurück.

»Ich kann heute irgendwie nicht klar denken«, seufzte Thea. »Mein Kopf ist wie leergefegt.«

Der Flur im Schlossflügel sah genauso aus wie der, von dem sie gekommen waren, nur dass die Zimmernummern mit zunehmender Länge niedriger wurden. Ganz am Ende auf der linken Seite fanden sie schließlich die Nummer 302. Am Türknauf hing die »Bitte nicht stören«-Karte.

Thea wechselte einen Blick mit Messmer. Sie hätte jetzt gern mit jedem getauscht, einschließlich dem südländisch aussehenden Zimmermädchen, das im Nachbarzimmer putzte.

Messmer ignorierte die rote Karte und klopfte entschlossen an die Tür. »Frau Linder?«, rief er.

Keine Reaktion.

»Frau Linder? Öffnen Sie bitte!«

Diesmal war er so laut, dass man ihn sogar im Neckarflügel gehört haben musste. Das Zimmermädchen schaute neugierig aus der Nachbartür.

Messmer winkte sie herbei. »Sie haben doch sicher einen Generalschlüssel. Öffnen Sie uns bitte diese Tür.«

Das Mädchen trat erschrocken einen Schritt zurück. »O nein, das darf ich nicht. Ist Zimmer von Frau Lind, weischt? Vielleicht sie schlafen. Vielleicht sie nicht da und haben vergessen rote Karte. Darf nicht lasse fremde Leut in Zimmer.«

Mit einem tiefen Seufzer zog Messmer seine Dienstmarke aus der Gesäßtasche und hielt sie dem Mädchen so dicht unter die Nase, dass es zurückwich.

»Sie könnten uns eine Menge Zeit und Nerven sparen, wenn Sie einfach nur das tun, was ich sage.«

Das Zimmermädchen starrte ihn mit weit aufgerissenen Augen an. Dann ließ sie wortlos die Magnetkarte ins Türschloss gleiten und zog sie mit einem Ruck wieder heraus. Das grüne Lämpchen leuchtete auf, und der Knauf ließ sich drehen.

»Na also«, sagte Messmer und hielt Thea die Tür auf.

Ich will da nicht rein, dachte Thea in einem Anflug dunkler Vorahnungen. Doch es war zu spät.

Im Zimmer herrschte Halbdunkel, die schweren Vorhänge waren zugezogen. Messmer machte Licht.

»Frau Linder?«, rief er und trat ein.

Das Zimmer war leer.

Er schob die Türen des hohen Spiegelschranks auf, der links neben der Tür stand. Eine dünne Leinenhose, zwei Kleider und eine Sommerjacke hingen auf Bügeln. Auf einem Zwischenbrett lag Unterwäsche. Zwei Paar Sandalen und die Reisetasche lagen auf dem Schrankboden.

»Für eine lange Reise scheint sie nicht gerüstet zu sein.« Messmer wandte sich um und rüttelte an der Badezimmertür gleich gegenüber dem Schrank.

»Abgeschlossen«, murmelte er, während Thea plötzlich fühlte, wie sich alle Härchen in ihrem Nacken aufstellten.

»Frau Linder!«, rief er laut.

»Soll ich die Haustechnik anrufen?« Thea hatte schon den Hörer in der Hand.

»Keine Zeit«, stieß Messmer hervor, ging einen Schritt zurück und rammte seine Schulter mit aller Kraft gegen die Tür. Der Gang zwischen Bad und dem Schrank war schmal, sodass er kaum Anlauf nehmen konnte. Beim dritten Versuch gab das

Schloss mit lautem Krachen nach, und Messmer stolperte ins Badezimmer.

»Was Sie machen da?«, kreischte das Zimmermädchen, das mit dem Staublappen in der Hand im Türrahmen erschien.

»Rufen Sie die Direktion, schnell!« Messmer schob sie energisch auf den Flur hinaus und zog die Tür ins Schloss. Draußen fiel die rote Karte zu Boden.

Bevor Messmer sie daran hindern konnte, war Thea im Badezimmer. Einige Sekunden stand sie ganz still. Sie schwankte. Dann sank sie auf die Knie und erbrach sich in die Toilettenschüssel.

Franziska Linder lag in der gefüllten Badewanne. Sie sah eigentlich ganz friedlich aus, wenn man die Tatsache beiseite ließ, dass ihr Gesicht fast vollständig unter Wasser war. Ihre Augen waren geschlossen, die Haut so bleich, dass sie sich kaum vom Marmor der Wanne abhob. Das Badewasser war noch warm und die tiefroten Wolken um ihre Handgelenke verrieten, dass noch immer Blut aus dem leblosen Körper sickerte.

Messmer legte den Finger auf die Halsschlagader. »Sie hat noch Puls! Allerdings schwach und unregelmäßig.« Er zog sich den Gürtel aus der Hose und band eilig Franziska Linders rechten Arm ab. »Hast du noch einen Gürtel, eine Strumpfhose oder so was?«

»Nein, verdammt!« Thea wühlte fieberhaft im Kleiderschrank herum. »Hier. Ein Seidentuch?«

»Gib her!« Messmer riss ihr das Tuch aus der Hand und schnürte es um den anderen Arm. »Fass mit an! Wir müssen sie rausholen!

Sie hörte das Geräusch einer Magnetkarte im Schloss. Der Hoteldirektor stand in der Tür. Sein Gesicht war gerötet, und er schwitzte.

»Was geht hier vor?«, fragte er.

»Es gab einen Suizidversuch«, sagte Messmer.

»Dann müssen wir die Polizei rufen, oder?«, fragte der Direktor verstört.

»Nur den Notarzt. Die Polizei ist schon da.« Messmer hielt ihm mit nassen Fingern seinen Dienstausweis vor.

»Hier auf der Etage wohnt ein Arzt.« Der Direktor eilte den Flur hinunter.

»Nimm du ihre Füße, der Oberkörper ist schwerer«, keuchte Messmer, der Franziska Linder schon unter den Achseln gefasst hatte und aus der Wanne zog.

Als sie den tropfnassen, leblosen Körper auf dem Badezimmerboden ablegten, hörte Thea, wie jemand ins Zimmer trat.

Ein Mann in einem weißen Hotelbademantel stand hinter ihnen. »Lassen Sie mich mit der Reanimation beginnen.«

»Thea, rufst du schnell einen Krankenwagen?«, hörte sie Messmer wie aus weiter Ferne fragen. Sie wollte zum Telefon gehen, konnte sich aber beim besten Willen nicht vom Fleck rühren.

»Ich mach das schon.« Messmer war mit zwei Schritten am Telefon und tippte eine Nummer ein.

Thea war immer noch wie versteinert. Sie fühlte sich wie eine Zuschauerin in einem bizarren Theaterstück. In dem vagen Gefühl, dass ihre Beine sie nicht mehr lange tragen würden, setzte sie sich auf den Boden und starrte auf das Durcheinander von

Wäschestücken vor dem Kleiderschrank. Zwischen Slips, BHs und Strümpfen lag ein ledergebundenes Büchlein. Sie sollte es nehmen und einen Blick hineinwerfen. Zögernd rutschte sie näher, berührte es vorsichtig, als könnte es unter Strom stehen, und nahm es in die Hand, ohne den Mut zu finden, es genauer anzusehen.

So fand Messmer sie, als er die Tür hinter den Sanitätern schloss, die Franziska Linder auf einer Bahre herausgerollt hatten.

»Was machst du da?« Er nahm sie unter den Armen und zog sie hoch. Sie ließ es geschehen und lehnte den Kopf an seine Schulter. Dieses After Shave ist eine Sünde wert, dachte sie und wunderte sich, dass ihr ausgerechnet in dieser Situation ein solcher Gedanke kam.

»Du siehst furchtbar aus. Komm, leg dich einen Moment hin.« Thea reagierte nicht. Ihn loszulassen und zum Bett zu gehen hätte viel zu viel Energie gekostet.

Messmer setzte sie behutsam auf der Bettkante ab und berührte das Buch, das sie noch immer in der Hand hielt. »Was ist denn das?«

»Es muss ein Tagebuch sein«, flüsterte Thea. »Ich hab es im Schrank gefunden. Aber ich trau mich nicht, es aufzuschlagen.«

Dann tat sie es doch.

»Es ist fast voll geschrieben.« Sie blätterte das Buch von hinten durch.

Messmer sah ihr über die Schulter, während sie nach der letzten Eintragung suchte.

14. August

Antonia ist tot. Ich mochte sie nie, aber das habe ich nicht gewollt. Ich weiß nicht mehr, wie es weitergehen soll. Jetzt werde ich niemals erfahren, was damals wirklich passiert ist. Sie kann sie nicht getötet haben. So etwas bringt selbst meine Schwester nicht übers Herz. Aber wo kann sie jetzt sein? Wenn es überhaupt jemand weiß, dann Dali, aber der ist wie vom Erdboden verschluckt. Und er wird es mir auch kaum verraten, nachdem ich ihn aus dem Auto geworfen habe. Wahrscheinlich hat er mich längst bei der Polizei angezeigt.

Jetzt, nachdem Antonia tot ist, weiß wahrscheinlich ohnehin niemand mehr, was sie mit meinem Kind gemacht hat. Ich werde Theresa niemals wieder sehen, und Theresa wird nie erfahren, wer ihre Mutter ist.

Die Nachrichten sind voll von dem Mordfall. Es heißt, dass Antonia in ihrer Wohnung erschossen wurde.

Abgesehen davon, dass Dali mich vor dem Haus getroffen hat, ist es nur eine Frage der Zeit, wann die Polizei meine Spur aufnimmt. Ich könnte jetzt ins Auto steigen und wegfahren, bevor sie mit Blaulicht und quietschenden Reifen vor dem Hotel halten. Ich könnte sofort packen und verschwinden. Aber wohin? In Italien finden sie mich doch auch. Und warum überhaupt fliehen? Was hat mein Leben noch für einen Sinn? Es ist völlig gleichgültig, ob ich hier bleibe oder wegfahre. Es ist überhaupt alles völlig gleich.

Theas Gedanken drehten sich im Kreis. Unendlich langsam begriff sie, was sie soeben gelesen hatte. Sie hob den Blick vom Tagebuch und starrte auf den Teppich, ohne dessen Muster wahrzunehmen. Erst als Messmer mit einer Hand voll Papiertücher aus dem Bad kam und sie ihr reichte, merkte sie, dass sie weinte.

»Diese Theresa, soll das ihre Tochter sein?«, fragte er.

»Das ist mein Vorname«, flüsterte Thea. »Ich bin diese Theresa. Im Schrank ihrer Schwester habe ich die zweite Hälfte des Ponchos gefunden, in den ich eingewickelt war, als man mich als Neugeborenes vor dem Olgahospital …« Ihre Stimme versagte.

Einige Augenblicke lang war es im Zimmer so still, dass man trotz der Schallschutzfenster den Verkehr auf der Willy-Brandt-Straße hören konnte.

»Das heißt, diese Franziska Linder, die sich gerade die Pulsadern aufgeschnitten hat …«

»… ist meine Mutter«, flüsterte Thea. Das Zimmer begann sich um sie zu drehen. Thea schloss die Augen.

»Du weißt also schon seit der Durchsuchung gestern …« Messmer hielt inne und starrte sie ungläubig an.

»Zuerst habe ich gedacht, Antonia sei meine Mutter. Auf ihre Schwester bin ich nicht gekommen.«

»Warum hast du nichts gesagt?«

Erst jetzt merkte Thea, dass er den Arm um sie gelegt hatte. Es tat gut. »Ich hab heute Morgen mit Walter gesprochen.« Sie blinzelte vorsichtig zu Messmer rüber, konnte aber keine Regung in seinem Gesicht erkennen. Vielleicht eine Spur Enttäuschung, aber das mochte sie sich einbilden.

Messmer öffnete die Minibar und nahm eine kleine Flasche Whisky heraus. Im Bad fand er ein sauberes Zahnputzglas und goss es halb voll.

Er drückte ihr das Glas in die Hand. »Hier, trink das. Aber schön langsam.«

»Ich bin im Dienst«, widersprach Thea schwach, dann aber nahm sie den Whisky und stürzte ihn in einem Zug hinunter.

»Jetzt nicht mehr.« Messmer nahm ihr das Glas aus der Hand und füllte es nach. »Ich bring dich nach Hause und fahr dann noch mal zum Präsidium. Das Tagebuch nehme ich mit.«

»Nein!« Thea hatte zu ihrer eigenen Überraschung geschrien. »Ich nehme es mit. Ich werde es heute Nacht durchgehen. Ich muss wissen, was drinsteht!«

Messmer atmete tief durch. »Du weißt, dass es Beweismaterial ist.« Es war mehr eine Feststellung als eine Frage.

»Das weiß ich. Und ich werde dieses Beweismaterial auswerten. Du kannst mir einen offiziellen Auftrag dazu erteilen, wenn dich das beruhigt.«

»Ich weiß nicht, ob ich dir das zumuten kann.« Er sah besorgt aus. »Du bist jetzt schon völlig durcheinander.«

»Micha, bitte! Wenn ich nicht bald erfahre, was hier drinsteht, drehe ich durch. Mach es mir nicht noch schwerer.«

»Also gut. Es hat ja doch keinen Sinn, dich daran zu hindern.« Er stand auf. »Steck es ein. Was soll ich den Kollegen sagen?«

»Du kannst es ihnen ruhig erzählen. Ströbele weiß ohnehin schon Bescheid. Und die anderen müssen es früher oder später auch erfahren.«

»Gut. Bist du wieder okay?«

Thea nickte, wischte sich über die Augen und setzte sich auf die Bettkante.

»Dann gehen wir jetzt. Hast du Schnaps im Haus?«

»Nur Rotwein.« Thea empfand sogar das Sprechen als anstrengend.

»Der tut's im Notfall auch.« Er führte sie auf den Flur hinaus, hielt sie mit einer Hand unter dem Arm fest und klebte mit der anderen ein Polizeisiegel an die Zimmertür.

Kaum hatte Thea ihre Wohnungstür hinter sich geschlossen, warf sie sich aufs Bett und schlug die erste Seite des Tagebuchs auf. Ihr Herz schlug wie ein Hammer. Franziska Linder war ins Katharinenhospital gebracht worden. Es sei noch viel zu früh, um Prognosen zu stellen, hatte der Arzt gesagt, morgen früh könne man vielleicht schon mehr sagen. Thea sprach ein leises Gebet und dachte flüchtig daran, dass sie sehr lange nicht mehr gebetet hatte. Sie sah auf das ledergebundene Büchlein und hatte Angst, es zu lesen.

Mach dich nicht lächerlich, schalt sie sich selbst, als sie sich ihrer Feigheit bewusst wurde. Trotzdem holte sie ein Glas Rotwein, um sich Mut anzutrinken, bevor sie zu lesen begann.

20. Mai 1972

Oh, mein Gott! Mama und Papa sind tot. Sie sind auf ihrem letzten Flug von Südamerika abgestürzt. Jetzt sind wir allein, Antonia und ich. Antonia sagt, sie will von nun an meine Mutter sein, weil ich erst sechzehn bin und sie schon vierundzwanzig. Mir ist alles egal. Ich vermisse Mama so!

Von ihrer Mexikoreise hat Mama mir dieses schöne Tagebuch mitgebracht. Antonia bekam einen bunten Poncho, wie sie jetzt modern sind. Ich finde ihn ziemlich scheußlich, aber ihr gefällt er. Das Tagebuch ist viel schöner, und ich habe mir fest vorgenommen, alles hineinzuschreiben, was ich Mama gesagt hätte, wenn sie noch leben würde.

Antonia sagt, ich soll endlich das Licht ausmachen und schlafen. Sie spielt die Mutterrolle wirklich großartig. Als wäre ich noch ein Baby. Ich kann sehr gut auf mich selbst aufpassen. Aber meine doofe Schwester scheint ihre Bestimmung gefunden zu haben. Ich mag sie nicht. Ich hab sie noch nie gemocht.
Wie konntet ihr euch nur einfach in dieses Flugzeug setzen und abstürzen? Das werde ich euch nie verzeihen!

14. Dezember 1972

Mein liebes Tagebuch,
was ich dir jetzt anvertraue, werde ich nie jemand anderem erzählen können. Es fällt mir schon schwer, nur darüber zu schreiben. Am liebsten würde ich es für immer aus meiner Erinnerung löschen. Aber es ist passiert. Dieser Mistkerl hat mir das Schlimmste angetan, was ich mir vorstellen kann. Er ist ein Lügner und ein brutaler Mensch. Ich hasse ihn.

Ich war mit Marianne beim Eislaufen auf der Waldau. Als die Eisbahn schloss, machten wir uns zusammen auf den Heimweg. Marianne wohnt gleich um die Ecke, direkt am Waldrand. Ich bin bis zu ihrem Haus mitgegangen und wollte dann allein weiter. Da hielt auf einmal ein roter Ford Capri neben mir. Ich kannte das Auto. Es gehört diesem Schönling namens Wolf, der früher mit Antonia in die Schule gegangen ist. Er grinste mich durchs Autofenster an und rief mich zu sich.

»Hallo, Franzi! Komm, steig ein, ich fahr dich heim. Bin sowieso auf dem Weg zu euch, muss Antonia abholen. Wir treffen uns heute Abend mit der Clique unten in der Stadt.«

Ich wollte eigentlich nicht mitfahren und sagte, die paar Meter könnte ich auch allein gehen. Aber er hat darauf bestanden, und ich gab nach. Kaum hatte ich die Tür zugeschlagen, da fuhr er schon an und bog nach ein paar Minuten ab in Richtung Fernsehturm. Ich fragte ihn, wohin er denn fährt. Er sagte, er hätte im Vereinsheim auf der Waldau seinen Geldbeutel vergessen und müsste deshalb noch einmal zurück in die Gaststätte. Ich habe mir nichts dabei gedacht. Oben beim Fernsehturm bog er aber in einen Waldweg ein. Ich wunderte mich, wo da eine Gaststätte sein soll. Es war schon dunkel geworden, und er fuhr und fuhr, und plötzlich waren wir irgendwo im Wald. Kein Haus weit und breit. Wolf machte den Motor aus und grinste mich an. Er sah wirklich aus wie ein Wolf, der im Begriff ist, ein Lamm zu reißen, und ich erwartete fast, dass ihm jeden Moment vor Gier der Sabber aus dem Mund laufen würde.

Ich bekam richtig Angst vor ihm und traute mich nicht zu mucksen. Mir wurde klar, dass er mich hereingelegt hatte, und ich überlegte, ob ich aussteigen und in den Wald rennen sollte. Aber es war stockdunkel und kalt. Den Fernsehturm konnte ich nicht mehr sehen, nur die Lichter kreisten in gleichmäßigen Abständen über den Bäumen. Ich hoffte, dass er mich nur küssen wollte. Das hätte ich ausgehalten. Also war ich einfach still und wünschte, dass es schnell vorbei sein würde.

Er machte das Autoradio an und fragte mich leise, ob mir die Musik gefällt. Ich sagte, nicht so besonders. Er wollte wissen, was mir denn dann gefallen würde. Ich konnte nicht sprechen, mein Hals war wie zugeschnürt. Da beugte er sich zu mir vor und küsste mich. Es war aber anders, als ich mir einen richtigen Kuss vorgestellt hatte. Es war einfach nur nass und eklig. Er fummelte mit seiner Hand unter meiner Bluse herum und keuchte. Ich merkte, dass er ernst machte, und versuchte, die Autotür zu öffnen, doch er hielt meine Hand fest und ließ mich nicht los. Aus dem Autoradio quakte eine entsetzliche italienische Schnulze von diesem pferdegesichtigen Sänger. Wolf wurde immer zudringlicher und lag plötzlich ganz auf mir. Ich wollte schreien, doch er hielt mir den Mund zu und drohte, Antonia zu erzählen, dass ich ihn verführt hätte.

Ich flehte ihn an, mich in Ruhe zu lassen, und versprach, niemandem etwas zu erzählen. Doch er hörte gar nicht zu.

Ich kann nicht mehr weiterschreiben. Es war einfach schrecklich, und es hat so wehgetan. Ich hasse ihn so! Ich hasse ihn! Ich wünschte, er wäre tot. Und Antonia hasse ich auch und mich selber am meisten. Wäre ich doch bloß nicht eingestiegen, ich dumme Kuh!

Wenn Mama und Papa noch da wären, wäre das bestimmt nicht passiert. Dann hätte Papa diesen schrecklichen Mann gar nicht zu uns ins Haus gelassen. Ich will ihn nie wieder sehen. Ich wünschte, er wäre tot. Und Antonia auch.

Ich möchte sterben.

Thea atmete tief durch. Sie legte das Tagebuch aufs Kopfkissen, griff nach dem Weinglas und trank einen Schluck. Dann setzte sie sich bequemer hin und blätterte um.

18. Juni 1973

Ich habe lange nicht mehr geschrieben, weil ich zu durcheinander war. Ich hätte auch gar keinen klaren Gedanken zu Papier gebracht. Im Januar habe ich gemerkt, dass ich schwanger bin. Ich hatte furchtbare Angst, es Antonia zu sagen. Dann habe ich es ihr doch gestanden, weil ich gar nicht mehr weiterwusste. Sie hat mich angeschrien, mich eine dumme, naive Gans geschimpft und wollte wissen, mit wem ich ins Bett gestiegen sei. Ich weinte und weinte. Sie wollte mir gar nicht glauben, dass ich vergewaltigt worden war. Wir stritten furchtbar, und irgendwann habe ich ihr ins Gesicht geschrien, dass es ihr blöder Wolf gewesen ist. Da bekam sie erst recht einen Anfall. Sie gab mir eine Ohrfeige, tobte und ging wie eine Tigerin im Zimmer hin und her. Ich hatte Angst, dass sie mich noch einmal schlagen würde. Sie schrie, ich wäre mit sechzehn viel zu jung für ein Kind und müsse es abtreiben lassen. Aber das wollte ich auf keinen Fall, trotz allem nicht! Antonia hat noch tagelang versucht, mich zu überzeugen. Es sei das Beste für uns alle. Selbst als es schon längst zu spät für einen Abbruch war, meinte sie, sie kenne da vertrauenswürdige Leute … Aber ich bin stur geblieben.

Ich musste meine Schwangerschaft verheimlichen. Das Kind sollte ich sofort nach der Geburt zur Adoption freigeben. Ich weinte die ganze Zeit und war zuerst mit allem einverstanden. Ich hatte einfach keine Kraft mehr, mich zu wehren. Irgendwann beruhigte sich Antonia einigermaßen, aber besonders freundlich war sie nicht zu mir. Wolf kam damals nicht mehr zu uns nach Hause. Ich weiß nicht, ob sie sich woanders trafen. War mir auch egal.

Dann kam der Tag, an dem sich das Kind zum ersten Mal bewegte. Es muss irgendwann im Mai gewesen sein. Und da wurde mir klar, dass ich es niemals hergeben würde. Ich hatte das Gefühl, es will mit mir Kontakt aufnehmen, mir etwas mitteilen. Und plötzlich wusste ich, dass ich nicht mehr allein bin.

Es ist mir egal, wer sein Vater ist. Es ist allein mein Kind. Und niemand wird es mir wegnehmen.

Thea hielt inne. Sie war nicht sicher, ob sie die Kraft haben würde, weiterzulesen. Sie stand auf, ging ins Wohnzimmer und kramte in der Schublade, in der sie früher Zigaretten aufbewahrte. Eigentlich hatte sie sich vorgenommen, ganz mit dem Rauchen aufzuhören, aber eine Notschachtel musste doch hier irgendwo sein. Endlich fand sie die angebrochene Packung und zündete sich hastig eine Zigarette an. Es schmeckte grauenvoll. Nach ein paar tiefen Lungenzügen las sie weiter.

27. September 1973

Ich sitze am Fenster und sehe hinaus. Die Blätter an den Bäumen unten an der Straße sind schon ganz gelb. Bald werden sie abfallen und kahle Zweige zurücklassen. Und dann wird es kalt.

Mein kleines Mädchen kam vor zwei Wochen zur Welt.

Im sechsten Monat hatte ich eine schwere Nierenbeckenentzündung und musste den Rest der Schwangerschaft im Bett liegen. Eigentlich hätte ich in eine Klinik gemusst, aber Antonia hat sich krankgemeldet und ist daheim geblieben. Von irgendwoher hatte sie Medikamente besorgt. Wahrscheinlich aus dem Krankenhaus geklaut. Sie kümmerte sich wie eine vorbildliche Krankenschwester um mich. Sie wurde richtig freundlich und versuchte sogar, mir einzureden, das Kind daheim zu bekommen. Aber ich hatte Angst. Sie hat zwar in ihrer Ausbildung auch schon auf der Entbindungsstation gearbeitet, aber so viel Vertrauen hatte ich doch nicht. Ich wollte auf jeden Fall in ein Krankenhaus. Und sie gab auch scheinbar nach.

Dann setzten die Wehen zwei Wochen zu früh und mitten in der Nacht ein. Alles ging plötzlich sehr schnell. Antonia behauptete, jetzt wäre keine Zeit mehr, ins Krankenhaus zu fahren, außerdem sei sie doch da. Ich hatte in dieser Verfassung keine Kraft, mit ihr zu streiten. Ich wollte es einfach hinter mich bringen, egal wo. Als mein kleines Mädchen geboren war, war ich nur noch froh, es geschafft zu haben.

Ich hatte viel Blut verloren, war total erschöpft und konnte nur einen kurzen Blick auf mein süßes Baby werfen. Die Kleine war so zart, dass ich Angst hatte, ihr wehzutun, als ich sie im Arm hielt. Ich sagte, sie soll Theresa heißen. Ich fand diesen Namen schon immer wunderschön. Für eine Sekunde blinzelte sie mir zu und ich sah, dass sie blaue Augen hatte, wie ihr Vater. Aber das war mir egal. In diesem Augenblick konnte mich kein Übel dieser Welt erreichen.

Antonia nahm mir das Baby aus dem Arm und gab mir irgend so ein bitteres Zeug zu trinken. Sie sagte, ich müsse mich jetzt ausruhen und ging mit meinem Kind hinaus.

Ich muss Stunden geschlafen haben, denn als ich aufgewacht bin, war es heller Morgen. Ich rief nach Antonia und wollte meine kleine Theresa sehen.

Antonia setzte sich zu mir ans Bett und sagte, ich müsse jetzt sehr stark sein. Das Baby habe es nicht geschafft. Ich verstand nicht, was das heißen sollte.

»Was nicht geschafft?«, fragte ich.

»Das Baby ist gestorben. Es war zu schwach«, sagte sie.

Ich kann mich jetzt nicht mehr daran erinnern, aber Antonia erzählte mir später, ich hätte angefangen zu schreien und um mich zu schlagen und sei nicht zu beruhigen gewesen.

Als ich Theresa noch einmal sehen wollte, sagte Antonia, sie habe das tote Kind schon weggebracht. Ich bettelte und heulte, aber sie sagte mir nicht, wohin sie mein Baby gebracht hatte. Ich glaube, sie hat es heimlich irgendwo verscharrt. So bekommt wenigstens niemand die Schande mit, dass ihre kleine Schwester ein uneheliches Kind geboren hat.

Ich hasse sie. Hätte sie erlaubt, dass ich in einer Klinik entbinde, anstatt alles selbst machen zu wollen, würde Theresa vielleicht noch leben.

Antonia sagt, ich soll versuchen, Theresa zu vergessen. Ich müsse stark sein und in die Zukunft sehen. In welche Zukunft denn bloß? Ich habe keine Zukunft. Meine Zukunft ist mit meinem Kind gestorben.

Thea tastete mit einer Hand unter ihrem Kopfkissen nach einem Taschentuch, ohne den Blick vom Tagebuch zu nehmen. Sie wischte sich die Tränen vom Gesicht und las weiter.

12. Oktober 1973

Es ist unglaublich! Meine fürsorgliche Schwester hat mich in ein so genanntes Sanatorium geschickt. Antonia meint, nach den Schicksalsschlägen, die ich erlitten habe, bräuchte ich dringend Ruhe und seelischen Beistand, den sie mir nicht geben kann, weil sie arbeiten muss.

Wie sollte sie auch? Seelischen Beistand, dass ich

nicht lache! Sie weiß doch gar nicht, was das ist! Wie auch immer, es ist mir egal, wo ich esse oder schlafe. Und mehr tue ich sowieso nicht, seit mein Kind gestorben ist.

Und jetzt bin in der Nervenklinik. Toll. Ich bin in der Klapse. Wenn das Marianne wüsste! Für sie bin ich in einem Schweizer Internat. Das hat sich auch Antonia ausgedacht.

Aber ich bin ganz in ihrer Nähe, im Rudolf-Sophien-Stift.

Ich teile dieses kahle Zimmer mit einer verrückten Italienerin. Sie wird von allen nur ›Signora‹ genannt. Die spinnt ganz schön. Die ganze Zeit hockt sie auf dem Bett, kaut auf ihren Fingernägeln herum und lässt stundenlang ein und dieselbe Schallplatte auf einem scheppernden Plattenspieler laufen. Es ist immer dasselbe Lied, so ein italienischer Schlager. Für den schwärmt sie offenbar. Schwerer Fall von Fanatismus, würde ich sagen.

Dann kommt noch jeden Tag diese komische Putzfrau hier durch, die pausenlos in weiß Gott was für einer Sprache unverständliche Lieder trällert. Ich hätte es nie geglaubt, aber langsam sehne ich mich danach, mal wieder etwas Deutsches zu hören, von mir aus auch Peter Alexander oder Chris Roberts.

Nach dem Frühstück haben wir als Erstes einen Gesprächskreis, wo nur Stuss erzählt wird. Ich habe bisher noch nichts gesagt. Sollen doch die anderen erzählen, was sie wollen. Mir ist alles egal. Was soll es denn nützen, wenn ich denen sage, warum es mir so schlecht geht? Die haben ihre eigenen Probleme. Meine süße, kleine Theresa kann niemand wieder lebendig machen.

Und Mama kann mich auch nicht trösten.

Nachmittags ist Kunsttherapie bei Dr. Lichtenberg. Weil er mit Vornamen Daniel heißt, haben wir seinen Namen einfach abgekürzt und nennen ihn Dali. Das passt gut, zumal er uns wirklich an den echten Dalí erinnert. Er zwirbelt seinen Schnurrbart ganz genauso. Ansonsten ist er ziemlich klein und dicklich, und seine Haare sind auch schon recht ausgedünnt, obwohl er noch gar nicht so alt ist. Meiner Meinung nach hat er auch einen ziemlichen Knall, was aber sicher nicht ausbleibt, wenn man den ganzen Tag mit verkrachten Existenzen zu tun hat. Manchmal glaube ich, dass ich die einzig Normale hier bin. Aber das denkt bestimmt jeder von sich.

Der Vorteil ist, dass Antonia mir hier nicht ständig auf den Geist gehen kann. Sie kommt mich ab und zu besuchen und spielt dann die besorgte große Schwester. Aber auch nur, damit die anderen sie dafür halten. Diese Heuchlerin. Zum Teufel mit ihr! Sie will doch nur Ruhe vor mir haben und ihr Leben genießen.

Ich muss Schluss machen, gleich ist Nachtruhe. Die Signora hat ihren Plattenspieler endlich ausgeschaltet. Ich glaube, sie schläft. Hoffentlich träume ich nicht von diesem Lied. Ich habe es heute schon mindestens zwanzigmal gehört, und ich hasse es.

Erschöpft klappte Thea das Tagebuch zu. Sie sah auf die Uhr. Das Zifferblatt verschwamm vor ihren Augen. Energisch wischte sie die Tränen weg. Fast vier Uhr morgens. Sie stand auf und schüttelte den linken Arm, der eingeschlafen war. In der Küche löffelte sie Kaffeepulver in einen Becher und goss kochendes Wasser auf. An Schlaf war jetzt ohnehin nicht mehr zu denken.

»Wenn man sich etwas sehr wünscht, geht es auch in Erfüllung.« Wie oft hatte sie diese Worte von Schwester Margarethe gehört? »Aber es ist nicht immer ein Segen, wenn Wünsche Wirklichkeit werden.« Thea verstand erst jetzt die volle Tragweite dieser Worte. Ein Leben lang hatte sie sich nichts sehnlicher gewünscht, als etwas über ihre Herkunft zu erfahren und ihre leibliche Mutter zu finden. All das war nun in Erfüllung gegangen. Nur eben ganz anders, als sie es sich vorgestellt hatte.

Sie nahm die Kaffeetasse und trat ans Fenster. Am Horizont erschien bereits ein heller Streifen, und die ersten Vögel begannen zaghaft zu zwitschern. Wie konnten sie nur! Thea empfand es wie einen Verrat.

Sie dachte an Messmer, und für einen Augenblick hatte sie den Duft seines Aftershaves in der Nase und das flüchtige Aufflackern von Geborgenheit. Das hatte so unendlich gut getan. Sie sehnte sich danach, in den Arm genommen und getröstet zu werden. Ihr wurde schmerzlich bewusst, wie einsam sie war.

Und Micha?

Sie war sich nicht sicher, was er für sie empfand. Vielleicht bildete sie sich alles nur ein, und er war nichts als ein netter Kollege, der sich um sie und den Fall sorgte und dem es Spaß machte, sie hin und wieder ein wenig aufzuziehen. Sie überlegte, was er den anderen erzählt hatte. Ihr grauste bei der Vorstellung, den Soko-Raum betreten zu müssen. Alle Augen würden auf sie gerichtet sein, und jeder würde sich mitfühlend und verständnisvoll zeigen. Wahrscheinlich würde man sie wie ein rohes Ei behandeln. Einen Moment spielte sie mit dem Gedanken, sich krank zu melden. Das würde ihr sicher niemand übel nehmen. Aber nein, das wäre nur ein Aufschub.

Immer wieder drängte sich das Bild ihrer Mutter vor ihr geistiges Auge. Hätten sie sie doch nur ein paar Minuten früher gefunden! Der Notarzt und die Sanitäter hatten den leblosen Körper auf einem am Boden ausgebreiteten Gummilaken wieder belebt. Thea hatte reglos auf dem Teppich gekniet und wie in Trance die Beatmung mitverfolgt. Bei der Herzdruckmassage war sie jedes Mal zusammengezuckt, aus Angst, die Männer könnten den Brustkorb ihrer Mutter eindrücken und ihre Rippen brechen. Die Erleichterung, als der Arzt einen regelmäßigen Herzschlag meldete, konnte sie jetzt noch körperlich spüren.

Flüchtig streifte sie der Gedanke an Wolf Hauser. Sie fühlte eine tiefe Abwehr, als ihr bewusst wurde, dass er ihr Vater war. Und doch: So negativ er bei dieser ganzen Sache auch in Erscheinung getreten war, Thea bedauerte, dass sie keine Gelegenheit gehabt hatte, auch seine guten Seiten kennen zu lernen.

Acht

So müssen sich die Gladiatoren gefühlt haben, bevor sie in die Arena stiegen, dachte Thea, als sie die Tür des Soko-Raums öffnete. Ihr Magen rebellierte, und ihre Augen brannten. Der Schlafmangel machte sich bemerkbar. Auch ihr »Guten Morgen« klang nicht ganz so beschwingt wie es eigentlich sollte.

Die Gespräche verstummten, und sie fühlte alle Blicke auf sich gerichtet.

»Irgendein Idiot hatte mich zugeparkt«, entschuldigte sie ihr Zuspätkommen. Die Rollos waren halb heruntergelassen, die Sonne fiel durch die Spalten der Jalousien und malte ein Streifenmuster auf die Kollegen, das sie wie Sträflinge aussehen ließ. Die Schüssel mit den Süßigkeiten stand frisch gefüllt auf dem Tisch, doch heute schienen alle zu zögern, zuzugreifen.

»Guten Morgen, Thea. Wir haben mit der Besprechung auf dich gewartet«, brach Joost das Schweigen, das schwer wie eine Gewitterwolke im Raum hing.

Thea setzte sich und betrachtete eingehend ihre Fingernägel. Seltsamerweise fühlte sie sich wie ein armer Sünder, dabei gab es dafür überhaupt keinen Grund.

»Wie geht es ihr?«, brachte sie schließlich hervor. Ihre Stimme war nicht mehr als ein Flüstern.

»Sie kommt durch«, sagte Messmer und zwinkerte ihr zu.

»Allerdings darf noch niemand zu ihr. Ich gehe morgen Nachmittag hin, um sie zu befragen.«

Thea hielt den Atem an. Er hatte ganz deutlich »ich« gesagt, nicht »wir«. Sie hatte es genau gehört. Bisher hatten sie doch immer im Team ermittelt. Sie spürte, wie ein schwerer Stein ihren Magen immer weiter nach unten zog.

»Micha hat uns von der Sache im Interconti erzählt«, sagte Joost. »Wirklich eine seltsame Geschichte. Man mag gar nicht mehr an Zufälle glauben. Ich möchte dir versichern, dass du unser Mitgefühl hast. Es muss ein schwerer Schock für dich sein, aus diesem Tagebuch zu erfahren, dass diese Frau wahrscheinlich deine Mutter ist … und vermutlich diese Morde begangen hat.«

Theas Kopf fuhr ruckartig nach oben. Sie starrte Messmer, der ihr gegenübersaß, sprachlos an. Doch er hielt ihrem Blick stand, ohne auch nur mit einer Wimper zu zucken.

»Wer sagt denn das?«, brachte sie schließlich hervor, und ihr Hals war rau und trocken dabei.

»Thea, du willst es bestimmt nicht wahrhaben, aber in dem Tagebuch steht eindeutig, dass Franziska Linder vorhatte abzuhauen, weil sie jeden Moment die Polizei erwartete. Wie wird sie wohl auf die Idee gekommen sein?« Messmer sprach leise und einfühlsam, doch gerade das brachte Thea noch mehr aus der Fassung.

»Sie hat kein Wort davon geschrieben, dass sie Hauser und ihre Schwester umgebracht hat!«, fauchte sie zurück. »Tut mir Leid, aber das habe ich nirgends gelesen, nicht mal zwischen den Zeilen.«

»Warum sollte sie das auch erwähnen? Das ist eine Tatsache, die sie ja weiß«, konterte Messmer. »Sicherlich wollte sie sich mit diesen traumatischen Vorfällen nicht noch einmal auseinander setzen. Das ist eine ganz normale Schutzhaltung. Man muss kein Psychologe sein, um das zu wissen.«

»Jetzt streitet euch nicht«, versuchte Joost die Wogen zu glätten. »Am besten, du gibst mir das Tagebuch einfach. Ich nehme an, du hast es mitgebracht.«

Unwillig zog Thea das Buch aus dem Rucksack und schob es Joost über den Tisch. Er blätterte es von hinten her durch und las schweigend.

Ströbele stand auf und sah Joost über die Schulter. Messmer spielte mit seinem Kugelschreiber und vermied es, Thea anzusehen. Harald Koch griff nun doch verlegen in die große Schüssel und nahm einen Mars-Riegel heraus. Kübler kritzelte auf seinem Block herum.

Schließlich klappte Joost das Buch zu. »Ich gebe es nur ungern zu, Thea, aber Micha hat Recht. Du musst bedenken, dass Franziska Linder einen Selbstmordversuch unternommen hat, und das sieht mir ganz nach einem Schuldbekenntnis aus. So tragisch das alles auch für dich ist, ich fürchte, wir müssen den Tatsachen ins Auge sehen.«

»Ich glaube nicht, dass sie es war. Nie und nimmer«, sagte Thea hartnäckig. »Das passt einfach nicht zu ihr.«

»Thea, du kennst sie doch gar nicht. Woher willst du wissen, was zu ihr passt und was nicht?« Messmer sprach nachsichtig zu ihr, wie zu einem Kind. Sie hätte ihn am liebsten geschlagen.

»Wie auch immer, wir haben eine Blutprobe, die sich beim

Kriminaltechnischen Institut befindet. Geiger hat mir zugesichert, sie so bald wie möglich mit den Tatortspuren zu vergleichen«, erklärte Joost.

Thea wich seinem Blick aus und schaute in die Runde ihrer Kollegen. Keiner sagte ein Wort. Doch keiner schien daran zu zweifeln, dass der Vergleich der Hautschuppen an der Tatwaffe mit Franziska Linders DNA einen Treffer geben würde. Sie fühlte, wie ihr das Blut in den Kopf stieg. Jetzt sollte sie zu alledem auch noch wie auf Kohlen auf das Laborergebnis warten – das konnte sich ewig hinziehen.

Trotzdem sprang sie auf, als plötzlich das Telefon klingelte, und stürzte zum Apparat. Dabei stieß sie gegen die Tischkante, riss Kochs Tasse um, und der frisch gebrühte Kaffee ergoss sich siedend heiß über ihre Jeans.

»Tut mir Leid, tut mir ehrlich Leid«, stammelte sie und rieb sich das Bein. »Ich glaube, heute ist nicht mein Tag.« Einfach dämlich, wie sie sich benahm. Aber es hätte ja das DNA-Ergebnis sein können, und das wollte sie nicht aus dem Mund ihres Chefs erfahren.

Doch Joost schien froh zu sein, den Vorfall nicht kommentieren zu müssen, und nahm den Hörer ab. Es war lediglich die Hauswache, die die Ankunft eines Zeugen meldete.

»Thea, ich glaube, du könntest einige Tage Erholung gebrauchen«, sagte Joost, nachdem er aufgelegt hatte. »Ich habe vollstes Verständnis für deine Situation. Wir alle. Und ich bin der Meinung, dass der Fall für dich eine allzu dramatische Wendung genommen hat. Wir sind zwar unterbesetzt, aber darauf können wir jetzt keine Rücksicht nehmen. Ich spreche sicher im Namen aller, wenn ich vorschlage, dich bis auf Weiteres vom Dienst freizustellen.«

Thea starrte ihren Chef ungläubig an. Die nasse Jeans hatte sie augenblicklich vergessen, ebenso ihre Oberschenkel, die wie Feuer brannten.

»Ich glaube nicht, dass ich das will«, entgegnete sie schließlich, um Fassung bemüht. »Gerade jetzt habe ich ein sehr persönliches Interesse an der Aufklärung dieses Falles.«

»Das meine ich ja. Dein Interesse ist zu persönlich. Ich fürchte, in dieser Situation kannst du nicht mehr objektiv sein.« Eine leise Spur von Mitleid schwang in seiner Stimme.

Thea glaubte nicht, was sie da hörte. »Ich bin doch Profi«, begehrte sie auf. »Natürlich kann ich objektiv ermitteln.« Sie blickte erwartungsvoll in den Kreis ihrer Kollegen. »Jetzt sagt ihr doch auch mal was.«

Doch sie sah ausnahmslos gesenkte Köpfe.

Schließlich erbarmte sich Ströbele. »Engelchen, für jeden von uns wäre eine solche Situation emotional viel zu belastend. Das trifft besonders für dich zu, schließlich bist du erst kurze Zeit bei uns. Wir können das nicht verantworten.«

»Na, herzlichen Dank für euer Vertrauen!« Thea atmete schwer. Sie wartete noch eine Sekunde, ob jemand einlenkte, doch als dies nicht geschah, rannte sie aus dem Zimmer. Mit einem lauten Knall fiel die Tür hinter ihr ins Schloss.

Als Thea ihr mit Regalen und Zimmerpflanzen vollgestopftes Büro betrat, war sie außer sich vor Wut und Enttäuschung. Sie fühlte sich wie unter Strom. Das konnte doch alles nicht wahr sein. War denn das gesamte Dezernat gegen sie? Wollten sie alle aus der Ermittlungsgruppe heraushaben? Meinten die wirklich, sie könnte nicht mehr klar denken?

Es klopfte, und im selben Moment stand Messmer in der Tür.

»Hier ist es ja stockfinster«, sagte er und knipste das Licht an. »Gleich gibt es ein Gewitter. Schau, dort drüben über dem Neckartal blitzt es schon.«

»Na und?« Thea kniff geblendet die Augen zu. Im grellen Neonlicht fühlte sie sich geradezu nackt vor ihm. Überhaupt wäre sie jetzt am liebsten allein gewesen. Doch sie wagte es nicht auszusprechen. Sie traute ihrer Stimme nicht. Alles war so schwierig geworden, auch die einfachsten Dinge.

Messmer schloss die Tür und lehnte sich mit verschränkten Armen dagegen. »Ich habe auch noch gute Neuigkeiten. Vielleicht muntern die dich auf.« Er machte eine kurze Pause, aber Thea reagierte nicht. Gute Neuigkeiten gab es für sie momentan nicht.

»Ein Streifenpolizist aus Bad Cannstatt hat Lichtenberg in Baden-Baden aufgegabelt. Hast du das veranlasst?«

»Der Kollege war mir einen Gefallen schuldig«, sagte sie und drehte ihm den Rücken zu. Warum sagt er nicht einfach, dass es ihm Leid tut?, dachte sie.

»Wir haben Lichtenberg zum Betrugsdezernat überstellt. Rudolf will ihn später noch zu Franziska Linder vernehmen.«

»Wirklich gute Neuigkeiten wären es, wenn Lichtenberg die Morde gestanden hätte«, sagte Thea dumpf. »Aber er wird sie meiner Mutter in die Schuhe schieben und behaupten, sie hätte sich an Antonia und Hauser für die Aussetzung ihres Babys rächen wollen.« Sie drehte sich um. »Und er wird vermutlich damit durchkommen.«

»Wenn er unschuldig ist, wird er das.«

»Schöne Scheiße.«

»Hör mal. Rudolf hat doch Recht, du solltest wenigstens ein paar Tage pausieren. Dann kannst du über alles nachdenken und deine Gedanken ordnen.«

Thea schüttelte heftig den Kopf. »Vergiss es«, zischte sie.

Die ersten schweren Regentropfen klatschten gegen die Fensterscheiben. Das Gewitter war jetzt genau über dem Pragsattel, und der Himmel leuchtete gelblich-grau.

»Himmeldonnerwetter, was bist du stur!«, sagte Messmer.

»Ich bin nicht stur. Lass mich einfach allein.«

»Zu den anderen hier bist du immer nett und freundlich. Und mich fauchst du nur an. Ich würde dich gern mal auf eine richtig gute Pizza einladen, wenn du nicht so kratzbürstig wärst.«

»Deine Pizza kannst du dir sonst wohin stecken! Ich bleibe bei den Ermittlungen bis zum Ende dabei, und keiner wird mich davon abbringen!« Thea verstummte. Ihr wurde bewusst, dass sie zu weit gegangen war.

»Mensch, Thea, ich kann gut nachfühlen, dass du es nicht wahrhaben willst. Es ist bestimmt nicht leicht zu schlucken, dass die eigene Mutter, die man gerade erst gefunden hat, eine Mörderin sein soll. Ich verstehe das, ehrlich.«

»Ach? Du verstehst auch mal was? Das ist ja was ganz Neues.«

»Jetzt lass mich ausreden.«

Thea sah ihn trotzig an. Ihr Kinn zitterte.

»Du hast dich dein Leben lang danach gesehnt, deine Mutter kennen zu lernen. Stimmt's?«

»Ich glaube nicht, dass ich jetzt mit dir darüber reden will.«

»Aber ich mit dir. Hör zu. Du hast innerhalb weniger Tagen deine Eltern gefunden. Dein Vater ist tot, und deine Mutter wäre es auch beinahe gewesen. Es ist völlig normal, dass du jetzt durchdrehst. Das würde jeder von uns, ich auch. Und deshalb brauchst du eine Auszeit.«

»Ich brauche gar nichts. Ich mache weiter!«

»Thea, niemand kann auf solch brutale Art mit seiner Herkunft konfrontiert werden und dann einfach weitermachen, als wäre nichts geschehen!«

»Was weißt du schon?« Thea sah an ihm vorbei. Sie wäre am liebsten weggelaufen, doch Messmer stand wie ein Bär an die Tür gelehnt und rührte sich nicht vom Fleck.

»Seien wir ehrlich: Selbst wenn wir wollten, wir dürfen dich nicht weitermachen lassen. Wenn du mit ihr verwandt bist, dann bist du befangen, das muss dir doch klar sein.«

Thea schluckte. Natürlich war ihr das klar.

»Thea«, versuchte Messmer es erneut, »wenn herauskommt, dass du Franziska Linders Tochter bist und in dem Fall trotzdem weiterermittelst, kannst du deinen Dienstausweis zum Hinternputzen benutzen. Und Rudolf wird versetzt und kann als Dorfsheriff in Uhlbach oder sonst wo auf seine Pensionierung warten. Das willst du doch nicht, oder?« Messmer sah Thea eindringlich an.

Thea hatte aufgehört, sich zu wehren. Sie stand zusammengesunken da und betrachtete die Schreibtischunterlage, auf der in großen, grünen Lettern geschrieben stand: »Polizei – ein Beruf, so interessant wie das Leben«. Sie spürte, dass ihre mühsam aufrechterhaltene Beherrschung gleich zusammenbrechen würde. Aber diese Blöße wollte sie sich auf keinen Fall geben. Es fehlte noch, dass ich jetzt vor ihm losheule, dachte sie und drehte sich wieder zum Fenster. Die Tränen liefen ihr die Wangen hinunter, und sie hatte mal wieder keine Taschentücher eingesteckt. Also wischte sie sich das Gesicht mit den Handflächen ab, so wie sie es als Kind immer getan hatte.

Draußen brach die Hölle los. Die bedrohlich schwarzen Wolken berührten fast die Kronen der Pappeln vor dem Gebäude. Der Wind fegte darüber, als wolle er die Bäume samt Wurzeln aus dem Boden reißen. Ein Blitz spaltete den Himmel, und von einer Sekunde auf die andere prasselten taubeneigroße Hagelkörner herunter und bedeckten den moosbewachsenen Betonboden des Balkons vor Theas Büro. Das Donnergrollen war direkt über ihnen.

»Ich kann es einfach nicht glauben, dass sie es war«, sagte sie tonlos.

Messmer setzte sich ihr gegenüber. »Überleg doch mal. Franziska Linder hatte gerade erfahren, dass ihr Kind, von dem sie glaubte, dass es unmittelbar nach der Geburt gestorben war, von ihrer Schwester ausgesetzt wurde, und dass Antonia sie in eine Anstalt abgeschoben hat, damit sie für Wolf Hauser frei sein konnte – für den Mann, der sie vergewaltigt und geschwängert hat. Unmittelbar darauf werden sowohl Hauser als auch Antonia Linder umgebracht. Sie muss es gewesen sein.«

»Nein, ich glaube es nicht.«

»Du sollest aber darüber nachdenken«, fuhr Messmer fort. »Franziska Linder wurde am Tag des zweiten Mordes vor dem Haus ihrer Schwester gesehen. Dann stellt sich heraus, dass die Fremd-DNA auch in diesem Mordfall weiblich ist.«

»Seit wann ist das bekannt?«

»Seit heute Morgen. Wir gehen davon aus, dass es dieselbe Person war wie bei Wolf Hauser. Wie viele Indizien brauchst du denn noch?«

Thea zog ihren Stuhl heran und setzte sich. Auf ihre Knie mochte sie sich jetzt nicht mehr verlassen.

»Als ich klein war, hatte ich eine Überlebensstrategie«, sagte sie. »Immer, wenn mir etwas Schreckliches passiert ist, hab ich versucht mir vorzustellen, was noch schlimmer hätte sein können, und ich war richtig froh, dass ich noch so glimpflich davongekommen war. Dann ging's mir gleich besser. Das hab ich mein Leben lang beibehalten, und es hat immer geholfen.« Sie hob den Kopf und blickte Messmer offen an. »Aber diese Strategie funktioniert jetzt nicht, verstehst du? Es gibt nichts, was noch schlimmer sein könnte als das, was gerade geschieht.«

Messmer nahm ihre eiskalten Hände in seine und drückte sie sacht.

»Ich muss unbedingt noch zum Kriminaltechnischen Institut«, sagte Thea und entzog ihm ihre Hände. »Aber bei diesem Mistwetter komme ich nicht mal bis zum Auto, ohne zu ersaufen oder vom Hagel durchlöchert zu werden.«

Messmer stand auf und trat ans Fenster. »Manchmal braucht es ein Unwetter, damit man wieder durchatmen und klar sehen kann.«

Thea war die Doppeldeutigkeit seiner Worte nicht entgangen. Ein ohrenbetäubendes Krachen ließ sie zusammenfahren. Es musste ganz in der Nähe eingeschlagen haben.

»Komm da lieber weg«, entfuhr es ihr.

»Du sorgst dich doch nicht etwa um mich, oder?« Messmer schaute sie ungläubig an, und um seinen Mundwinkel zuckte es schon wieder belustigt.

Thea hätte sich ohrfeigen können.

»Du wirst das Ergebnis der DNA-Untersuchung nicht früher bekommen, auch wenn du stündlich danach fragst. Es braucht nun mal so lange, wie es braucht. Die geben uns schon Bescheid, wenn sie so weit sind. Das weißt du doch.« Messmer trat vom Fenster zurück. »Der Gedanke, dass deine Mutter eine Mörderin sein soll, tut weh.« Messmers Stimme war jetzt leise und sanft. »Aber es muss wehtun, wenn es heilen soll.«

»Wer sagt das?« Thea sah ihn erstaunt an.

»Die Urgl.«

»Wer um Gottes willen ist die Urgl?«

»Kennst du die etwa nicht? Urgl ist ein Gnomenweibchen aus Michael Endes ›Die unendliche Geschichte‹, eine Heilerin. Und die Frau von Engywuck, dem Erforscher des südlichen Orakels.«

»Du hast die ›Unendliche Geschichte‹ gelesen?«

»Mit meinem Sohn zusammen. Er war vollkommen vernarrt in das Buch. Und ich finde, es steckt viel Weisheit drin.«

Thea war sprachlos. Diese Seite Messmers kannte sie noch nicht.

Er ging im Büro auf und ab. »Bei den sichergestellten Gegenständen aus dem Hotelzimmer ist auch der Schlüssel vom Haus deiner Mutter in Italien. Das ist eine echt schöne Gegend da unten. Ich hab da mal mit Ulrike und Matthias Urlaub gemacht, am Meer, als meine kleine Welt noch in Ordnung war. Castiglione della Pescaia hieß der Ort …« Er verharrte einige Sekunden, als wäre er gerade sehr weit weg.

Thea wusste nichts zu erwidern. Sie hatte noch nie erlebt, dass er von seiner Ehe sprach.

»Ich mach dir jetzt einen Vorschlag.« Messmer blieb an der Tür stehen. »Du nimmst Urlaub, fährst nach Siena und siehst dich in dem Haus um. Vielleicht findest du Indizien für die Tat, vielleicht auch nicht. Auf jeden Fall verlasse ich mich auf dich. Dort unten bist du deiner Mutter so nahe, wie es im Augenblick vertretbar ist.«

Thea hob den Kopf und sah Messmer ungläubig an. »Aber das darf ich doch nicht. In ihr Haus, meine ich, ohne einen Durchsuchungsbeschluss.«

»Ich rede mit Rudi darüber. Ich bin sicher, er wird nichts dagegen haben.« Messmer setzte sich wieder ihr gegenüber. »Ich kann mir nicht vorstellen, dass deine Mutter dich anzeigt, wenn sie erfährt, dass du in ihrem Haus auf sie wartest.«

Ich hoffe es, dachte Thea. Was wird wohl in ihr vorgehen, wenn sie erfährt, dass ich dort auf sie warte?

»Und wenn das DNA-Ergebnis kommt, ruf ich dich auf dem Handy an.«

Thea sah aus dem Fenster. Das Unwetter hatte so plötzlich aufgehört, wie es angefangen hatte. »Du gibst mir Bescheid, versprochen?«

»Du hast mein Indianerehrenwort«, sagte Messmer und streckte ihr die Hand hin.

Die Wolkendecke brach auf. Ein Sonnenstrahl kämpfte sich durch eine Lücke und brachte eine Strähne von Theas rotem Haar zum Leuchten.

Neun

Die Via Aurelia zog sich schnurgerade durch die mit Ginster und Lavendel bewachsene Landschaft. Rechts blitzte ab und zu eine Ahnung der grünblauen Wasserfläche durch die Pinien. Thea hatte das Mittelmeer noch nie gesehen. Sie war überhaupt noch nicht weit gereist in ihrem Leben. Im Kinderheim hatte es keine Ferienfahrten gegeben, und später, während der Ausbildung, und dann als Polizistin war sie nie auf die Idee verfallen, in den Süden zu reisen. Ein schwerer Fehler, wie sie jetzt feststellte. Vielleicht hatte sie nicht ganz zufällig die Abfahrt bei Follonica verpasst. Ihr Herz klopfte, als sie auf Höhe des kleinen Küstenorts Castiglione della Pescaia kurzerhand den Blinker setzte und den Wagen in die Ausfahrt lenkte.

Dichte Pinien säumten die Straße, und alle hundert Meter warnte ein Verkehrsschild vor herunterfallenden Zapfen. Die konnten hier die Größe von Kinderköpfen erreichen, hatte Messmer gesagt. Ganz schön gefährliches Pflaster, und das nicht nur wegen der Pinienzapfen, dachte Thea, während sie von einem halben Dutzend Jugendlicher auf Vespas überholt wurde, die sich nicht im Geringsten um die Geschwindigkeitsbegrenzung kümmerten. Wie der Blitz sausten sie vorbei, die Gurte ihrer Helme flatterten im Fahrtwind. Seit kurzem hatte auch Italien endlich die Helmpflicht eingeführt, aber offenbar war dabei nur angeordnet worden, einen Helm aufzusetzen. Davon, ihn auch zuzumachen, schien offenbar nicht die Rede gewesen zu sein.

Thea gefror fast das Blut in den Adern, als einer der Jungen bei einem gewagten Überholmanöver auch noch sein Handy aus der Tasche zog und zu telefonieren begann.

Nach ein paar hundert Metern sah sie das Meer endlich vor sich liegen. Die Strahlen der Nachmittagssonne brachen sich auf der spiegelglatten Wasseroberfläche, die wie geschmolzenes Silber glänzte. Es war so schön, dass ihr die Augen brannten.

Thea fand einen Parkplatz in der Nähe des Hafens, stellte den Corsa ab und lief zum Meer. An der Mole hatten Händler ihre Stände aufgebaut, es roch nach fangfrischem Fisch und Meeresfrüchten. Kinder rannten zwischen den Buden umher und spielten Verstecken. Möwen stritten sich kreischend um die am Boden liegenden Abfälle. Ein Kutter passierte den kleinen Leuchtturm, der am äußersten Ende der Mole stand. Auf beiden Seiten der Hafeneinfahrt breitete sich feinsandiger, goldgelber Strand aus, auf dem sich Liegestühle, Sonnenschirme und die unvermeidlichen Touristen drängten. Es war August – Hochsaison.

Am Ende der Mole angekommen, ließ Thea ihren Blick schweifen. Im Süden erstreckten sich Pinienhaine so weit das Auge reichte, gesäumt von einem Streifen weißen Sandstrandes. Nördlich waren am Horizont im Dunst die Umrisse der Insel Elba zu erkennen.

Thea spürte, wie die Müdigkeit in ihr aufstieg. Sie versuchte ihre Rückenschmerzen zu ignorieren, die langsam die Wirbelsäule hinaufkrochen. Seit vier Uhr morgens war sie unterwegs und hatte außer einem ungesunden Frühstück im Schnellimbiss einer Autobahnraststätte nichts gegessen.

Sie machte kehrt und schlenderte in den alten Ortskern. Dort fand sie ein kleines Restaurant, setzte sich an einen Tisch auf der Terrasse und bestellte eine Pizza, die das Ausmaß eines Wagenrades hatte. Während sie aß, beobachtete sie die Touristen auf der Geschäftsstraße und fühlte, wie sie sich mehr und mehr entspannte. Sie versuchte sich auszumalen, wie ein sonnengebräunter Michael Messmer in Badeschuhen und Bermudashorts hier entlangschlenderte, den kleinen Sohn an seiner Seite. Seine Ex-Frau konnte und wollte sie sich dabei nicht vorstellen. Für sie war in ihrer Phantasie kein Platz.

Thea schaute auf die Uhr. Nachdem sie ein großzügiges Trinkgeld zur Rechnung gelegt hatte, ging sie zum Auto zurück und fuhr weiter, landeinwärts in Richtung Siena.

Die Auffahrt zur Casa Speranza schlängelte sich in Serpentinen durch den Zypressenhain. Theas alter Corsa holperte in angemessen langsamer Gangart die kopfsteingepflasterte Straße entlang, die bestimmt noch aus der Zeit der alten Römer stammte. Sie war verzaubert von dieser Gegend. Allmählich verstand sie, was ihre Mutter gemeint hatte, als sie in ihr Tagebuch schrieb: *»Dies ist eine Landschaft, wo meine Seele gesund werden könnte.«*

Als das einstöckige Natursteinhaus vor ihr auftauchte, setzte ihr Herz einen Moment aus. Das musste es sein. Weit abgelegen stand es auf dem sanft geschwungenen Hügel, von drei hohen Zypressen wie von stummen Wächtern beschützt.

Thea stellte den Motor ab und stieg aus. Während sie in der Tasche nach dem Hausschlüssel suchte, merkte sie, dass ihre Knie zitterten.

Hinter dem hohen, schmiedeeisernen Tor lag ein kleiner, gepflegter Garten, der sich bis zum Haus erstreckte. Die Tür war nicht verriegelt und quietschte, als sie eintrat. Ihr Blick fiel auf ein Zitronenbäumchen, das neben der Haustür wuchs. Thea berührte eine pralle, gelbe Frucht und wog sie in der Hand. Einen Moment erwartete sie fast, dass sich die Tür öffnete und ihre Mutter auf die Vortreppe trat. Aber natürlich blieb alles still. Nur ein Vogel zwitscherte in den Zweigen des Zitronenbaums.

Das Panorama war atemberaubend. Bis zum Horizont erstreckte sich die toskanische Hügellandschaft. In der Ferne waren im Nachmittagsdunst die Türme von Siena zu erkennen. Thea war überrascht, wie vertraut ihr das alles schien. Obwohl sie noch nie hier gewesen war, hatte sie das seltsame Gefühl, nach Hause gekommen zu sein. Am liebsten würde sie an diesem Ort wie das Zitronenbäumchen Wurzeln schlagen und bis ans Ende ihrer Tage die Aussicht genießen.

Während sie die Haustür aufschloss, fiel ihr der überquellende Briefkasten auf. Die Tageszeitungen der letzten Woche hatten nicht alle darin Platz gefunden. Ein aufmerksamer Postbote hatte einige unter das Vordach gelegt und mit einer Plastiktüte abgedeckt. Als sie den Kasten öffnete, fielen ihr außer den Zeitungen noch eine Werbeanzeige für den Palio in Siena und ein dicker Brief mit hellblauem Umschlag entgegen. Thea sah ihn genauer an. Er war an Franziska Linder adressiert und laut Poststempel in Mailand aufgegeben. Auf der Rückseite stand nur ein Name: »Sofia«.

Thea setzte sich auf die Steinstufen des Treppenaufgangs und drehte den Brief unschlüssig in ihren Händen. Irgendetwas in ihr drängte sie, ihn zu öffnen, obwohl ihr sehr wohl bewusst war, dass sie kein Recht dazu hatte. Sie betrachtete die Anschrift, die in großen, steilen Buchstaben geschrieben war, und versuchte, das Bild Franziska Linders vor ihrem geistigen Auge entstehen zu lassen. Sie erinnerte sich an ihren Impuls, aller Vorschriften und Verbote zum Trotz zum Katharinenhospital zu fahren und sie aufzusuchen. Aber wenn sie ehrlich zu sich selbst sein wollte, musste sie zugeben, dass es ihr auch an Mut gefehlt hatte. War sie trotz aller Empörung nicht doch auch erleichtert gewesen, dass Messmer es übernommen hatte, Franziska Linder im Krankenhaus zu vernehmen? Wo kam diese plötzliche Feigheit her? Thea wurde bewusst, dass sie ihrer Mutter nie näher gewesen war als in diesen beiden Tagen in Stuttgart. Ihre Reise in die Toskana kam ihr inzwischen wie eine Flucht vor. Ihr wurde klar, dass sie Angst hatte. Angst davor, ihre Mutter kennen zu lernen. Sie trug seit dreißig Jahren ein Bild in ihrem Inneren, das ihr mit der Zeit heilig geworden war. Was, wenn dieses Bild plötzlich verblasste, sich auflöste, und etwas ganz anderes an seine Stelle träte? Was, wenn sie ihre Mutter nun endlich gefunden hatte, nur um sie gleich wieder zu verlieren? Thea erhob sich von den Steinstufen und schloss die Haustür auf. Sie stellte ihre Reisetasche in der Diele ab, ging in die Küche und legte den Brief auf den Esstisch aus Pinienholz. Neugierig sah sie sich um. Auf der Anrichte standen Terrakotta-Vasen mit bunten Sträußen aus Trockenblumen. Darüber erstreckten sich Wandregale mit Gläsern voller getrockneter Pilze und Tomaten, Flaschen mit Olivenöl und Aceto Balsamico. An einem Haken hing ein Bündel Basilikum, das einen betörenden Duft verströmte. Sie legte ihre Hand auf die Platte des gusseisernen Herdes, als erwarte sie, noch die Wärme vom letzten Feuer zu spüren. Unter der Spüle fand sie mehrere Weinflaschen. Verdursten würde sie jedenfalls nicht.

Thea nahm eine Flasche Chianti, fand einen Korkenzieher und ein bauchiges Rotweinglas im Küchenschrank und setzte sich an den Tisch. Da war er wieder, der Brief im hellblauen Umschlag, und zog sie an, als wäre er mit einem Lockstoff versehen. Sie redete sich ein, dass es die Polizistin in ihr war, die glaubte, dieser Brief könnte für die Ermittlungen relevant sein. Aber da war auch eine unbändige Neugier, ein Stück Privatleben ihrer Mutter kennen zu lernen, der sie nicht widerstehen konnte. Thea hatte noch nie einen fremden Brief geöffnet. Was sollte sie damit machen, wenn sie ihn gelesen hatte? Wieder zukleben? Oder einfach verschwinden lassen? Bei der Post waren schon unzählige Briefe verloren gegangen. Und schließlich hatte Messmer ihr gesagt, sie solle nach eventuellen Indizien Ausschau halten. Was, wenn dieser Brief wirklich einen Hinweis enthielt? Irgendetwas, das sie ein Stück weiter brachte? Aber er könnte auch etwas ans Licht bringen, das sie lieber nicht wissen wollte.

Thea schenke sich ein Glas Wein ein und nippte daran. Durch die Verandatür konnte man auf die Terrasse schauen, wo Eidechsen über die groben Natursteine huschten und in Mauerspalten verschwanden. Die hatten es wirklich gut. Thea hätte sich auch gern verkrochen. Irgendwo, wo nichts und niemand sie erreichen konnte und wo sie diesen verdammten Brief nicht sah.

Als sie ihr Glas ausgetrunken hatte, war sie sicher, dass sie keine Minute länger mit diesem verschlossenen Kuvert im selben Zimmer sein konnte. Entweder sie ergriff schon wieder die Flucht, oder sie stellte sich ihrer Angst.

Es kam ihr fast wie ein Verrat vor, als sie den Umschlag vorsichtig öffnete und vier eng beschriebene Bögen herausnahm.

Die steile, energische Handschrift war schwierig zu lesen, und Thea brauchte eine Weile, bis sie sich daran gewöhnt hatte, doch dann las sie immer hastiger, mit wachsender Unruhe, und ihr Herz begann schneller und schneller zu schlagen.

Mia cara Francesca!
Ich schreibe dir, weil ich etwas getan habe, wofür es keine Entschuldigung gibt. Ich habe mich schon vor langer Zeit der Kirche abgewandt, aber weil ich es einfach jemandem sagen muss, erzähle ich es dir. Wem sonst könnte ich so uneingeschränkt vertrauen?

Cara mia, ich wünschte, ich könnte behaupten, ich hätte es nur für dich getan. Aber wenn ich ganz ehrlich zu mir bin, muss ich eingestehen, dass ich es mindestens genauso sehr für mich selbst tat.

Als du mich angerufen hast, nachdem du auf der Bank warst und im »Nannini« Dali begegnet bist, hast du eine Lawine losgetreten, die nicht mehr aufzuhalten war. Nein, es ist nicht deine Schuld! Niemand hat Schuld. Es kam einfach, wie es kommen musste.

Weißt du noch, wie wir uns damals im Sanatorium gegenseitig die Herzen ausschütteten? Ich erzählte dir von meinem Liebsten, mit dem ich so oft zu »Azzurro« tanzte. Und du erzähltest mir von dem Ekel, das dich vergewaltigt und geschwängert hat. Wir haben uns gegenseitig so viel Halt gegeben und haben einander blind vertraut. Aber eines haben wir nie getan: Wir haben niemals einen Namen genannt.

Du sprachst nur von »diesem Schwein« oder »diesem Ekel«, und ich sagte immer nur »der, der mir das Herz brach«.

Als du mich angerufen hast, um dich auszuweinen, sagtest du zum ersten Mal den Namen »Wolf Hauser«. Der Name schlug wie ein Blitz in mich ein. Mir wurde in einer einzigen Sekunde klar, dass dein »Ekel« und mein »Liebster« ein und dieselbe Person sind. Als ich dann noch hörte, dass er außerdem ein Verhältnis mit deiner Schwester Antonia hatte, und das seit Jahren, also schon zu der Zeit, als er mir die ewige Treue schwor, gab es für mich kein Halten mehr.

Ich fuhr mit dem Nachtzug direkt nach Stuttgart und weiß noch, dass ich am Zugfenster saß, in die sternenklare Nacht hinausschaute und dachte: Wie kann Gott einen so vollkommenen Himmel schaffen, wenn er gleichzeitig so viel Unglück zulässt?

In den frühen Morgenstunden kam ich in Stuttgart an und fuhr geradewegs zu seinem Haus. Ich dachte nicht daran, ihn zu töten, aber ich wollte ihm ins Gesicht sagen, dass er eine Ausgeburt der Hölle ist.

Als er mir die Tür öffnete, hatte er noch den Bademantel an und sein Haar stand wirr vom Kopf ab. Ich hatte ihn wohl geweckt. Wolf sah mich an, als sei ich ein Gespenst.

»Lass mich rein«, sagte ich, und ich glaube, er hatte mich nie zuvor so forsch und entschlossen erlebt. Das verwirrte ihn offenbar im ersten Moment so sehr, dass er zur Seite trat. Er führte mich wortlos in sein Büro. Ich nehme an, dass er es für das Vernünftigste hielt, eine verschmähte Geliebte in einem neutralen Raum zu empfangen.

Ich sagte ihm, was für ein gewissenloses Schwein er sei. Meine aufgestaute Verbitterung rauschte wie ein giftiger Sturzbach auf ihn herab.

Und er lachte!

Die Erinnerungen waren plötzlich wieder da, als wäre es gestern gewesen. Ich war wieder achtzehn und bis über beide Ohren in ihn verliebt. Ich war als Gastarbeiterin nach Deutschland gekommen und arbeitete als Schneiderin in einer seiner Partnerfirmen. Wir sahen uns zum ersten Mal auf einem Sommerfest der Firma. Es war das Jahr, in dem »Azzurro« ein Hit wurde. »Azzurro« – die Farbe seiner Augen. Azzurro – die Farbe des Himmels, den er mir versprach.

Auf diesem Fest hörte ich dieses Lied zum ersten Mal. Wir tanzten miteinander, und als er mich küsste, wusste ich, dieses Lied würde mich mein ganzes Leben lang begleiten und mein Schicksal besiegeln.

Es war eine traumhafte Zeit, die etwa zwei Jahre dauerte. Dann, von einem Tag auf den anderen, hörte ich nichts mehr von ihm. Ich hatte keine Ahnung, was los war. Ich wusste natürlich, dass er bei der Firma Merkle arbeitete. Aber ich wagte nicht, hinzugehen. Ich wartete und wartete. Dann erfuhr ich von seiner Verlobung mit Helene Merkle und heulte mir die Augen aus dem Kopf. Zuerst versuchte ich, ihn zu vergessen. Nach einigen Monaten war mir klar, dass mir das nicht gelingen würde. Ich war tatsächlich der Meinung, für ihn die einzig richtige Frau zu sein und dass ich ihm nur die Augen öffnen musste, damit er es auch erkannte.

Es dauerte lange, bis ich den Mut fand, ihn aufzusuchen. Eines Tages ging ich zu seinem Büro. Es war im Herbst 1972, ich habe den Duft des feuchten Laubs auf der Straße vor seinem Firmengebäude noch heute in der Nase. Ich hatte ein wunderschönes Geschenk für ihn dabei – einen Briefbeschwerer aus Murano-Glas, den ich von meinem letzten Besuch in Italien mitgebracht hatte. Die Sekretärin wollte mich nicht zu ihm lassen, aber ich rannte einfach an ihr vorbei. Und dann stand er vor mir: In seinem sündhaft teuren Anzug, die Haare streng zurückgekämmt, und die wunderschönen blauen Augen, die ich so sehr liebte, blickten kalt, als würde er eine Fremde anschauen.

Wolf fuhr mich an, was ich mir dabei denke, hierher zu kommen. Ich solle gefälligst verschwinden, er hätte zu arbeiten. Seine Position würde es ihm nicht erlauben, sich anbiedernde Verehrerinnen in seinem Büro zu empfangen.

Ich schrie, seine Position hätte ihn schließlich einen Dreck interessiert, als er sich damals mit mir eingelassen hatte. Mir gingen die Nerven durch und ich tobte wie noch nie in meinem Leben. Ich nahm den Briefbeschwerer aus meiner Tasche und warf ihn nach ihm. Was ist diese Kugel doch für ein schicksalhaftes Ding. Hätte sie ihn damals schon am Kopf getroffen und getötet, wäre dir dein Schicksal erspart geblieben. Aber sie verfehlte ihn knapp, schlug auf einen Stuhl und rollte von dort auf den Boden. Sie bekam nur einen Sprung. Wolfs Verhängnis war, dass er sie all die Jahre aufbewahrt hatte – wie eine Trophäe.

Er packte mich und sagte, ich solle auf der Stelle sein Büro verlassen, aber ich schrie weiter, schlug auf ihn ein und weinte, bis ich nicht mehr konnte und zu Boden sank. Plötzlich tat er sehr besorgt und rief einen Arzt an, der auch bald darauf kam. Du ahnst sicher schon, wer dieser Arzt war. Ja, es war Dali.

Er diagnostizierte einen hysterischen Anfall und wies mich ins Rudolf-Sophien-Stift, unser »Sanatorium«, ein. Den Rest kennst du.

Und nun schien sich das Schicksal zu wiederholen. Dreißig Jahre danach stand ich wieder in seinem Büro, und er musterte mich verächtlich.

»Muss ich dich etwa noch einmal einweisen lassen?«, fragte er hämisch.

Ich fing an zu toben, sprach von dem Leid, das er auch dir zugefügt hatte, hielt ihm die Vergewaltigung vor, deine Schwangerschaft und wie du unter der Totgeburt gelitten hattest.

An dieser Stelle lächelte er amüsiert: »Das war doch keine Totgeburt! Antonia hat das Neugeborene verschwinden lassen. Sie ließ Franziska in dem Glauben, das Baby sei tot geboren worden. Das gehörte zu unserem Plan. Und jetzt hau endlich ab, sonst rufe ich die Polizei!«

Er setzte sich an den Schreibtisch und griff nach dem Telefonhörer. Da legte sich eine kalte Hand um mein Herz. Plötzlich sah ich die Kugel aus Murano-Glas auf dem Tisch, und meine Finger schlossen sich wie von selbst um die kühle glatte Rundung. Ohne eine Sekunde lang nachzudenken, schmetterte ich sie ihm an den Kopf.

Und diesmal verfehlte ich ihn nicht.

Ich konnte nicht fassen, was ich da angerichtet hatte. Ich glaube, ich habe einige Sekunden lang nur dagestanden und ihn angestarrt, wie er da reglos auf seinem Schreibtisch lag und das Blut auf die Tischplatte tropfte. Da erst begriff ich, dass ich ihn umgebracht hatte. Ich wollte nur noch weg, bin wie im Wahn die Treppen hinuntergerannt und aus dem Haus gestürzt. Ich glaube, ich habe nicht einmal die Tür hinter mir zugezogen. Obwohl kein Mensch auf der Straße war und ich sicher bin, dass niemand mich gesehen hat, wurde ich erst etwas ruhiger, als ich an der Haltestelle Sonnenberg in die U-Bahn stieg.

Cara mia, ich weiß nicht, warum ich noch in Stuttgart geblieben bin. Vielleicht wollte ich die Schau erleben, wenn er gefunden wurde. Ein kleines bisschen Genugtuung sei mir vergönnt. Ich nahm mir ein Zimmer in einer Pension am Stadtrand und schwor mir, auch zur Beerdigung zu gehen. Das sollte die Sache für mich endgültig abschließen.

Auf dem Friedhof wollte ich mich ganz unauffällig am Rande halten. Aber die Neugier trieb mich. Ich wollte die Frau sehen, deine Schwester, die ihm bei all seinen Intrigen zur Hand gegangen war.

Antonia sah elend aus, und mir wurde klar, dass sie ihn wirklich geliebt hatte. Während der Pfarrer die Grabrede hielt, begegneten sich unsere Blicke. Sie sah mich eine Sekunde zu lang an, und ich wusste, sie erinnerte sich.

Ich ging zu ihr und sprach sie an: »Sie überlegen, woher Sie mich kennen, nicht wahr? Es ist lange her. Ich habe mit Ihrer Schwester ein Zimmer geteilt, in der Klinik, in die Sie und Wolf sie einweisen ließen. Das Schicksal wollte es, dass er auch mich dahin schickte, um mich aus dem Weg zu haben. Ja, auch ich hatte ein Verhältnis mit Wolf Hauser.«

Sie starrte durch mich hindurch, und ich überlegte, ob sie mich überhaupt verstanden hatte. Eine Zeit lang sprach sie überhaupt nicht. Schließlich sagte sie: »Wir müssen reden. Kommen Sie mit zu mir nach Hause.«

Wir verließen den Friedhof, als die Trauergäste ihre Hand voll Erde auf den Sarg warfen. Ich hatte ohnehin nicht vorgehabt, das zu tun. Eine letzte Ehre hatte er wirklich nicht verdient.

Ich weiß nicht, was ich mir dabei dachte, aber ich bin tatsächlich mit ihr gefahren. Hätte ich es bloß nicht getan!

Als Antonia die Haustür aufschloss, war sie ganz ruhig. Sie bot mir sogar Kaffee an. Schließlich sagte sie: »Sie wollen mir also weismachen, auch Sie hätten damals mit Wolf ein Verhältnis gehabt? Wann soll denn das gewesen sein, wenn ich fragen darf?«

Meine große Stunde war gekommen. Endlich konnte ich sie nach Herzenslust verletzen. Ich stellte mich in Positur und ließ das Fallbeil herabsausen. »Sie werden es nicht glauben, aber Wolf hatte gleichzeitig ein Verhältnis mit mir, mit Ihnen und mit Helene Merkle, und so ganz nebenbei fand er auch noch Zeit, Ihre kleine Schwester Franziska zu vergewaltigen.«

Sie zuckte zusammen. »Nie im Leben werde ich glauben, dass Wolf zu einer so gewöhnlichen Person wie Ihnen eine Liebesbeziehung unterhielt! Niemals!«

Jetzt ging der Teufel mit mir durch. »Glauben Sie es ruhig!«, keifte ich. »Wir haben uns regelmäßig getroffen. Zwei Jahre lang hat er mich geliebt. Er sprach sogar vom Heiraten. Und den Briefbeschwerer aus Murano-Glas, mit dem er erschlagen wurde, habe ich ihm geschenkt!«

Ein paar Sekunden lang herrschte Totenstille. Schlagartig wurde mir die Tragweite meiner unbedachten Worte klar.

Antonia war sie natürlich nicht entgangen. Sie war plötzlich kreidebleich: »Woher wissen Sie von der Tatwaffe? Das stand in keiner Zeitung und kam auch nicht in den Nachrichten. Die Polizei hielt dieses Detail aus taktischen Gründen zurück.«

Was dann geschah, habe ich wie in Zeitlupe wahrgenommen. Deine Schwester zog plötzlich eine Schublade auf und nahm eine Pistole heraus.

Ich wich zurück. »Tun Sie nichts Unüberlegtes«, rief ich.

»Ich tue nie etwas Unüberlegtes! Ich hatte ohnehin vor, mir nach der Beerdigung das Leben zu nehmen. Jetzt trifft es sich gut, dass Sie mich begleiten werden.«

In dem Moment wurde mir klar, dass alles gelaufen war. Hier würde ich nicht lebend rauskommen.

»Du hast mein Leben ruiniert!«, schrie Antonia. »Da ist es nur recht und billig, dass ich auch deines zerstöre.«

Als sie den Arm ausstreckte und auf mich zielte,

sprang ich auf sie zu und versuchte ihr die Waffe zu entwenden. Früher dachte ich immer, ich hinge nicht sonderlich am Leben, aber in diesem Augenblick sah ich das anders. Ich wollte nicht sterben. Nicht so und nicht dort. Und Gott erhörte mich. Der Schuss, der sich schließlich bei dem Gerangel löste, traf nicht mich, sondern sie.

Ist es nicht unfassbar? Ein und derselbe Mann hat unser beider Leben zerstört, hat uns unabhängig voneinander von seinem Freund Lichtenberg in diese Klinik einweisen lassen, weil er uns aus dem Weg haben wollte. Wir haben fast ein Jahr lang das Zimmer geteilt, und wir hatten keine Ahnung davon bis zu dem Zeitpunkt, als du letzte Woche Dali im Café trafst und mir davon erzähltest.

Als du Wolfs Namen nanntest, war es für mich wie ein Keulenschlag. Doch dann wurde ich ganz ruhig. Ich wusste instinktiv, was ich zu tun hatte. Ich musste zu ihm und ihm sagen, was für ein Schwein er ist. Ich hatte nicht vor, ihn zu töten, aber er hat den Tod verdient.

Francesca, cara mia, ich lege mein Leben in deine Hände. Du kannst mich anzeigen, wenn du es für richtig hältst. Doch ich glaube, du wirst es nicht tun, denn es muss auch dir Genugtuung bereiten, dass er seine gerechte Strafe bekommen hat. Ich weiß, wie sehr du sie beide gehasst haben musst, ihn und deine Schwester Antonia.

Ich hoffe, wir sehen uns bald, hier in Italien.
Deine Sofia

Thea faltete den Brief zusammen und sah durch die Verandatür auf die Hügelketten der Crete hinaus. Die Sonne stand jetzt tief, und Thea stellte fest, dass das Licht unvergleichlich war. Sie fühlte sich plötzlich wie von einer Last befreit, und sie wusste, das lag nicht allein am Licht der Toskana.

Sie stand auf, streckte sich und ging ins Wohnzimmer. Zuerst fiel ihr auf, dass es keinen Fernsehapparat gab. Dafür zog sich eine riesige Bücherwand über die Längsseite des Raums. Theas Blick wanderte fasziniert über die Regale. Hier würde sie notfalls überwintern können.

Auf dem Sideboard im hinteren Teil des Wohnzimmers stand ein alter Schallplattenspieler, der aussah, als sei er schon viele, viele Jahre nicht mehr in Betrieb gewesen. Thea trat näher. Seltsam, es gab gar keine Platten dazu.

Sie wollte sich gerade abwenden, um sich weiter im Zimmer umzusehen, als ihr Blick auf eine verstaubte, schwarze Scheibe fiel, die halb unter das Gerät geschoben war. Sie trat näher und zog sie heraus. Es war eine verkratzte Single. Theas Herz setzte einen Moment aus, als sie sich das Label ansah. Dann wischte sie sorgfältig den Staub von der Platte, legte sie auf den Plattenteller und setzte den Tonarm auf.

»*Cerco l'estate tutto l'anno, e improvviso eccola qua …*« Vor ihrem geistigen Auge sah Thea, wie die junge Sofia im bunten Kleid und Schuhen mit Pfennigabsätzen im Arm des um fünfunddreißig Jahre jüngeren Wolf Hauser über die Tanzfläche wirbelte.

»Quelle domeniche da solo in un cortile, a passeggiar …«

Sie sah ein junges Mädchen mit den Zügen ihrer Mutter und angstgeweiteten Augen auf dem Rücksitz eines roten Ford Capri, den heißen, hechelnden Atem Wolf Hausers im Gesicht.

»Azzurro, il pomeriggio e troppo azzurro e lungo per me …«

Sie sah Antonia Linder tot in ihrem Blut liegen, weil sie dieser Mann mit den unwiderstehlichen blauen Augen hörig und fügsam gemacht hatte.

»Il treno dei desideri nei miei pensieri all'incontrario va.«

Thea nahm den Tonarm ab, hob die Single vom Plattenteller und schmetterte sie mit voller Kraft auf den Steinboden. Die schwarze Scheibe war stabiler, als sie dachte und schien unverwüstlich zu sein. Erst beim dritten Versuch brach sie endlich mittendurch. Sie hob die beiden Teile auf und warf sie in den Mülleimer. Dann holte sie die angebrochene Flasche Chianti und ihr Glas und trug beides auf die Terrasse hinaus. Die Sonne berührte gerade den Horizont, und der Himmel leuchtete wie schmelzendes Gold. Thea setzte sich in einen Korbstuhl und las den Brief der Signora ein zweites Mal.

Der Chianti schmeckte himmlisch. Als sie sich das dritte Glas einschenkte, piepte im Haus ihr Handy.

Thea sprang auf, rannte los und stolperte über die Türschwelle, worauf sie der Länge nach hinschlug und sich das Knie aufschürfte. Ob ich jemals wieder ans Telefon gehen kann, ohne mich dabei zu verletzen, fragte sie sich, als sie nach dem Hörer griff.

»Du hattest Recht«, meldete sich Messmer ohne Umschweife. »Sie war es nicht. Der Vergleich mit der Spur am Briefbeschwerer ist eindeutig negativ. Thea? Hallo? Bist du dran?«

»Ja, ja, bin ich.« Sie atmete tief durch. Das Ergebnis überraschte sie keinesfalls, sie wusste es ja schon längst, aber es aus seinem Mund zu hören, war etwas ganz anderes. Sie hoffte, dass er weitersprach, aber er wartete anscheinend darauf, dass sie die Frage stellte. Ihre Kehle war wie zugeschnürt, als sie schließlich hervorstieß: »Und was hat der Vergleich mit meiner DNA ergeben?«

»Positiv. Eine Verwandtschaft ersten Grades steht außer Zweifel.«

Thea ließ sich auf einen Küchenstuhl sinken. Sie schluckte einige Male, bevor sie wieder reden konnte. »Wie geht es ihr?«

»Sie hat mehrere Bluttransfusionen bekommen und ist noch ziemlich schwach. Wenn sie in ein paar Tagen rauskommt, will sie den Nachlass ihrer Schwester regeln und die Urne beisetzen lassen.« Messmer zögerte. »Vielleicht möchtest du dabei sein? Antonia Linder war immerhin deine Tante.«

»Mal sehen.« Darüber wollte sie lieber später nachdenken.

»Sie hat geweint, als ich es ihr sagte.«

»Du hast es ihr erzählt?« Theas Stimme war nur ein Flüstern.

»Nicht nur das, ich habe ihr auch ein Foto von dir gezeigt. Das vom letzten Amtsausflug.«

»Oh nein, nicht das! Darauf sehe ich völlig bescheuert aus«, lachte Thea unter Tränen.

»Ich finde es reizend. Deine Mutter übrigens auch. Und sie brennt darauf, dich kennen zu lernen.«

»Ich auch«, sagte Thea leise. Sie musste dringend das Thema wechseln, sonst würde sie gleich richtig losheulen.

»Was tust du denn in Stuttgart sonst noch, außer mich bei meiner Mutter mit grässlichen Fotos unmöglich zu machen?« Während sie sprach, humpelte sie zur Terrasse zurück. Sie musste sich setzen, ihr Knie tat weh. Der Chianti würde helfen, den Schmerz zu betäuben. Sie nahm noch einen kräftigen Schluck. »Wie laufen die Ermittlungen?«

»Frag mich lieber nicht. Der Fall hat sich total festgefahren. Antonia Linders DNA hat auch keinen Treffer gebracht. Von Helene Hauser ganz zu schweigen. Wir haben sogar die der Putzfrau überprüft. Negativ. An der Waffe, mit der Antonia umgebracht wurde, gab es zwei genetische Fingerabdrücke. Beide weiblich. Davon ist einer Antonia zuzuordnen. Der andere ist mit dem am Briefbeschwerer identisch. Aber zu wem gehört die Spur? Wir kommen einfach nicht weiter.«

»Vielleicht war es die Frau im blauen Kleid vom Friedhof«, sagte Thea und sah flüchtig zu dem Brief, der auf dem Tisch lag.

»Gut möglich. Aber von der könnte ich nicht mal ein Phantombild erstellen.« Thea hörte seinen tiefen Seufzer über die Entfernung von mehr als tausend Kilometern. »Und wir standen keine zehn Meter von ihr entfernt.«

»Es scheint, als müsste dieser Fall ungelöst zu den Akten gelegt werden, was?«

»Es gibt nichts Deprimierenderes. Am liebsten würde ich jetzt Urlaub machen. Einfach abhauen und irgendwo hinfahren, wo's schön ist.«

»Wie war das noch? ›Zuerst Schottland, dann auf einen

Sprung nach Schweden und Norwegen, und Finn- Finnland soll auch sehr schön sein.‹« Hickste sie etwa?

»Gute Idee«, lachte Messmer. »Danach kam, glaube ich, der Schlenker über die Alpen in die Toskana und zum Schluss Monte Carlo.«

»Lass doch den Norden einfach weg und komm gleich über die Alpen«, hörte Thea sich sagen, überrascht von ihrem eigenen Mut. »Du glaubst nicht, wie herrlich es hier ist.«

Ein paar Sekunden lang herrschte Stille am anderen Ende.

»Ist das dein Ernst?«

»Natürlich.« Theas Zunge wurde allmählich schwer. »Wenn du Erholung brauchst, findest du sie nirgends besser als hier.«

»Welcher göttlichen Fügung habe ich denn diesen Sinneswandel zu verdanken?«

Thea blickte über die toskanische Landschaft bis zum Horizont, wo die goldene Scheibe der Sonne gerade ins Meer eintauchte.

Der Himmel stand in Flammen. Jede Spur von Azurblau war jetzt aus ihm verschwunden.

Sie atmete tief durch, bevor sie antwortete. »Du hast einfach Glück, dass du keine blauen Augen hast.«

Messmer schwieg einen Augenblick. Thea sah sein verblüfftes Gesicht förmlich vor sich.

»Das ist eine Antwort, über die nachzudenken sich lohnt«, sagte er schließlich diplomatisch. »Thea, mal ehrlich, hast du was getrunken?«

»Ich habe doch nicht getrunken. Wo denkst du hin? Ich hab nur diesen phantastischen Traubensaft in der Küche gefunden.

Chianti heißt der. Aber der gehört hierzulande zu den Grundnahrungsmitteln.« Noch einen Schluck, und sie würde anfangen zu lallen.

»Von Alkoholmissbrauch kann also überhaupt keine Rede sein«, frotzelte Messmer.

»Überhaupt nicht«, gluckste sie.

»Aber das Beste habe ich dir noch gar nicht erzählt: Weißt du, wer sich im Präsidium als Reinigungskraft beworben hat?«

»Sag's nicht!« Thea schwante Schreckliches.

»Du liegst ganz richtig – Bosiljka Baric.«

»Oh Gott, oh Gott!«, war alles, was Thea dazu einfiel.

»Ihre Chancen stehen gar nicht mal so schlecht. Sie muss dem Personalchef ›sehr schene Augen‹ gemacht haben.«

»Dann putzt du künftig dein Büro wohl lieber selbst, was?«

»Ich versuche mich gerade mit dem Gedanken anzufreunden«, sagte Messmer. »Muss allmählich mal von meinem Macho-Image wegkommen. Aber wie geht es dir? Was tust du sonst noch, außer Rebensaft zu verkosten?«

Thea legte den Brief der Signora in die große Terrakottaschale, die auf dem Tisch stand.

»Ich hab mir das Haus meiner Mutter angesehen. Dabei hab ich auch diese Flaschen gefunden, von denen ich dir gerade erzählt habe. Morgen werde ich erkunden, ob es im Keller noch mehr davon gibt.«

Sie griff nach der Schachtel mit den Kaminhölzern und zündete eines an. Gar nicht so einfach nach drei Gläsern Chianti. »Es macht richtig Spaß, hier herumzustöbern und ein bisschen aufzuräumen.«

»Dann tu dir keinen Zwang an, solange du dabei kein Beweismaterial vernichtest«, lachte Messmer.

»Aber Micha, das würde ich nie tun«, empörte sich Thea und hielt das brennende Kaminholz an die dicht beschriebenen Seiten.

»Die Pizza hier ist übrigens köstlich«, schwärmte sie, ganz in den Anblick der Flammen versunken, die jetzt in der Schale aufloderten. »Da gibt es eine, *Campagnola* nennt die sich, da ist ein Spiegelei drauf. Du wirst sie lieben!«

»Hmm, meine beiden Lieblingsgerichte in einem. Wenn das so ist, muss ich unbedingt kommen!«

Thea lachte.

»Es geht dir besser, nicht wahr?«, fragte er ernst. »Du bist froh, dass sie es nicht war.«

»Ja«, sagte Thea nur. »Ich bin froh. Sehr froh.«

Danksagung

Unser herzlicher Dank gilt ganz besonders unseren Familien für die vielen Stunden, in denen sie auf uns verzichten mussten, weil wir am PC saßen, und die sich nie beschwerten, obwohl sie sich vorwiegend von Tiefkühlpizza und Nudeln ernähren mussten, weiter Kriminalhauptkommissar Gerd Karjoth und all den Kollegen des Dezernats 1.1, die uns in ermittlungstechnischen Fragen mit Rat und Tat zur Seite standen, Kriminaloberrat Volker Zaiß, Leiter des Dezernats für Tötungsdelikte, der *Frau Laibles* Vernehmung in die Stuttgarter Mundart übertrug, sowie dem Linguisten und Übersetzer Herbert Rausch, der uns »Neigschmeckte« in die Geheimnisse der schwäbischen Sprache einweihte und ohne den ganz besonders *Kurt Kübler* nie zum Leben erweckt worden wäre.

Wir danken weiterhin unserer wunderbaren Lektorin Stefanie Rahnfeld vom Emons-Verlag, wo die ursprüngliche Print-Ausgabe dieses Buchs erschienen ist, für ihre Engelsgeduld, ihren scharfen Blick und die gute Zusammenarbeit, den freundlichen Menschen in Stuttgart, sei es von der Stiftskirche, dem Jugendamt oder dem städtischen Weingut, die uns bei unseren Recherchen bereitwillig Auskunft gaben, und natürlich Adriano Celentano, dessen Lied wir uns ausgeliehen haben.